사
랑
과

욕
망
의

백
과
사
전

사랑과 욕망의
백과사전

이 천 도

부제: 절름발이 소녀

사랑을 잃으면 심장을 잃고

상상을 잃으면 두뇌를 잃고

모험을 잃으면 두 발을 잃고

별을 잃으면 그리움을 잃고

달을 잃으면 고독을 잃고

태양을 잃으면 그림자를 잃고

꿈을 잃으면 인생을 잃고

희망을 잃으면 영혼을 잃고

영혼을 잃으면 순수를 잃고

순수를 잃으면 모두를 잃는다.

목 차

1부

2부

**사랑과 욕망의
백과사전**

죽음의 순간,

인생은 진정한 추억을 준다.

인생이 주는 유일한 선물,

공허 또는 후회라는 이름의

쓸쓸한 그 서글픔이다.

1부

1장
목소리의 탄생

내가 '죽기로 결심한 건 우연'이었다.

학창 시절 나는 늘 우울증에 시달렸다(그 증세는 고등학교 입학 즈음 처음 시작됐다). 이따금 나는 필요한 약을 처방받아 착실히 목구멍에 털어 넣었다. 증세는 곧 완화되었다. 적어도 약을 먹는 동안만은 거의 나았다고 보아도 좋을 만큼 상태는 크게 호전되었다. 대략 3년 뒤(그러니까 대학 입학 즈음), 나는 마침내 공식적으로 그리고 완전히 우울증에서 벗어났다. 요컨대 그 뒤 더는 약을 먹지 않아도 되었다는 말이다. 물론 이 판단은 내가 한 게 아니다. 흰 가운에 은테 안경을 쓴 신경정신과 의사의 조언에 따른 것이다. 의사는 제법 미남이었다. 그는 아직 30대 후반쯤으로 보였다.

"그것도 한때야."
의사가 말했다.

"뭐가요?"

내가 물었다.

"학업 스트레스."

의사가 툭 던지듯이 말했다. '그렇죠. 다 한때죠. 지나고 나면 뭐든 다 한때겠죠.' 나는 그의 말을 떨떠름히 들으면서 맘속으로 그리 대꾸했다. 괜히 겉으로 말했다가 그 허여멀건 의사가 당황할까봐 걱정스러웠기 때문이다. 그래서 입으로는 단지 이렇게 말했다. "네, 선생님. 명쾌한 조언 감사합니다." 의사는 싱긋 웃더니 자신도 다 겪은 일이라며 또다시 훌륭한(실은 듣기 껄끄러운) 충고를 덧붙였다. "인생이 다 그런 거야. 다들 고만고만해. 너도 내 나이 돼 보면 알게 돼. 누구나 그때그때 한 번씩은 겪는 일이지." 정신과 의사라서 심리적으로 조숙한 걸까. 겉모습은 고작 마흔도 안 돼 보이는데, 말하는 건 마치 아흔 살쯤 된 듯한 태도였다.

2장
우울증은 완치되었는가?

　그 의사한테 마지막 처방전을 받았을 때 나는 대학 1년생이었다. 마지막 약은 먹기 위해서라기보다 혹시 몰라 예비적으로 처방받은 것이었다. 의사는 좀 섭섭한 눈치였다. 내 눈엔 확실히 그렇게 보였다. 하지만 내가 오해했는지도 모른다. 왜냐면 나를 못 본다고 의사가 그리 서운해 할 이유가 없었기 때문이다. 의사는 그렇다 치고 나는 분명히 아쉬움에 젖었다. 하지만 그간 정이 들었다든가, 간호사 누나가 예뻐서 그랬다든가, 병원 냄새가 익숙해져 그랬다든가, 약국 아저씨가 친절해서 그랬다든가, 뭐, 이런 거와는 실상 거리가 멀었다.

　그때는 몰랐지만, 지금 돌이켜보면 그것은 일종의 추억(또는 습관) 때문이었다. 일테면 그사이 정기적으로 신경정신과에 다니는 게 습관이 되었고, 그렇게 그 습관은 또 하나의 추억으로 내 의식 속에 깊숙이 각인되었던 것이다. 즉 사람은 본능적으로 습관에 따른다. 그게 무엇이든 갑자기 습관을 끊거나 바꾸는 건 무심코 거부하거나 반발하려는 기계적 속성을 지녔다. 어쨌거나 나는 한동안 그 의사와 간호사 그리고 병원 특유의 그 냄새가 그리워질 것이다.

"제가 정말 나았나요?"
내가 물었다.

"안 나았으면 또 어떠냐?"
의사가 그리 우스갯소리로 대꾸했다.

나는 짐짓 의식적으로 웃어 보였다. 아무래도 그래야만 할 것 같았다. 의사가 그리 우스갯소릴 한 건 상대방이 웃어줄 거라는 심리도 작용했을 것이기 때문이다. "거봐라. 지금 너 웃고 있잖아. 이게 바로 나았다는 증거야." 의사가 짐짓 냉철한 태도로 말했다. 나는 금세 표정을 바꿔 사뭇 진지하게 고개를 끄덕거렸다. "거봐라. 지금 너 진지해졌잖아. 이게 바로 나았단 증거야."
도통 무슨 말인지 알아먹을 순 없었지만 나는 또 의사의 장단에 맞춰 순순히 고개를 끄덕거렸다. 그러자 또 의사가 말했다. "우스운 얘기를 들었을 때 웃을 줄 알고, 차분한 얘기를 들었을 때 진지해지는 것. 이게 바로 정상이란 증거야." (아하, 그런 거였구나!) 그제야 나는 의사의 말뜻을 알아차렸다. 곧 의사는 '요즘 내가 굉장히 밝아 보인다'고 말했다. 그 소리는 마치 자신이 내 우울증을 치료해 준 것에 대한 만족감을 느끼려고 부러 애써 강조하는 말처럼 들렸다.

어쨌거나 그건 분명 틀림없는 사실이었다. 정말이었다. 그즈음 나는 상당히 쾌활하고 심리적으로도 전에 없이 흥분된 상태였다. 한데 이것은 정녕 우울증이 완치되었기 때문이었을까? 아니, 아니었다. 결단코 그렇지 않았다. 그 의사는 진시 완전히 잘못 짚었다. 이는 그 의사의 명백한 실수 혹은 자기 확증 편향에 의한 심각한 오판이었다. 당시 내 감정의 바탕은 기실 이런 것이었다. 즉 나의 명랑함의 원인은 바로 이제 막 대학이란 이름의 새로운 환경에 투입된 사람의 설렘과 기대 그리고 약간의 호기심을 동반한 내적 긴장감 때문이었다.

3장
연애는 필수과목

대학 시절 나는 내내 한 여자만을 사랑했다. 그렇다고 그 한 여자하고만 섹스를 했다는 건 아니다. 이런 것은 굳이 밝히지 않아도 되겠지만, 이리 또 솔직히 털어놓는 건 이것 때문이다. 당시 그녀를 속이고 몰래 따로 즐긴 것에 대한 일말의 미안함. 절대 그럴 사람이 아니라고 날 철석같이 믿어준 것에 대한 약간의 씁쓸함. 하지만 그럼에도 불구하고 내가 오직 그녀 하나만을 사랑했다는 건 확고부동한 불변의 사실이었다. 다시 말해 그건 그녀도 알고 나도 알고 하늘도 알고 땅도 알고 게다가 또 알 만한 이들은 누구라도 아는 명명백백한 진실이었다.

둘은 이른바 공인된 캠퍼스커플(CC)이었다. 하지만 학과는 서로 달랐다. 나는 철학과였고 그녀는 영문과였다. 그녀를 내게 소개해준 사람은 내 고등학교 동창 녀석 형준이었다. 형준은 3년 내내 나랑 같은 반이었다. 녀석과 본격적으로 친해진 것은 2학년이 된 뒤부터였다. 녀석은 고등학교 때부터 죽 그녀를 알고 있었다. 녀석은 나랑 같은 대학 심리학과에 다녔다. 고등학교 시절. 거의 죽도록 공부에만 매달린 나와 달리 녀석은 심심찮게 여자 꽁무니를 쫓아다녔다. 녀석은 공부도 썩 잘했고 성격도 활달했고 여자를 구슬리는 기술 또한 일찌감치 수준급으로 마스터했다.

녀석은 시시때때로 날 유혹했다.

"그깟 공부 하루 이틀 안 해도 돼. 그렇게 공부만 하다 회까닥 돌아버릴라. 오늘 공부 때려 치고 나랑 폼나게 놀아보자. 넌 그냥 따라만 와." 나는 대번 고개를 흔들었다. 하지만 공부 때문이 아니라 내심 여자 만나는 게 두려웠던 것이다. 녀석은 계속 끈질기게 달라붙었다. 그럼에도 내가 고집스레 거절하자 녀석은 급기야 간교한 수법을 생각해냈다. 그러니까 2학년 2학기 늦가을의 어느 날이었다.

바로 그날 밤 11시쯤이었다.

녀석이 아무런 예고 없이 불쑥 우리집을 찾아왔다. 평소에도 불쑥불쑥 제멋대로 찾아오곤 했지만 그리 늦은 시간에 찾아와 초인종을 누른 건 그날이 처음이었다. 나는 아직 책상머리에 앉아 흐릿한 스탠드 불빛 아래 맹렬히 공부 중이었고 부모님은 두 분 다 곤히 잠이 든 상태였다. 나는 재깍 부모님의 눈치를 살피면서 살그머니 현관문을 나와 곧장 앞마당을 지나 대문 밖으로 빠져나왔다. 부모님은 다행히 초인종 소리를 못 들었는지 내가 거실 인터폰을 확인할 때까지 안방에서 잠든 채로 아무런 기척도 하지 않았다.

그런데 웬걸, 녀석은 지금 혼자 온 게 아니었다. 녀석 바로 뒤에 한 여자가 서 있었다. 한데 그 여자는 전혀 우리 또래가 아니었다. 한눈에도 20대 후반에서 30대 초반은 돼 보였다. 녀석이 곧 이런저런 설명을 시작했다. 녀석은 내게 그 여자를 '자기가 아는 누나'라고 소개했다. 그 여자의 외모는 뭐랄까. 일순 나의 혼을 충격에 빠뜨리고 남을 만큼 굉장한 미인이었다. 그 여자는 유독 화장이 진했는데, 그에 비해 옷차림은 그저 평범한 것도 특별한 것도 아닌 어중간한 느낌이었다. 요컨대 화려한 그 외모에 비해 그 옷차림새는 거의 눈에 들어오지 않았다. 잠시 후 녀석은 '나중에 또 오겠다'면서 돌연 휙 몸을 돌려 저쪽으로 휭하니 잰걸음을 놓았다.

여자도 냉큼 뒤따랐다.

여자는 다만 저만큼 걸어가다 일순 흘끔 이쪽을 뒤돌아봤다. 그 여자가 시야에서 사라질 때까지 나는 계속 그 자리에 서서 그쪽을 응시하고 있었다. 얼마 후 내 방으로 되돌아오자 그사이 생각지도 못한 문제 하나가 덩달아 따라 들어왔다. 심히 난감한 상황이었다. 이는 전혀 예상치 못한 뜻밖의 이변이었다. 즉 내가 다시 공부에 집중하려는데 어쩐 일인지 도저히 몰입이 되지 않았다. 그럼에도 어떻게든 다시 공부에 집중하려 무진 애를 썼지만 끝내 허사였다. 그랬다. 아까 본 그 여자의 관능적 이미지로 인해 나의 사고는 이미 감각적 혼란에 빠져버린 것이다.

결국 나는 공부를 포기하고 책상머리의 스탠드를 끈 뒤 곧 침대로 가 잠자리에 들었다. 나의 생각은 쉴 새 없이 그 여자를 향해 달려가고 있었다. 나는 눈을 감고 한참을 그 생각과 씨름하면서 억지로 잠을 청했다. 그러다 마침내 어찌어찌 겨우 그 생각을 억퇴하고 잠이 들었다.

그리고 이내 꿈을 꾸었다. 꿈속에서 나는 그 여자를 보았다. 그 여자가 성큼성큼 걸어 내 앞으로 바짝 다가왔다. 하지만 내 눈에는 단지 한 가지만 번쩍 드러나 보였다. 바로 그녀의 그 풍만한 앞가슴이었다. 순간 내 앞에 서 있는 건 오직 그녀의 그 커다란 앞가슴뿐이었다. 나는 새벽녘에 얼핏 잠이 깨었다. 대번 아랫도리에서 뭔가 찝찝한 불쾌감을 느꼈다. 나로서는 드물게 팬티 일부가 젖어 있었다.

4장
짤막한 격언

다시 대학 캠퍼스 이야기로 되돌아가자.

아마 사귄지 서너 달쯤 지났을 때부터였다. 그녀(민지)는 영문과 학생답게 가끔씩 좋은 글귀(또는 아름다운 시구)를 읊어주었다. 어쩌다 드물게 귀에 익은 문장도 있었지만 대개는 생소한 것들이었다. 민지는 먼저 영어로 읊고 나서 해석을 해주었다. 지금은 잘 기억나지 않는다. 그런데 이상하게도 어떤 거는 통 지워지지 않는다. 이미 상당한 시간이 흘렀지만 절로 머릿속에 박혀 빠져나갈 생각을 않는다.

이런 것들이었다.

(인간은 꿈을 꿀 때 왕이 되고 생각에 잠길 때 거지가 된다! 무게 없는 인생을 나는 얼마나 자주 손으로 달아보았던가! 후회는 너무

늦게 온다! 인간은 평생 별을 쫓다가 마지막에 깨닫는다, 달을 잃어버린 사실을! 사랑하고 미워하는 것은 우리가 어쩌지 못하는 것, 의지란 운명의 지배를 받는 것이기에! 삶과 죽음에 차가운 시선을 던져라, 말 탄 자여, 지나가라! 사랑에게 모든 것을 주라, 너의 마음에 순종하라! 진실한 사랑은 모두가 이야기하지만 본 사람은 거의 없다! 사람들이 너의 꿈을 듣고 나서 비웃지 않는다면 너의 꿈은 너무 평범한 것이다! 사람은 누구나 자신을 특별한 존재로 인식한다, 고로 자신을 특별한 존재로 인식하는 사람은 가장 평범한 존재다! 당신의 삶이 바로 세상에서 가장 특별한 드라마다, 당신이 누구든 그 사실은 변하지 않는다! 인간은 신이 아니면서 신을 창조하는 유일한 존재다! 인간은 그 자신의 영혼을 사랑하는 것 말고는 그 어느 것도 진실로 사랑하지 못한다! 인간은 그 자신의 영혼이 사랑하는 것 말고는 그 무엇도 실제로 소유하지 못한다! 고통이 아름다움으로 바뀔 때 인생은 비로소 진정한 여행을 시작한다......)

5장
광풍이 불어올 때

그날 밤 그 여자를 보고 난 뒤 한동안은 혼란의 연속이었다. 눈에 보이는 모든 여자들이 그 여자로 보였다. 좀 더 정확히 말하면 그 여자의 앞가슴으로 보였다. 집을 나와 학교에 도착할 때까지 눈에 띄는 여자들의 모습이 온통 그녀의 앞가슴으로만 보였다. 학교에서도 마찬가지였다. 여자 선생님의 얼굴은 안 보이고 그녀의 앞가슴만 커다랗게 눈앞으로 다가왔다. 내 머리는 점점 더 혼돈에 휩싸였다. 아무리 연신 고개를 흔들어도 그 형체는 도시 사라지지 않았다.

그대로 며칠인가 지났다.
오전 수업 시간이었다.

여자 선생님은 또다시 그녀의 그 앞가슴으로 변했다. 내 눈에는 오직 그녀의 앞가슴만 보였다. 어떻게든 그 환영을 떨치려고 나는 쉴 새 없이 계속 고개를 내저었다. 그러다 일순 그 녀석과 눈길이 떡 마주쳤다. 그쪽에서 형준 녀석이 나를 빤히 바라보고 있었던 것이다. 녀석은 알 듯 모를 듯 실실 미소를 머금은 채 내 모습을 관찰하고 있었다. 저번 그날 이후 녀석은 갑자기 태도가 돌변했다. 무슨 꿍꿍이인지 그동안 녀석은 말 한마디 건네 오지 않았다. 녀석은 아예 내 곁으로 다가오지 않았고 어쩌다 서로 얼굴이 마주쳐도 그저 냉담히 쏘아보며 은근히 비웃음을 흘릴 뿐이었다. 다시 며칠인가 지났다. 쉬는 시간이었다. 어느샌가 녀석이 내 곁으로 다가와 있었다.

"오늘 어때?"
녀석이 다짜고짜 물었다.

"누나가 너 보고 싶대." 내가 대답이 없자 녀석이 다시 말했다. 나는 갑자기 현기증을 느꼈다. 절로 가슴이 쿵쾅거리기 시작했다. 나는 가까스로 마음을 추스르고 고개를 내저었다. 하지만 어찌된 걸까. 분명 나는 고개를 가로저었는데 내 머리는 순간 고개를 끄덕이고 있었던 것이다. "이따 저녁에 집 앞에서 보자." 녀석이 말했다. 녀석이 집에 찾아온 것은 밤 10시 30분경이었다. 내가 문밖으로 나오자 전날 그 여자가 눈앞에 서 있었다. 그날 나는 녀석을 기다리는 내내 안절부절못했다. 녀석을 만나려고 내 방에서 나와 마당을 지나 대문에 닿을 때까지 나는 곧 숨이 넘어갈 듯 가슴이 뛰었다. 한데 막상 그 여자를 대면하고 나자 그 증상은 되레 씻은 듯이 사그라져버렸다. 좀체 이해할 수 없는 순간이었다. 정말 이상하리만치 마음이 차분해졌다.

"안녕! 잘 지냈니?"
그 여자가 친근하게 인사를 건넸다.

다시 가슴이 뛰기 시작한 건 바로 그때였다. 그러면서 또다시 그녀의 그 앞가슴이 번쩍 눈앞으로 다가왔다. 우리 셋은 곧 저쪽으로 함께 걷기 시작했다. 나는 이미 내 행동의 주체가 아니었다. 나는 순간 저항할 수 없는 마력에 붙들린 듯 절로 터벅터벅 걸음을 옮겨 알 수 없는 어딘가로 기계처럼 이끌리고 있었다. 셋은 내내 아무 말이 없었다. 그렇게 우연히 같은 공간을 걷는 낯선 타인들처럼 그저 조용조용 발걸음만 떼어놓을 뿐이었다. 얼마 후 세 사람이 도착한 곳은 그리 크지도 작지도 않은 어느 단독 주택 앞이었다.

곧 여자가 핸드백에서 열쇠를 꺼내 철제 대문을 열었다. 잠시 후 셋은 현관문을 열고 실내로 들어섰다. 형준은 마치 자기 집이라도 되는 양 거의 무의식적으로 척척 서슴없이 행동했다. 나는 다소 얼떨떨한 표정으로 실내를 두리번거렸다. 거기 실내 인테리어를 비롯한 각각의 소품이나 사진서껀에서 풍기는 이미지는 그 여자의 화려한 인상과는 달리 되레 차분하고 소박하면서도 어느 천진난만한 소녀의 취향을 재현해 놓은 듯 아기자기한 느낌을 주었다. 거실 한 켠에는 작은 어항 하나가 놓였는데 거기에는 열대 담수 관상어인 닥터피시 몇 마리가 헤엄치고 있었다.

녀석이 막 냉장고에서 맥주 한 캔을 꺼내 냉큼 똑 따서 단숨에 꿀꺽꿀꺽 들이켰다. 이어 또 한 캔을 꺼내 이번엔 나에게 권했다. 내가 고개를 저어 사양하자 피식 웃고 나서 더는 권하지 않고 다시 그 한 캔을 따서 순식간에 목구멍에 털어 넣었다. 그러고는 잠깐 볼일이 있다면서 그대로 훌쩍 집 밖으로 나가버렸다. 미처 붙잡거나 뭔가 물어볼 새도 없을 만큼 재빠른 동작이었다.

6장
귀로의 재구성

그 후 내가 집으로 되돌아온 시각은 새벽 2시쯤이었다. 그날 새벽, 그 여자의 집을 나온 순간부터 뻑지근한 몸을 이끌고 내 방으로 되돌아오기까지의 과정은 다소 혼란스럽다. 다만 확실한 것은 형준도 그 여자도 없이 나 혼자 털털 밤길을 걸어 집으로 돌아왔다는 사실이다. 형준은 먼저 그 여자의 집을 나간 뒤 마침내 내가 다시 그 집 대문을 빠져나올 때까지 끝내 모습을 드러내지 않았다. 물론 첨부터 치밀하게 계산된 행동이었다. 형준이 그리 자리를 뜨고 난 뒤 남은 둘은 거실 소파로 가 나란히 앉았다. 그대로 잠시 말없이 앉았다가 그 여자가 불쑥 일어나 부엌으로 가더니 거기 냉장고에서 맥주 두 캔을 꺼내 소파로 돌아왔다.

그 여자는 홀짝홀짝 맥주를 마시기 시작했지만 나는 아예 사양하고 마시지 않았다. 그 여자는 두어 번 더 권하다가 포기하고 금세 맥주 한 캔을 목구멍에 털어 넣은 뒤 남은 또 하나를 냉큼 집어 들었다. 그럭저럭하는 동안 나는 조금씩 그 공간에 젖어들면서 자연스레 긴장이 풀렸다. 살짝 비음이 섞인 그 여자의 교성은 야릇하게 신경을 마비시키면서 이상하리만치 심리적 안정감을 주었다. 둘은 다소 긴 대화를 나눴고 간간이 서로 의미 있는 눈짓과 동작을 주고 받았다.

그런 가운데 시간은 빠르게 그리고 감미롭게 흘렀다. 거기서부터는 당최 기억이 선명하지 않다. 어쩐 일인지 내 의식은 홀연 비몽사몽 한 상태가 되고 말았다. 그리 거실에서 대화를 나누다 둘이 다른 쪽으로 자리를 옮겼는지는 분명하지 않다. 언뜻 기억하기에 어느 방으론가 함께 들어갔다 나온 듯도 하지만, 이는 단지 나의 무의식이 만들어낸 한낱 착각일지도 모른다.

"귀엽다."

이 소리가 여러 번 반복적으로 나의 귀를 울렸다. 내가 스스로 옷을 벗거나 다시 주워 입은 기억은 없지만 한순간 으슬으슬 춥다는 느낌을 받은 것은 분명하다. 아마도 나는 "추워, 추워!" 하고 잇달아 말했는지 모른다. 하지만 창문이 열려 있었는지, 그 틈으로 휙휙 찬바람이 불어왔는지, 그 여자가 덜컹 창문을 밀어 닫았는지, 그 기억은 좀체 선연하지 않다.

그 뒤 나는 한참 동안 어떤 땀에 젖은 끈적한 살덩이에 눌린 듯한 기이한 압박감을 느꼈다. 그러다 이윽고 벌거벗은 그 여자의 거대한 젖퉁이가 성큼 눈앞으로 다가오더니 그대로 흐물흐물 녹아내릴 듯이 시야를 잠식하면서 별안간 숨을 쉴 수 없을 만큼 둔중하게 내 안면을 내리눌렀다. 이후 나는 언제 어떻게 그녀의 집 대문까지 걸어 나왔는지 기억하지 못한다. 그럼에도 어느 순간 나는 그녀의 집 대문 앞에 홀연 서 있었고 조금 있자 절로 터덜터덜 새벽 거리를 걷기 시작했다. 이어 나는 걷는 내내 잇달아 괴이쩍은 장면을 목격했다.

(...한순간 어둠 속에서 미친개 한 마리가 불쑥 튀어나오더니 이내 사람처럼 킥킥거리며 내 곁을 휙 스쳐 지나갔다. 이어 옷을 홀딱 벗은 여자 하나가 등 뒤에서 번쩍 튕겨 나와 저만치 어둠을 향해 전속력으로 질주했다. 여자는 그렇게 번개처럼 내달아 어둠 저편으로 홀연 빨려들었다. 그러다 느닷없이 그 어둠의 들머리에서 남자아이 동상 하나가 벌떡 일어서더니 대번 이쪽으로 길게 포물선을 그으면서 한차례 세차게 오줌발을 갈겼다.

이내 어디선가 다다다다! 하고 연발의 총성이 울렸다. 그러면서 점점 오줌발이 잦아들더니 이윽고 남자아이 동상도 따라 모습을 감췄다. 다음 순간, 길가에 선 전신주 하나가 움찔하더니 이내 공중으로 껑충 뛰어올라 눈앞으로 성큼 다가왔다. 그것은 흡사 발딱 곧추선 한 남자의 커다란 생식기처럼 보였다. 이어 바닥에서 돌연 그 전신주를 밀어 올리면서 나무줄기 하나가 솟구쳐 그대로 힘차게 어둠을 뚫고 하늘 위로 죽죽 끝도 없이 뻗어 올랐다. 그렇게 순식간에 야공으로 빨려들면서 전신주도 나무줄기도 가뭇 자취를 감췄다. 잠시 후 거대한 사마귀 두 마리가 허공 저편에 나타나더니 곧이어 한 몸처럼 찰싹 달라붙어 그 자리를 빙빙 맴돌면서 교미를 시작했다. 그것들은 일순 백악기의 익룡 프테라노돈 한 쌍처럼 보였다......)

7장
환상인가? 상상인가?

예서 그만 그 여자의 이야기를 갈무리해야겠다. 이 소설의 전체 줄거리에서 그 여자의 비중은 그리 크지 않다. 그럼에도 그 여자의 기억은 오래도록(아니, 거의 매일) 내 인생 곳곳에서 불쑥불쑥 무시로 출몰하곤 했다. 그렇듯 부지불식간에 홀현홀몰하며 그 기억은 끈질기게 내 인생을 뒤따라 다녔다. 그것은 고등학교 시절 내게 불어 닥친 단 한 번의 불가사의한 광풍이자 정서적 충격이었다.

그날 이후 나는 두 번 다시 그녀를 만나지 않았다(아니, 사실은 만나지 못했다). 형준은 마치 아무 일도 없었다는 듯 완전히 딴청을 피웠다. 나는 몹시 불안감을 느꼈다. 녀석에게 어찌된 거냐고 따져 물을까 하다 그만두었다. 아무래도 녀석이 나의 비밀(나도 잘 모르는 그 일)을 죄 알고 있을지 모른다는 노파심 때문이었다. 혹시라도 녀석이 그 비밀을 떠벌린다면 그 여파는 감당하기 어려웠을 것이다. 우선 부모님의 명성에 커다란 흠집을 냈을 터이고, 이른바 이나라 제일의 명문고라는 당교의 위상에도 적지 않은 타격을 주었을 것이기 때문이다. 하지만 무엇보다 모범생이던 나 자신에 대한 심대한 위협이 되었으리라.

　그 뒤로도 녀석과 나는 친밀하게 지냈다. 마치 암묵적으로 그날의 비밀은 함구하기로 약속이나 한 듯 녀석도 나도 그 일에 관해서는 서로 한마디도 꺼내지 않았다. 얼마 안 가 나는 그 여자를 거의 잊었다. 예상보다 훨씬 쉽게 잊혔다. 상상인 듯 환상인 듯. 어느덧 그 여자에 대한 기억은 아스라한 꿈처럼 희미해졌다. 그날 그녀의 집에서 내 방으로 되돌아온 뒤 한동안 나는 이런 기분을 느꼈다. 뭐랄까. 마치 오랫동안 꽉 막혀 있던 하수관이 느닷없이 뻥 뚫린 듯한 그런 느낌이었다. 그래서인지 더는 간절함도 아쉬움도 안타까움도 남아 있지 않았다. 이따금 불쑥 한 번씩 생각이 나기도 했지만 그건 지극히 자연스러운 현상이었다(일테면 어쩌다 문득 예쁜 연예인의 얼굴이 떠오르는 것처럼……).

8장
우울증과 과대망상

앞서 내가 그 여자를 다시 보지 않았다고 말한 것은 오류다. 의도하지 않은 실수다. 다시 말해 그 뒤로 나는 두 번 더 그 여자를 보았다. 둘 다 병원에서였다. 바로 내가 다니던 그 신경정신과 말이다. 그 여자를 두 번째로 본 것은 처음 그 여자를 만난 뒤 여러 달이 지난 뒤였다. 어느 날 오후. 나는 여느 때처럼 진료 순서를 기다리며 병원 접수계 앞 대기석에 앉아 있었다. 그때 한 여자가 막 접수계로 다가왔다. 간호사와 잠깐 대화를 나누더니 그녀는 곧장 원장실로 들어갔다. 원장실로 들어가기 전 그녀가 흘끔 고개를 돌려 이쪽을 바라보았다.

나는 섬뜩 놀랐다.
나는 정말 똑똑히 보았다.

바로 그 여자였다. 전날 내가 만난 그 여자. 그날 그 미스터리한 시간 속의 아리따운 그 얼굴. 그녀가 원장실로 들어간 뒤 나는 몸을 일으켜 접수계로 다가갔다. 이어 조심스레 간호사에게 물었다. "방금 원장실로 들어가신 여자분 누군지 알 수 있을까요?" 간호사가 약간 당황한 표정을 짓더니 "어떤 여자분 말씀이세요?" 하고 되물었다. "방금 여기서 대화하고 원장실로 들어간 여자분요." 내가 말하자 간호사가 잠시 고개를 갸웃거렸다. 내가 잘못 된 건지, 자기가 잘못 된 건지, 순간 갈피를 못 잡는 눈치였다. 그러다 이윽고 간호사가 다시 고개를 들었다. "아마 착각하신 모양이네요. 지금 원장실엔 아무도 없거든요. 잠시 더 기다리시면 곧 순서대로 불러드릴 거예요. 원장님께서 지금 차트 정리중이시라서요."

나는 그대로 물러서기도 뭐해 다시 한 번 이렇게 말했다. (절대 그럴 리도 없지만) 설사 내가 틀렸거나 잘못 보았다 해도 그냥 물러서는 것보단 좀 더 내 주장을 고집하는 게 나을 것만 같았다. "아니, 방금 그 여자분 말예요. 중간키에 상당히 예쁘시고... 입술 밑에 점이 하나 있고... 그리고... 그러니까... 음, 가슴이 굉장히 크신 여자분요!" 대번 간호사의 눈이 휘둥그레졌다. 놀란 건지, 당황한 건지, 어이가 없는 건지, 뭐라 딱히 표현하기 힘든 어딘가 좀 모호한 표정이었다. 그녀는 곧 시선을 떨구고 아랫입술을 살살 깨물면서 생각에 잠겼다. 그러다 막 고개를 들고 이렇게 말했다. "저희 사모님을 아세요? 근데, 사모님은 어제 다녀가셨어요. 오늘은 안 오시고요."

나는 막 대기석으로 되돌아와 앉았다.

나도 모르게 원장실 문 쪽으로 고개를 돌렸다. 그때 빠끔 원장실 문이 열렸다. 문은 열린 채 그대로 있었다. 한참이 지났다. 그때 그쪽에서 이상한 소리가 들렸다. 그 소리는 점점 더 커졌다. 나는 슬쩍 자리에서 일어나 가만가만 원장실 문으로 다가갔다. 아는지 모르는지. 다른 사람들은 전혀 무관심했다. 거기 그 간호사들도 대기석에 앉은 손님들도 마치 아무 소리도 들리지 않는 듯 태연히 앉아있었다.

나는 살그머니 문을 열고 그 안을 들여다보았다. 그러자 그 안에서 커다란 사마귀 두 마리가 교미를 하고 있었다. 두 마리는 순간 사람으로 바뀌었다. 바로 원장과 그 여자였다. 둘은 발가벗은 채로 거칠게 뒤엉켜 있었다. 그 여자가 언뜻 이쪽을 바라보았다. 하지만 나는 그 여자의 얼굴을 보지 못했다. 내 눈에는 오직 그 여자의 그 커다란 젖가슴만 보일 뿐이었다. 나는 황급히 눈을 돌려 대기석으로 되돌아와 앉았다. 조금 지났다. 그때 그 여자가 원장실을 나왔다. 잠시 후 그 여자가 대기석 앞을 스치면서 힐끔 내 쪽을 곁눈질하더니 그대로 빠르게 문밖으로 모습을 감췄다.

9장
형준은 누구인가?

고등학교 시절. 하루는 학교 교정에 권총을 착용한 경찰 둘이 나타났다(그러니까 3학년 2학기 초가을의 어느 날이었다). 경찰 둘은 곧바로 교무실로 들어갔다. 잠시 후 형준은 교내방송을 통해 학생주임 선생님의 호출을 받고 급히 교실을 나가 1층 교무실로 내려갔다. 나중에 들은 얘기지만, 형준은 어느 패싸움에 관련되어 있었다. 즉 요즈막 길거리에서 그 지역 간협들과 대판거리로 엉겨 붙어 서로 피비린내는 세력 다툼을 벌였던 것이다. 그날 그 패싸움으로 사망자는 나오지 않았지만 쇠파이프와 각목, 야구방망이 같은 둔기에 맞아 수십 명이 다쳤고 그중 몇몇은 식칼 따위의 예기에 의한 자상으로 꽤 심각한 지경에 이르렀다.

형준은 소위 이쪽 패의 숨은 리더 격이었다.

(녀석은 이미 고등학교 때부터 개인 조직원들을 거느리고 다녔

다. 하지만 겉으로는 이름뿐인 두목을 따로 두고 자신은 짐짓 일개 행동대원인 양 가장하고 다녔다. 그 후로도 대학과 대학원을 차례로 거치면서 녀석은 힘 있는 아버지를 뒷배로 두고 암흑가와 홍등가, 유흥가와 연계된 여러 성격의 불법 사조직을 운영했는데 그것은 갈수록 교묘해지고 치밀해지면서 그 세력과 규모 또한 날로달로 커졌다. 다만 대학 이후로는 고교 때와 달리 몇몇 특수한 경우를 제외하곤 눈에 띄는 공간에선 가급적 조직원들을 대동하지 않았다. 녀석은 때로 비밀리에 정치 깡패로 둔갑하기도 했다. 즉 아버지의 정치선전이나 선거운동, 열성 지지자로 둔갑한 세력 과시, 그리고 몇몇 정적들에 대한 린치, 협박, 흑색선전 따위에 은밀히 조직원들을 동원하곤 했다……)

대번 학교가 발칵 뒤집혔다.

담임선생과 학생주임이 감당하려다 안 돼 교감 선생이 나섰다. 교감 선생이 안 되겠다 싶어 교장 선생에게 알렸다. 얼마 후 형준과 경찰 둘은 교장실에 앉아 있었다. 교장 선생이 막 어딘가로 전화를 넣었다. 잠시 후 경찰 둘은 교장실을 나왔다. 형준은 혼자 교장실에 남아 있었다. 교장 선생이 부드럽게 형준을 위로했다. 그날 이후 경찰들은 두 번 다시 학교에 나타나지 않았고 형준의 일은 그렇게 소리 소문 없이 무마되었다. 그 시작은 그토록 떠들썩했던 반면 그 끝은 실로 터무니없으리만치 흐지부지 마무리됐다. 형준의 아버지는 이 학교 출신의 유력 정치인이었다. 또한 이 학교 출신인 교장 선생과도 절친한 선후배 사이였다. 그 뒤 형준과 나는 같은 대학에 나란히 합격했다. 그리고 얼마 안 가 형준은 내게 영문과에 다니는 민지를 소개했다.

10장
나는 누구인가?

나(진규)는 꽤 괜찮은 집안의 무매독자였다. 아버지는 과기부 고위 공무원이었고 어머니는 서울 소재 어느 명문대의 정교수였다. 두 분 다 각자의 분야에서 착실히 명성을 다져 온 존경받는 분들로 사회적으로도 웬만큼 알려진 유명 인사였다. 그러나 나는 일찌감치(정확히는 중학교 이후) 부모님의 이중성을 발견했다. 바로 아랫사람을 대하는 그들의 위선적 태도 때문이었다. 즉 가사를 돌보는 아주머니, 운전기사 아저씨 또는 이런저런 이유로 집을 드나드는 보통 사람들에 대한 부모님의 태도는 너무도 낯선 것이었다. 부모님은 그들에게 폭언에 가까운 막말은 물론 마치 상전이 하인을 대하듯 손찌검까지도 예사롭게 하곤 했다. 그러면서도 어떤 양심의 가책이나 일말의 미안함조차 찾아볼 수 없었다. 그렇지만 사적인 공간이 아닌 공적인 장소에선 부러 그들에게까지 철저히 예의를 갖추었다.

"다 좋은 거야. 즐겨!"

형준의 말이었다.

어느 날(고등학교 2학년 때였다). 방과 후 형준과 나는 시내 카페에서 단둘이 만났다. 나는 하도 답답해 형준에게 그런 사실들을 털어놓았다. 그랬더니 녀석은 '그런 부모 만난 걸 행운으로 생각하라'면서 '다 좋은 거니까 즐기라'고 말한 것이다. 그래서 내가 '너희 부모님도 그러시냐'고 물으니까 녀석이 이렇게 말했다. "뭘 그딴 걸 묻냐? 샌님같이!" 내가 할 말을 잃고 눈만 깜박거리자 녀석이 다시 말했다. "야, 딴 거 다 필요 없고 이거 하나만 생각해 봐. 종이 되는 게 좋은가, 주인이 되는 게 좋은가. 상전이 되는 게 좋은가, 하인이 되는 게 좋은가. 개돼지가 되는 게 좋은가, 귀공자가 되는 게 좋은가. 구름길을 걷는 게 좋은가, 가시밭길을 걷는 게 좋은가."

녀석은 곧 거드럭거리며 말을 이었다.

"그냥 다 충실히 배워. 똑같이 배워서 똑같이 즐기는 거야. 자식은 본래 부모를 보고 배우는 거야. 막말로 자식이 부모를 닮는 게 뭐가 나쁘냐? 다 그런 거야. 다들 그렇게 저렇게 또 이어지는 거야. 물이 흐르듯 자연스럽게. 대대손손 권력도 신분도 재력도. 누리는 자는 항상 누리고 당하는 자는 항상 또 당하고 말야. 나를 봐. 얼마나 부모한테 충실한지. 나야말로 둘도 없는 효자야. 세상에 나만한 효자 있음 나와 보라해. 그니까 그냥 즐겨. 제발 그 얼치기처럼 굴지 말고. 넌 감정이 너무 헤퍼서 탈이야. 그깟 째고 쌘 하층민들 실컷 부려먹고 적당히 돈 몇 푼 던져주면 그만이지. 무슨 어쭙잖게 인격타령이냐, 인격타령이. 멍추 같이. 제발 그 되잖은 소리 작작 해라. 언감생심, 그게 가당키나 하냐. 까짓 벌레만도 못한 것들한테 무슨 놈의 인격이 있다고. 자고로 인격이라 함은, 우리 같은 특권층, 귀족층, 지배층, 우리 부모님들 같은 상류 엘리트층에게나 어울리는 거야. 알겠냐? 그니까 즐겨. 그냥 즐겨. 즐겨, 즐겨. 나처럼 즐겨. 이 모든 게 거저먹기, 누워 떡 먹기, 땅 짚고 헤엄치기 아니냐? 그니까 그냥 누리면 돼. 맘껏! 한껏! 원 없이! 한도 끝도 없이 주구장창, 흥청망청, 누리면서 사는 거야. 야, 이 자식아. 이 덜떨어진 놈아. 니가 무슨 위대한 철학자냐? 탈레스냐? 소크라테스냐? 플라톤이냐? 아리스토텔레스냐? 아님 스피노자냐? 까짓 인생 뭘 그리 복잡하게 생각해. 그냥 실컷 즐기다가 폼나게 가면 그만이지."

녀석이 곧 의뭉스럽게 웃었다.

"야, 세상에 특별한 사람은 없어!"

녀석이 다시 말을 이었다. "특별하다는 건 별게 아냐. 세상에 특별한 사람은 없어. 단지 특별한 위치나 자리, 특별한 상황이 특별한 사람을 만드는 것일 뿐. 다시 말해 너나 나나 특별할 게 없는 그저 그런 인간이야. 하지만 우리가 처한 환경이 너랑 나를 특별하게 만들어주지. 봐, 일단 부모들의 직업과 재력 그리고 인맥 따위가 벌써 특별하지 않으냐 말야. 한마디로 부모 잘 만난 덕에 우리 역시 특별한 사람으로 보이는 거야. 그러니 즐겨. 그냥 즐겨. 즐기면 돼. 다른 건 알게 뭐야. 인생이 별거냐? 좋은 게 좋은 거라고, 부모 잘 만난 걸 행운으로 생각하면서 맘껏 누리고 맘껏 뻐기고 맘껏 즐기면되는 거야……"

그날 나는 하마터면 녀석과 주먹다짐을 벌일 뻔했다. 갑자기 녀석이 얼토당토않은 소리를 지껄인 것이다. 요약하면 이렇다. 녀석은 일찍부터 '자기 부모님의 애인들을 다 알고 있다'는 것이다. 즉 어머니의 애인은 물론이고 아버지의 애인들까지. 한데 '아버지의 여자들은 아버지만의 여자들이 아니라 자기의 여자들이기도 하다'는 것이었다. 그리고 이 사실을 아버지도 알고 있으며 알면서도 그저 모른 척 슬쩍 눈감아 준다는 것이다. 또한 그 여자들 중엔 이름만 대면 알 수 있는 인기 연예인도 있었는데, 믿어야 할지 말아야할지 다소 충격적인 고백이었다. 어쨌거나 개코쥐코 녀석이 뭐라떠들어대든 여기까진 좋았다. 하지만 그다음이 문제였다.

"너네 부모님도 똑같지, 뭐!"
녀석이 씩둑 그리 내뱉은 것이다.

(그 말에 왈칵 화가 치밀었다.) 우리 부모님은 절대 그럴 리 없다

며 나는 강하게 항변했다. 녀석은 비웃듯이 킁 콧방귀를 뀌더니 "순진한 놈!" 하고 내뱉었다. 내가 참지 못해 벌떡 일어서며 탁자 너머로 손을 뻗어 대뜸 녀석의 멱살을 틀어쥐었다. 녀석은 아무 저항도 않고 앉은 채로 그냥 가만히 있었다. 이상한 일이었다. 녀석이 맘만 먹으면 나 같은 건 실상 한주먹감도 안 되었으리라. 하지만 이건 녀석이 나보다 몸집이 크다거나 힘이 세다는 뜻이 아니다. 둘 다 키는 183센티 안팎으로 비슷했지만 몸매는 외려 녀석이 더 호리호리했다. 즉 녀석보다 내가 덩치는 더 좋았다는 말이다. 게다가 얼굴 또한 녀석은 다소 갸름했던 반면 나는 외려 호남아에 가까웠다. 일테면 나는 좀 더 우람한 체격이었고 녀석은 좀 더 미끈한 체형이었다.

그렇지만 녀석은 워낙 탁월한 운동 신경에 떡심 좋고 기질적으로도 타고난 싸움꾼이었던 반면, 나는 운동에는 거의 소질이 없는데다 아직은 공부밖에 모르는 한낱 범생이에 순둥이였다. 말하자면 나는 애초에 녀석의 상대조차 안 되었던 것이다. 그런데도 녀석은 다른 애들과 달리 나한테만은 전혀 힘자랑도 주먹자랑도 하지 않았다. 나는 잠시 혼자 씩씩대다가 결국 제풀에 멱살을 풀었다. 녀석은 그저 씩 한번 웃어 보이고는 이어 차분한 음색으로 말했다.

"그래. 좋아. 인정해줄게. 네 말대로 너희 부모님은 다르다고 인정해줄게. 니가 정 그렇게 믿고 싶다면 말야." 이윽고 둘은 좀 서먹해진 상태로 자리에서 일어나 그대로 묵묵히 카페 문을 나섰다. 이어 잘 가라는 인사 한마디 없이 둘은 곧장 제 갈 길로 돌아섰다. 그리 뚜벅뚜벅 너덧 걸음쯤 걸어갔을까. 녀석이 우뚝 발을 멈추고 순간 흘끔 돌아보면서 돌연 알쏭달쏭한 말을 던졌다.

"진규야, 나는 니가 부럽다!"

11장
대학 캠퍼스의 설화

　민지가 본래는 형준의 애인이었다는 사실을 안 것은 1년 뒤쯤이었다. 내가 민지 몰래 즐겼던 여자애 하나(연지)가 그 사실을 귀띔했다. 그날 한차례 격렬한 몸부림을 나눈 뒤 그 애가 갑자기 그 얘기를 꺼낸 것이다. 나는 별반 놀라지도 않았다. 그저 약간 의외라는 생각과 함께 일종의 흥미로움을 느꼈을 뿐이다. 그즈음 나는 이미 또 하나의 형준으로 변해가고 있었기 때문이다.

　"근데, 갑자기 그 얘길 하는 이유가 뭐야?"
　나는 별일도 아니라는 듯 심드렁히 물었다.

　그 애는 뻐끔뻐끔 담배를 빨고 나서 한차례 후우 뱉으면서 말했다. "바보. 난 니가 좋아. 그니까 그 애랑 헤어져. 그 앤 니가 생각하는 그런 애가 아냐. 넌 지금 속고 있는 거야. 그것도 완벽하게. 그래서 그런 거야. 그래서 그랬어. 한 번쯤 그 애에 대한 환상을 깨주고 싶었어. 넌 그 애가 무슨 요조숙녀라도 되는 줄 알잖아."

"그냥 즐겨! 뭐 그리 복잡해!"
내가 툭 던졌다.

예전부터 형준이 즐겨 쓰던 멘트였다. 바로 그 소리가 나도 모르게 툭 튀어나온 것이다. 그 애가 물끄러미 나를 쳐다보았다. "그거 아니? 너 많이 변했어." 그 애가 말했다. 그 말을 듣는 순간 나는 문득 민지가 들려준 글귀가 떠올랐다. (진실한 사랑은 모두가 이야기하지만 본 사람은 거의 없다.) "넌, 그걸 믿니?" 내가 불쑥 물었다. 그 애가 무슨 뜻인지 모르겠다는 듯 멀뚱히 바라보았다. "진실한 사랑을 믿느냐구?" 그 애는 담배를 끄고 멍히 생각에 잠기더니 이윽고 이렇게 말했다. "진실한 사랑은 믿지 않지만, 진실한 사랑이 있을 거라는 가능성은 믿어. 아니. 믿고 싶어."

나는 묵묵히 고개를 끄덕였다.
왠지 그 애가 측은해 보였다.

곧 나는 그 애 머리에 입을 맞췄다. 그러고서 부드럽게 그 애를 껴안았다. 그 애는 내 품에서 스르르 잠이 들었다. 흡사 갓난애처럼 그대로 곤히 잠이 들었다. 이내 새근새근 그 애 숨소리가 새어나왔다. 다른 학우들에 비해 집안은 좀 초라했지만 심성은 꽤 착한 애였다. 나는 결코 그 애를 사랑하진 않았지만, 어쩜 그 순간만큼은 그 애를 사랑하고 있을지도 모른다는 슬픈 착각이 일었다. 일주일 후, 그 애는 스스로 목숨을 끊었다. 약물 과다복용이었다. 즉 자기 집 자기 방에서 수면제, 항우울제, 항불안제, 신경안정제, 두통약서껀 을 한꺼번에 몽땅 목구멍에 들이뜨린 것이다.

12장
민지는 진규를 사랑했는가?

"무게 없는 인생을 나는 얼마나 자주 손으로 달아보았던가!" 민지가 또 글귀 하나를 읊었다. 어느 카페에서였다. 창밖에는 가을비가 내리고 있었다. 그녀가 내 어깨에 머리를 기댔다. 나는 여직 한 번도 그녀의 글귀에 답을 하지 않았다. 하지만 그날만은 달랐다. 거기 창밖에 내리는 빗줄기 때문이었을까. 순간 문득 이런 글귀가 떠올랐다. "그대, 어리석은 인생아. 머리는 가득 차고 가슴은 텅 비었구나. 육신은 비옥하고 영혼은 시들었구나. 두뇌는 기름지고 심장은 메말랐구나."

민지가 불쑥 고개를 들고 나를 바라보았다. 곧 누구의 글귀인지 물었다. 나는 모른다고 대답했다. 얼마 후 우리가 카페를 나왔을 때는 밤 9시가 좀 지난 시각이었다. 비는 더 줄기차게 쏟아지고 있었다. 둘은 우산 하나를 푹 내려쓰고 나란히 밤거리를 걸었다. 빗줄기가 금세 바짓단을 적셨다. 그날따라 민지도 나도 다른 때와 달리 낯선 감정에 젖어 있었다. 둘 다 비 오는 밤거리를 오래도록 걷고 싶었다. 여느 때 같으면 비를 피해 급히 거리를 벗어났을 터였다.

"언제까지 함께할 수 있을까?"
민지가 뚜벅 물었다.

내가 답이 없자 민지가 다시 말했다. "그렇게 불쑥 이별은 또 다
가오겠지? 응? 우리한테도. 어김없이 우리한테도." 둘은 잠시 입을
다물었다. "이별은 다가오는 게 아냐." 내가 막 입을 열었다. "우리
가 이별을 향해 다가가는 거야. 이별은 늘 그 자리에 있어. 우리가
다가가지 않으면 한 발짝도 움직이지 않아." 민지가 발을 멈추고 물
끄러미 나를 바라보았다. 그러다 물었다. "그럼, 다가가지 않으려
면 어떻게 해야 해? 시간이 멈추지 않듯 이별을 향해 다가가는 것
도 멈출 수 없는 거잖아." 나는 말없이 민지의 눈을 바라보았다. 민
지는 울고 있었다. 그 순간 나는 깨달았다. 민지가 나를 사랑하지
않는다는 사실을. 민지는 그 순간 다른 누군가를 사랑하고 있었다.
그녀의 눈망울 속에 바로 그 비밀의 슬픔이 깃들어 있었다. 그녀의
눈물은 바로 그 누군가를 향한 정념의 시름이었고 영혼의 아픔이었
고 서글픈 심장의 탄식이었다.

13장
민지의 사랑은 어디에?

민지는 당시 새아버지와 살고 있었다. 민지가 막 중학교에 입학했을 때 그 애 어머니는 그 남자와 재혼했다. 그 애 어머니와 달리 그 남자는 초혼이었다. 그럼에도 그 남자는 민지의 어머니를 몹시 사랑했다. 그 남자는 의붓딸인 민지에게도 아낌없는 사랑을 베풀었다. 답은 거기에 있었다.

나도 형준도 다른 누구도 아니었다. 지금 민지의 눈에 흐르는 눈물의 의미. 그것은 다름 아닌 새아버지를 향한 순정의 눈물이었다. 민지는 새아버지를 사랑하고 있었다. 민지는 어쩌면 새아버지와의 이별을 두려워하고 있었다. 어떤 의미로든 새아버지와의 이별을 생각하는 것 자체가 고통이었다.

일찌감치 친부에게 버림받고 외면당한 그녀였기에 새아버지의 따뜻함은 유독 특별한 의미로 다가왔다. 그토록 따스한 보호막 속에서 민지는 점점 행복의 빛깔을 그러모았다. 그러는 사이 새아버지에 대한 민지의 감정은 어느덧 연모의 빛깔로... 금제된 연인의 형태로 변모했던 것이다.

그녀는 어머니를 사랑했다. 하지만 어머니는 또한 한 남자를 사이에 둔 연적이기도 했다. 때론 어머니가 미웠다. 밤마다 아버지를 독차지하는 어머니가 원망스러웠다. 깊은 밤. 그녀는 몰래 어머니의 방을 엿보았다. 어머니는 새아버지의 품에 안겨 아이처럼 잠들어 있었다. 민지는 순간 질투심이 불타올랐다. 당장 방으로 뛰어 들어가 어머니를 밀치고 새아버지 품으로 안겨들고 싶었다. 이윽고 민지는 자기 방으로 되돌아왔다. 민지는 그대로 베개에 얼굴을 묻고 펑펑 숨죽여 울었다. 그것은 오직 민지만의 아픔이었다. 그 무렵 민지는 형준을 알게 되었다. 민지는 무섭도록 형준에게 집착했다. 그럴수록 민지의 공허감은 더욱더 깊어져갔다. 형준에게 집착할수록 민지의 감정은 더욱 선명해질 뿐이었다. 민지는 또 한 번 절실히 깨달았다. 결코 형준에게선 채울 수 없는 그 깊은 영혼의 공허를.

형준은 갈수록 민지가 싫증이 났다.

형준은 사실 민지가 싫지는 않았지만 그녀의 그 지독한 집착증만은 견디기 어려웠다. 본래 누구에게도 얽매이지 않은 그 성격 탓이었다. 엄밀히 말하면, 형준에게 민지는 그저 즐기는 여자들 중 하나였을 뿐이다. 그렇지만 민지를 차버리기엔 아직 아쉬움이 남아 있었다. 그래서 형준은 그럭저럭 민지와의 관계를 지속하며 고등학교 시절을 보냈다. 그러다 대학에 입학한 뒤 적당한 시기를 노려 아직 아무것도 모르는 나한테로 슬쩍 그녀를 떠맡긴 것이다. 그 뒤로도 계속 그들 둘이 몰래 관계를 이어갔는지는 알 수 없다. 아니, 중요치 않다. 녀석에게 여자는 남아돌았다. 녀석은 따로 민지를 만날 여유조차 없었으리라.

대학 내내 우리들은 사이가 좋았다.

이따금 녀석과 나 그리고 민지, 이렇게 셋이 함께 만났다. 만남은 어색하지 않았다. 내가 둘의 사이를 알았을 때나 몰랐을 때나 마찬가지였다. 아직 몰랐을 때는 몰랐기 때문에 그러했고, 죽은 연지를 통해 그 사실을 알았을 때는 내가 이미 딴사람으로 변한 뒤였기에 그런 것쯤은 아무렇지 않았다. 형준의 사고방식은 매우 실용적이었다. 나는 그것을 적극 흡수했고 또 적절히 활용했다. 그것은 바로 아무런 앙금도 남기지 않는 매우 진보되고 현대적인 감정 처리 방식이었기 때문이다.

14장
누구나 한 번은 일탈을 꿈꾼다.

어느덧 형준과 나는 거의 같은 부류의 인간형이 되어 있었다. 형준은 본래부터 그런 부류였으니 변한 것은 실상 나 자신뿐이었다. 절대 변하지 않을 것 같던 나였지만 그것은 혼자만의 순전한 착각이었다. 대학에 입학하고 난 뒤 채 1년도 지나지 않아 나는 전혀 딴사람이 되고 말았다. 내가 정확히 어떤 과정을 거쳐 그리 변하게 되었는지는 알지 못한다. 어느 날 문득 되돌아보니 이전의 나는 사라지고 없었다.

하지만 구태여 나는 이전의 나를 되돌아보거나 되찾을 생각은 하지 않았다. 현재의 내가 싫지 않았고 이전의 나에 비해 훨씬 더 문명화된 느낌이 들었다고 할까. 여하튼 이전의 내 모습에 비해 확실히 도시적이고 세련된 인간형으로 변모했다. 적어도 나는 그렇다고 믿었다. 전에 연지도 그랬었지만 이따금 주위에서(특히 여자애들이) 내가 많이 변했다는 말을 하곤 했다. 그렇지만 나는 그 말의 진정한 뜻을 알지 못했다. 그 말이 좋은 뜻인지 그렇지 않은지 나는 도시 감을 잡을 수 없었던 것이다.

　여자애들은 그저 변했다고만 할뿐 그것이 어떤 의미인지 구체적으론 설명하지 않았다. 그렇다고 전보다 거리감을 두거나 대하는 태도가 별반 달라진 것도 아니라서 나는 딱히 그 애들의 이야기를 좋지 않은 의미라고 단정하기는 어려웠다. 그래서 단지 이래저래 더 나아졌다는 의미쯤으로 해석하기로 했다. 하루는 내가 형준에게 물어보았다. 그랬더니 녀석은 실실 웃기만 할뿐 별다른 대꾸를 하지 않았다. 내가 거듭 귀찮게 물어보자 녀석은 성가시다는 듯 이렇게 툭 내뱉었다.

　"이 맹추야!"
　"다 니가 좋다는 거야!"
　"그게 다 관심의 표현!"
　"연정의 우회적 고백인 거야!"
　"알겠냐?"

15장
형준 그리고 모험심

대학 시절 형준과 나는 그리 짝패가 되었다. 고등학교 때와는 비교도 안될 만큼 밀접해졌다. 한마디로 의기투합했다. 형준은 본래 모험을 즐기는 녀석이었다. 호기심 또한 남달랐다. 다만 그 호기심이란 게 거의 여자에 관한 것이었다는 게 문제라면 문제였다. 녀석이 사람의 심리에 관심이 많은 것도 따지고 보면 그들 여자들의 심리에 대한 단순하고 원초적인 흥미에서 비롯한 것이었다.

아닌 게 아니라, 녀석의 방엔 여성 심리에 관한 온갖 책들로 발 디딜 틈이 없을 정도였다. 그 종류 또한 단순 흥미용 저급 잡지류부터 소설류, 에세이류, 칼럼집, 고급 논문 수준의 정통 전문 서적에 이르기까지 각각의 특성별로 총망라돼 있었다. 그렇지만 녀석은 자신의 지식을 철저히 현실에서만 일차원적으로 적용할 뿐 결코 체계적인 인간 탐구나 고차원적 학문 연구용으로는 활용하지 않았다. 즉 오로지 그 실용성만을 탐했을 뿐 공부 그 자체에는 실상 의미를 두지 않았다는 말이다.

녀석은 종종 '카사노바(Casanova)'와 '돈 후안(Don Juan)'을 비교분석해가면서 자신의 수제자인 나에게 특별 교육을 펼치곤 했다. 녀석은 그들 두 사람이 정녕 '자신의 우상'이라고 말했다. 그러면서 남자가 세상에 태어났으면 적어도 한 번은 그들처럼 살아봐야 한다고 말했다. 나는 녀석에게 '그리 여자들이 좋으면 차라리 진시황이나 솔로몬 왕, 아니면 모로코의 술탄 물레이 이스마일을 우상으로 삼을 것이지 뭐하려고 그들을 우상으로 삼느냐'고 물었다. 그 숫자로 보나 규모로 보나 서로 비교도 안 될 만큼 압도적이지 않은가. 적어도 여자를 거느리려면 그 정도는 거느려줘야 거느린다고 할 수 있을 것이 아닌가.

그랬더니 녀석은 심드렁한 태도로 그 이유를 설명했다. 말하자면 '그냥 주어지는 것과 자신의 노력으로 얻는 것은 그 보람도 느낌도 성취감도 엄연히 다르다'는 것이다. 나는 녀석의 말에 동의를 하진 않았지만 언뜻 그도 그럴 것 같다는 생각은 들었다. 하지만 녀석이 스스로 그것을 얻기 위해 무슨 노력을 하는지는 의문이었다. 물론 나름대로야 어떤 식으로든 노력을 하긴 하겠지만 말이다. 한데 말이 나왔으니까 말이지. 이것만은 짚고 넘어가야겠다. 즉 녀석도 결국 제 스스로의 노력보다는 그 자신이 가진 권력으로 여자들을 꼬드기지 않는가? 일테면 제 아버지로부터 물려받은 그 권력. 바로 그 '돈이라는 힘' 말이다.

16장
형준, 욕망, 엽색, 다섯 가지 모험

형준을 따라다니면서 나는 실로 많은 것을 보고 배우고 경험했다. 그것이 꼭 유익했다거나 필요했다거나 즐거웠다거나 낭만적이었다거나 값진 경험이었다고는 말하기 어렵다. 다만 다종다양한 추억의 조각들이 한데 모여 한 사람의 일생을 완성한다고 볼 때 그것은 분명 의미 있고 가치 있는 청춘의 조각들이었다고 고백하고 싶다. 아무튼 다음 장에선 그 경험에 관한 이야기를 하려고 한다. 한데 이 자리에서 그것을 전부 이야기하기엔 심히 무리가 있다. 그러려면 아마 이 책 한 권을 온전히 그 이야기만을 전달하는 데 할애해도 모자랄 터이다. 어쨌거나 그 이야기를 하기로 했으니 어떤 것이든 하기는 해야 할 것이다. 그래서 고민 끝에 그중 재미와 스릴을 최우선으로 하여 최종 다섯 가지 이야기를 선별했다. 이제부터 순서대로 그 이야기를 들려드리려 한다. 물론 약간의 각색만큼은 피할 수 없다. 즉 이야기마다 중심적 팩트는 살리면서도 그 전달의 편의성에 맞춰 최소한의 첨삭이 있었음을 미리 밝혀둔다.

17-1장
망보기 또는 망원경

한낮에 나는 형준을 따라 어느 고급 아파트를 방문했다. 이제 막 아파트에 들어서자 40대 안팎의 여자 하나가 우리를 반겼다. 키는 아담하고 몸매는 토실토실한 귀여운 타입의 여자였다. 그 여자가 커피를 내왔다. 셋은 식탁에 앉아 커피를 마셨다. 처음부터 이야기가 잘 통했다. 여자의 남편은 회사에 출근하고 없었다. 초등생인 아이들은 학교에 갔다. 형준은 그 여자를 '아는 누님'이라고 소개했다. 어떻게 아는 누님인가는 모른다. 그 순간 내가 고등학교 시절의 그 여자를 떠올린 것은 당연한 일이다. 그렇다고 그 여자와 이 여자가 닮았다는 것은 아니다. 둘은 전혀 달랐다. 이번 여자는 귀엽기는 해도 어찌 보면 평범하고 수더분한 외모였다. 다만 웃을 때 약간 보조개가 패는 것이 매력이라면 매력이었다.

대략 20분 뒤. 형준과 여자는 함께 방으로 들어갔다. 나는 형준과의 약속대로 베란다로 다가갔다. 거기 서서 망원경으로 저 아래 아파트 옥외 주차장을 살폈다. 망원경은 형준이 미리 준비한 것이 었다. 내 임무는 비교적 간단하면서도 수월했다. 한마디로 어떤 차 하나가 혹 주차장에 나타나는지를 관찰하는 거였다. 만의 하나 그 차가 나타날 경우 최대한 신속히 그 방의 남녀에게 알리면 되는 것 이다. 오는 길에 이미 차종과 번호판 숫자 그리고 차주의 인상착의 등을 자세히 설명 들었다. 이것은 비상상황이니 속도가 생명이었 다. 그 차에서 내린 사람은 승강기를 탈 것이고 우리는 계단을 통해 도주한다. 실로 단순하고도 명쾌한 작전이었다.

대략 30분쯤 지났다.

하지만 아쉽게도 그 차는 나타나지 않았다. 그때 돌연 방문이 열 렸다. 들어갈 때는 둘이었지만 나올 때는 한 사람이었다. 바로 형준 이였다. 녀석은 다소 피로한 기색이었다. (그 30분 사이) 나는 내 일 에 열중하느라 그 방에서 '자지러진 비명소리 비슷한 고함소리가 나는 것'도 듣지 못했다. 그 소리는 뭐랄까. 처음에는 아마 고양이 소리처럼 작고 간드러진 교음이었으리라. 그러다 점점 가속도가 붙 고 그 열기가 한껏 고조되면서 마지막엔 거의 폭발음 수준의 방성 으로 증폭되었으리라. 어쨌거나 나는 내 임무를 무사히 마쳤다. 그 렇듯 게임은 다소 싱겁게 끝났다. 돌아오는 길에 녀석의 차 안에서 내가 물었다. "주변에 니 여자들 천진데, 왜 이런 짓을 벌이는 거 냐?" 녀석은 피식 웃을 뿐 아무 말이 없었다. 그러다 이윽고 한마디

툭 내뱉었다. "니가 스릴을 알아?" 이어 녀석은 이렇게 덧붙였다. "지금 당장 남편이 들이닥칠지도 모른다는 그 긴장감. 바로 그 서스펜스 말야."

옳아! 그거였군!

녀석은 결코 시간을 허비하지 않는다. 녀석은 시간을 쓰면 쓴 만큼 반드시 그 대가를 획득한다. 녀석의 사전에 '시간'이란 단어도 있고 '낭비'란 단어도 있지만 그 두 단어가 한곳에서 만나는 일은 좀처럼 없다. 즉 녀석의 머릿속에서 이 두 단어의 성격은 심히 대극적인 구도를 형성하고 있어 이른바 '시간의 낭비'라는 단어의 조합은 거의 상상할 수 없다. 그런 의미에서 이번 일도 예외가 아니다. 녀석은 오늘도 충분히 보상을 받았다. 역시 녀석은 보기 드문 실천가요 전략가였다. 그건 그렇고 나는 오늘 이 과정에서 무엇을 얻었는가. 나도 필시 뭔가 얻기야 얻었겠지만 당장은 딱히 떠오르는 게 없었다. 그럼에도 이 한 가지만은 분명히 깨달았다. 즉 녀석이 건네준 그 망원경의 성능이 굉장히 탁월했다는 사실 말이다.

17-2장
망보기 또는 엿보기

녀석은 그걸 '호기심 또는 창의성'이라고 말하지만 내 생각은 다르다. 아무리 그럴 듯하게 포장해도 그건 단지 변태적인 행동일 뿐이다. 하지만 이 말에도 모순은 있다. 원래 변태라는 말 자체가 독특하다는 의미를 포함하고 있기 때문이다. 그렇다면 녀석의 말대로 창의성이라고 해도 꼭 틀린 것만은 아닐 것이다. 대학 입학과 동시에 녀석은 부모님 집에서 나와 따로 오피스텔을 얻어 생활하고 있었다.

어느 날 오후.

나는 녀석의 차를 타고 그의 오피스텔에 갔다. 우리가 오피스텔 안으로 들어서자 웬 젊은 여자가 벌거벗은 채로 녀석의 침대에 큰 대자로 드러누워 있었다. 그 상태로 천장을 응시한 채 눈만 껌벅껌벅할 뿐 꼼짝도 하지 않았다. 살집이 썩 풍만한 여자였다. 굳이 말하자면, '구스타브 쿠르베(Gustave Courbet)'의 그림 '세상의 근원 (L'origine du monde)'을 보는 듯한 광경이었다. 즉 여성의 사타귀를 유독 풍요롭고 너그럽게 표현한 그 그림 말이다.

방에서는 살짝 술 냄새가 났다.

녀석이 막 여자에게 다가가 허벅지를 탁탁 치며 일어나라고 말했다. 여자는 슬슬 굼뜬 동작으로 자리에서 일어났다. 여자는 나를 보고도 아무렇지 않은 모양이었다. 하기야 아무렇지 않기는 나도 마찬가지였다. 그 순간 그 여자는 내게 또 하나의 살아 숨 쉬는 물체이자 비인격적 사물에 불과했다. 즉 그 여자가 벗었다는 사실은 단지 눈앞에 보이는 일상적 현상일 뿐 더는 아무런 의미도 갖고 있지 않았다. 녀석이 여자에게 '잠깐 나갔다 오라'고 말했다. 여자가 순순히 그의 말에 따랐다. 여자는 속옷도 입지 않고 원피스 한 장만 달랑 걸치고는 그대로 방을 나갔다.

녀석과 나는 냉장고에서 맥주를 꺼내 마셨다.

한 20분쯤 지났다. 누군가가 막 초인종을 눌렀다. 잠시 후 화려한 복장의 사모님 하나가 방으로 들어왔다. 한 손에는 샤넬 백을 들었고 머리에는 오드리 햅번(혹은 바부슈카) 스타일로 스카프를 둘렀으며 얼굴에는 짙은 베르사체 선글라스를 끼고 있었다. 형준의 소개로 우린 서로 몇 마디 인사말을 나눴다. 나는 내 임무를 알고 있었으므로 곧 충실히 그 역할을 수행했다. 아까 오는 길에 차 안에서 녀석은 세세한 것 하나하나까지 꼼꼼히 일러주었다. 그것은 뭐랄까. 한마디로 쉽다면 쉽고 어렵다면 어려운, 즐겁다면 즐겁고 역겹다면 역겨운, 뭐 그렇고 그런 또 하나의 미션이었다.

우선 나는 겉옷부터 시작해 브래지어와 팬티 같은 속옷에 이르기까지 그 사모님이 걸친 옷이란 옷은 죄 남김없이 벗겨드렸다. 이어 마지막으로 양말 두 짝과 선글라스를 벗겨드린 다음 완전히 벌거벗은 그 육체를 욕실로 모시고 가 한차례 정성스럽게 온몸을 씻겨드렸다. 얼마 후 내가 목욕 가운을 걸친 사모님을 모시고 욕실 밖으로 나왔을 때 녀석은 팬티 하나만 걸친 채로 침대에 누워 있었다. 사모님은 곧 가운을 벗고 알몸으로 침대 가로 다가가더니 곧 한 손을 뻗어 팬티 위로 살살 녀석의 심벌을 어루만졌다. 그러고서 막 침대 위로 기어올랐다. 이어 두 사람은 서서히 꿈틀거리며 끈적끈적 엉겨 붙기 시작했다. 그사이 나는 침대 가로 바짝 다가서서 거기 알몸으로 질척대는 그들 두 욕망의 물체를 지켜보았다.

이것도 내 임무의 하나였다.
녀석의 요구는 이런 것이다.

즉 조용히 침대 가에 서서 자신들의 행위를 지켜보다가 자기가 나가라고 할 때 나가라는 것. 그리고 밖에 나가 혹시 누가 오는지

망을 보라는 것. 이를테면 부모님이나 또 다른 사모님들 말이다. 얼마가 지났다. 녀석이 막 자세를 바꿔 그녀의 매끈한 둔부에 자기의 심벌을 바싹 밀착시키면서 '이제 나가도 좋다'고 내게 말했다. 나는 그 뒤엉킨 두 살덩이를 뒤로한 채 곧 문밖으로 나왔다. 이어 잠시 문 앞에 섰다가 나는 승강기를 타고 아예 건물 밖으로 빠져나왔다. 건물 앞 주차장에 짙은 선팅을 한 최신형 고급 세단 한 대가 주차되어 있었다. 내가 곧 그쪽으로 다가가 뒷좌석 창유리에 눈을 대고 잘 보이지 않는 내부를 살펴보고 있는데, 한 남자가 불쑥 운전석 문을 열고 차에서 나왔다.

"누구요? 왜 남의 차를 기웃거려요?"

알고 보니 그 남자는 사모님의 운전기사였다. 나보다 얼추 대여섯 살쯤 많아 보였다. 내가 형준의 친구라고 말하자 그는 곧 경계심을 풀고 웃는 얼굴로 나를 대했다. 이어 둘은 격의 없이 주절주절 잡담을 주고받았다. 이상스레 말이 잘 통했다. 내가 슬쩍 사모님이나 그 남편에 대해 묻자 그는 부러 대답을 꺼렸다. 일종의 직업의식이었다. 그래도 내가 계속 묻자 그는 마지못해 '사모님도 그 남편분도 다 알 만한 신분'이라고만 말했다. 그러면서 '사모님은 얼마 전까지 A미술관의 관장'이었다고 덧붙였다. 그런데 잠시 후 그의 입에서 뜻밖의 말이 흘러나왔다. 즉 사모님과 형준은 서로 '수년 전부터 정기적으로 만나 온 사이'라는 것이다. 요컨대 형준은 이미 고등학교 시절에 그 사모님의 파트너 중 하나였다는 것이다.

　이윽고 그 사모님이 볼일을 마치고 이제 막 건물 밖으로 빠져나왔다. 아까 오피스텔로 들어섰을 때 그 모습 그대로 바부슈카 스타일에 선글라스를 낀 차림새였다. 운전기사가 즉시 뒷좌석 문을 열고 대기했다. 이어 사모님이 좌석에 올라타자 그는 재빨리(그러나 조심스레) 문을 닫고 운전석으로 뛰어 들어갔다. 이내 시동이 걸리고 차가 막 떠나려는데 돌연 스르륵 뒷좌석 창유리가 내려갔다. 순간 반쯤 열린 창유리 사이로 사모님이 불쑥 손을 내밀어 내게 명함 한 장을 건넸다. 그러면서 말했다. "용돈 필요하면 연락해. 섹시하게 생겼네." 다시 스르륵 창유리가 올라갔고 차는 곧바로 주차장을 떠났다. 나는 슬쩍 명함을 바라본 뒤 그것으로 머리를 긁적긁적하면서 다시 승강기를 타고 녀석의 방으로 올라갔다.

17-3장
망보기 또는 맛보기

형준 녀석은 정말로 괴짜였다. 녀석의 차가 막 한쪽 도롯가에 섰다. 차도에는 차들이 질주하고 인도에는 쉬지 않고 행인들이 오갔다. 나는 방금 차 조수석에서 내렸다. 녀석은 운전석에서 내려 곧바로 뒷좌석으로 옮겨 탔다. 뒷좌석에는 녀석의 애인이 타고 있었다. 꽤 볼륨 있고 애교스러우면서도 육감적인 여자였다. (정정한다! 정확히 말하면, 녀석의 애인이 아니라 여러 섹스 파트너 중 하나였다.) 내 임무는 또 망보기였다. 즉 조용히 망을 보다가 주변에 혹 교통경찰이 눈에 띨라치면 즉각 예방 조치를 취해야 한다. 즉 잽싸게 차를 몰아 그곳을 뜨는 것이다. 또 다른 임무는 누가 차에 접근하지 못하도록 경계하는 거였다. 미리 밝히지만, 이번에는 일이 계획대로 풀리지 않았다. 망을 보던 중 갑자기 나는 오줌이 마려워졌다. 급히 주위를 둘러보니 볼일을 볼 만한 마땅한 장소가 눈에 띄지 않았다.

나는 하는 수 없이 길 건너 카페로 달려갔다. 대략 10분 뒤. 나는 그 카페를 나왔다. 한데 그사이 건너편에 문제가 생겼다. 제복을 걸친 경찰 하나가 녀석과 애인을 상대로 뭔가를 캐묻고 있었던 것이다. 잠시 후 녀석은 다시 운전석에 앉았다. 그대로 경찰차를 따라 녀석의 차는 곧장 인근 경찰서로 이동했다. 그날 밤 나는 녀석과 함께 그의 오피스텔 식탁에 마주앉아 있었다. 이번에도 녀석의 일은 별 탈 없이 쉽게 무마되었다. 좀 더 설명하면 이번 사건의 경위는 이랬다. 내가 자리를 비운 동안 어떤 행인 하나가 차에서 이상한 소리가 난다며 경찰에 신고를 했던 것이다. 그 신고자는 차 안에서 벌어지는 일을 완전히 오해했다. 그러니까 차 안의 그 신음소리를 듣고 지금 일종의 범죄행위가 벌어지고 있는 것으로 착각했던 것이다.

그날 녀석은 화를 내진 않았지만 한 번 더 실수하면 매우 곤란한 일이 생길지도 모른다고 말했다. 그 곤란한 일이 자신에게 생긴다는 것인지, 나한테 생긴다는 것인지는 말하지 않았다. 어쨌든 내 불찰이었다. 아무리 급해도 녀석에게 먼저 알려야 했으니까 말이다. 녀석은 내 실수를 한 번 눈감아 주는 대신 그 벌로 대뜸 한 가지 요구를 해 왔다. 여하튼 실수는 실수이니 응당 그 실수에 대한 대가는 치러야 한다는 논리였다. 그리고 그러는 게 실수를 범한 나에게도 결국 도움이 되는 합리적인 해결책이라는 것이었다. 녀석다운 발상이었다. 뭔가 심히 자기 편의적인 의식구조가 아닐 수 없었다.

좌우간에 녀석의 요구는 이런 거였다. 즉 자기가 관리하는 사모님이 하나 있는데, 다소 유별난 취미를 갖고 있다는 것이다. 그러니 벌칙으로 내가 자기를 대신해 그 사모님을 한 차례 만나보라는 것이었다.

　나는 쾌히 응했다.

　어찌됐건 나로서는 손해 볼 게 없는 제안이었다. 장소는 그 사모님의 비밀 아지트였다. 그 아지트란 곳은 조금 한적한 곳에 위치한 고급 별장으로 2층짜리 단독주택이었다. 밤 8시경, 녀석은 나를 그곳에 데려다 준 뒤 곧 차를 몰고 떠났다. 녀석은 현관문을 나서기 전 '적당한 시간이 되면 다시 데리러 오겠다'고 말했다. 그렇게 별장에는 나와 그 사모님, 단 두 사람만 남았다. 그 사모님은 키가 훌쩍 크고 날씬한 타입의 미인이었다. 한마디로 내가 무척 선호하는 타입이었다.

　나는 절로 미소가 번졌다.

　그러나 잠시 후 내 미소는 돌연 고통의 전주곡으로 바뀌었다. 한순간 짜잔! 하고 건장한 사내 둘이 그 자리에 나타났다. 그들의 복장은 가관이었다. 하나는 배트맨 복장이었고, 또 하나는 슈퍼맨 복장이었다. 그들의 손엔 각각 넥타이가 한 개씩 들려 있었다. 그들이 다짜고짜 내 옷을 벗기고 등 뒤로 손을 모아 넥타이 하나로 손목을 묶었다. 그런 다음 무릎을 꿇리고 남은 넥타이로 두 발목을 꼭꼭 동여맸다. 미처 손쓸 새도 없이 나는 그리 순식간에 당했다. 그 사이 여자는 팬티만 걸친 채로 안락의자에 앉아 입가에 지그시 회심의 미소를 흘리고 있었다. 나는 꽁꽁 손발이 묶이고 완전히 발가벗겨진 채 그녀 앞으로 질질 끌려가 꼼짝없이 그 자리에 꿇어앉혀졌다.

그녀가 이윽고 내 입 가까이로 발끝을 쑥 내밀었다. 나는 무슨 의도인지 몰라 잠시 그대로 있었다. 그러자 슈퍼맨이 말했다. "당장 발가락을 빨아!" 그제야 나는 그녀의 유별난 취미가 무엇인지 깨달았다. 나는 졸지에 남의 발가락을 빠는 기구한 신세로 전락하고 말았다. 몹시도 역겨운 상황이었지만 그래도 나는 형준과의 약속을 지키려는 의무감으로 곧 최선을 다해 주어진 역할을 수행했다.

여자는 굉장히 만족스러워 보였다.

(뭐가 그리 흥분되는지 나는 상식적으로 잘 이해할 수 없었지만) 여자는 쉴 새 없이 그리고 기이하게 신음을 토해냈다. 그러면서 차츰 젖꼭지가 도드라지고 그 젖무덤도 덩달아 팽팽하게 부풀어 올랐다. 그러는 동안 나의 심벌은 저절로 팽창과 수축을 거듭하면서 혼자 어쩔 줄을 모르고 정처 없이 방황하고 있었다. 대략 30여분쯤 지

났을 때 여자가 심하게 몸을 비틀며 거의 기절할 듯 외마디를 토했다. 다시 말해 여자는 순간 오르가즘에 이른 듯했다. 다음 순간, 사내들이 즉각 그러나 조심스레 내 손발을 풀었다. 그리고 아까와는 딴판으로 정중하게 인사말을 건네면서, 아주 훌륭하게 임무를 마쳤다고 칭찬했다.

그 별장을 나오기 전. 사모님은 내게 수표 한 장을 건넸다. 상당한 액수였다. 사모님은 내게 '꼭 한 번 다시 보고 싶다'고 말했다. 매우 간곡한 눈빛이었다. 그때 울컥 구토가 치밀었다. 방금까지도 멀쩡했는데, 꼭 한 번 다시 보고 싶다는 그 말을 듣는 순간 속이 확 뒤집히고 말았다. 나는 그대로 도망치듯 집밖으로 달려 나왔다. 그렇게 문밖 담벼락에 기대서서 형준 녀석을 기다리며 가까스로 불편한 속을 추슬렀다. 그러다 이윽고 녀석이 나타나지 않자 더는 기다릴 수가 없어 곧장 담벼락에서 등을 떼고는 저쪽 어둠 속으로 나는 천천히 걷기 시작했다.

그리 저만큼 걷다가 한쪽 가로등 밑에 멈춰 서서 다시 수표를 살펴보았다. 정말 상당한 액수였다. 웬만큼 사는 집의 외아들인 자신으로서도 결코 만만히 볼 수 없는 고액이었다. 나는 순간 이런 생각을 해보았다. '그냥 눈 딱 감고 한 번 더 만나줄까?' 나는 그 수표를 반으로 접었다. 그러면서 혼잣말로 중얼거렸다. "진짜, 재밌는 세상이야. 이리 쉽게 돈을 벌 수 있다니……" (하지만 남의 발가락을 빼는 게 말처럼 그리 쉬운 일은 아니다.) 방금 접은 수표로 머리를 긁적이면서 나는 다시금 어둠 속으로 걷기 시작했다. 그리고 대략 열 걸음이나 갔을까. 나는 결국 그 자리에 푹석 쪼그려 앉아 웩웩 구역질을 해대기 시작했다.

17-4장
맛보기 또는 핫도그

　그날 밤. 형준을 따라 들어간 곳은 여성 전용 어느 비밀 호스트 바였다. 그러니까 우리 둘은 지금 일일 즉석 (퇴폐) 남자 접대부로 변신한 것이다. (또한 이 가게의 실제 업주는 다름 아닌 형준 녀석이었다. 물론 가게 운영은 바지사장으로 앉혀 놓은 그의 심복과 몇몇 똘마니들을 통해 이뤄지고 있었다. 하지만 이건 어디까지나 나중에 알게 된 사실일 뿐 그때까지만 해도 나는 아직 그런 내막을 까맣게 모르던 터였다.) 룸마다 단골손님들로 그득먹했다. 나는 녀석을 따라 미로 같은 통로를 지나 이윽고 한 룸으로 들어갔다. 거기에 젊은 여자 셋이 앉아 있었다. 셋은 어지간히 도발적인 자태로 한창 대마초를 빨아대는 중이었다. 개중 하나는 팬티와 브라만 걸친 반라의 상태였다. 이미 일차로 필로폰을 투약한 듯 테이블엔 낯익은 투약기가 나뒹굴고 있었다. 우리가 룸 안으로 들어서자 한 여자가 다짜고짜 말했다.

"핫도그 꺼내 봐."

나는 살짝 당황했다.

핫도그가 남자의 성기를 말한다는 건 즉각 짐작으로 알았다. 보통 고구마나 육봉, 소시지, 엿가락, 물총, 도끼자루 따위로 부르지만 기실 핫도그라 지칭하면 또 어떤가. 이거나 저거나 그게 그거 아니던가. 어쨌거나 아직 수인사도 오가기 전에 핫도그부터 보자니. 이건 미처 예상하지 못한 기습적 선빵이었다. 아무튼 녀석과 나는 나란히 핫도그를 꺼내 보여주었다. 아직 발기되지 않은 물렁물렁한 핫도그였다. 여자들은 대번 핫도그 두 개를 살피고 만지고 비비고 톡톡 치면서 멋대로 가지고 놀았다. 뭐랄까. 마치 사내들이 여자들의 젖퉁이를 조물조물 갖고 노는 거와 비슷했다. 핫도그는 그사이 터질 듯이 부풀어 올랐다. 핫도그를 갖고 노는 게 시들해지자 여자들은 우리에게 온갖 잡스러운 짓을 시켰다.

(남자한테 무슨 원한이 그리 많았던 걸까!)

둘은 몹시 충성스럽게 고객들의 요구에 부응했다. 밝히기 좀 남사스럽지만 독자들을 위해 몇 가지만 추려서 말하면 이런 것들이었다. (......발가벗고 네 발로 기면서 개처럼 컹컹 짖어대기. '키스 자국hickey'이 나지 않게 주의하면서 여자들의 중요 부위 애무하기. 맥주 컵에 오줌 누기. 한쪽에서 똥을 눈 뒤 개처럼 킁킁대며 냄새

맡기. 혓바닥으로 자기 똥 맛보기. 나는 거부했지만 녀석은 기꺼이 시킨 대로 따랐다/이곳에 오기 직전 녀석은 미리 예방접종 차원에서 코카인을 흡입했다/나한테도 권했지만 이번엔 썩 구미가 당기질 않았다. 여자들을 똑바로 마주한 채 핫도그를 발딱 세우고 살근살근 자위하기. 여자들이 칵칵 바닥에 뱉은 가래침을 혀끝으로 싹싹 핥아먹기. 자기 오줌이 든 맥주 컵에 동시에 사정한 뒤 그것을 꿀꺽꿀꺽 단숨에 들이켜기. 남자들끼리 서로 번갈아서 상대방의 똥구멍 핥기......)

17-5장
비밀의 방

형준과 내가 그 방에 들어서자 이상한 일이 일어났다. 갑자기 펑! 하고 여자들이 나타났다. 여자들은 만화 영화에서 보았던 익숙한 복장을 하고 있었다. 형준과 나는 목욕 가운만 걸치고 두 개의 침대에 나란히 누웠다. (나는 엎드려 누웠고 녀석은 등을 대고 누웠다.) 여자들이 다가와 침대를 에워쌌다. 여자들이 두 사람의 가운을 벗겼다. 둘은 완전히 발가벗겨졌다. 여자들이 머리에서 발끝까지 안마를 시작했다. 솔솔 코끝을 간질이며 은은한 향기가 감돌았다.

조금 지나자 소르르 졸음이 왔다.
어느새 사르르 눈이 감겼다.

얼마나 지났을까.
한순간 살풋 눈이 떠졌다.

곧 눈앞에서 흐릿한 무언가가 어른거렸다. 이윽고 나의 눈에 들어온 것은 두 어깨에 날개가 달린 아름다운 요정들이었다. 요정들은 나지막한 소리로 이야기를 주고받았다. 이따금 까르르 웃음소리가 들려왔다. 그러다 별안간 웃음소리가 잦아들면서 이내 휘익휘익 휘파람 소리가 울려왔다. 곧이어 그 휘파람 소리를 타고 초롱초롱 새소리가 날아들었다. 마침내! 아주 멀리서 말굽 소리가 들리는가 싶더니 이어 아스라한 그 말굽 소리 사이로 홀연 미지의 메아리가 귀를 스쳤다.

"눈을 떠라, 눈을 떠라, 눈을 떠라……"

그 메아리는 그렇게 아련한 꿈결인 듯 다가와 나직나직 귓속을 울리며 향기롭게 나의 의속 속으로 밀려들었다. 나는 그 메아리와 함께 다시금 스르르 눈이 감겼다. 그리고 얼마쯤 지났을까. 나는 문득 의식이 깨어나면서 이내 귓속에서 울리는 메아리를 따라 어떻게든 눈을 뜨려고 필사의 안간힘을 썼다. 하지만 눈을 뜨려는 나의 의지와는 달리 눈꺼풀은 자꾸만 더 무거워졌다. 그렇게 눈을 뜨려고 애를 쓰면 쓸수록 나의 눈꺼풀은 더욱더 둔중하게 내리덮였다.

18장
민지와 빗속에서

그날 밤. 민지와 내가 빗속에 서 있던 그 장면으로 되돌아가자. 민지는 울고 있었고 그녀의 눈물은 나도 형준도 아닌 그녀의 새아버지를 향한 슬픔의 물결이었다. 우린 방금 전 이런 대화를 나눴다. "이별은 다가오는 게 아냐. 우리가 이별을 향해 다가가는 거야. 이별은 늘 그 자리에 있어. 우리가 다가가지 않으면 한 발짝도 움직이지 않아." 내가 말하자 민지가 물었다. "그럼 다가가지 않으려면 어떻게 해야 해? 시간이 멈추지 않듯 이별을 향해 다가가는 것도 멈출 수 없는 거잖아."

한동안 물끄러미 민지의 눈을 바라보다 나는 막 이렇게 말했다. "이별은 어쩜 죽음과도 같은 거야. 우린 지금 살아 있지만 언제나 그 안에 죽음을 지니고 있지. 그니까 이별도 마찬가지야. 우린 지금 사랑하고 있지만 언제나 그 속에 이별을 지니고 있어. 그런데 우리가 그 이별에 다가가지 않으려면 어떻게 해야 할까? 솔직히... 난 아직 그 물음에 대한 답을 알지 못해. 아마도 끝내 그 답을 알지는 못할 거야. 하지만 우리가 비록 그 답은 모를지라도 지금 이 순간 이렇게 한번 생각해 보면 어떨까. 즉 삶이 있어야 죽음이 있고 늘 죽음을 지니고 있어야 죽음에 다가가지 않듯. 사랑이 있어야 이별이 있고 늘 이별을 지니고 있어야 이별에 다가가지 않는다고……"

그것은 어설픈 철학도의 설익은 궤변이었다.

나는 곧 민지의 이마에 입맞춤을 했다. 민지는 눈을 감았다. 그녀의 눈물은 계속 두 볼을 흐르고 있었다. 그랬다. 민지는 나를 사랑하지 않았다. 그녀의 사랑은 순전히 그 남자에게, 바로 그 새아버지에게 바쳐져 있었다. 하지만 나는 민지를 사랑하고 있었다. 그리하여 민지는 나를 사랑하지 않으므로 그녀에게 있어 나와의 이별은 존재하지 않는다. 요컨대 이별이란 먼저 사랑이 있어야만 존재하니까. 그러므로 민지는 이별에 다가가는 것도 이별에 다가가지 않는 것도 가능하지 않다. 이별에 다가가는 것도 이별에 다가가지 않는 것도 그 이별이 존재해야만 가능하니까. 즉 이별은 결코 스스로는 존재하지 못한다. 하지만 나는 민지와는 달리 매순간 내 안에 이별을 지니고 있다. 왜냐면 나는 민지를 사랑하므로! 그렇게 내가 이별을 지니고 있는 한 나는 절대 그 이별에 다가가지 않는다. 그 밤. 그 빗줄기 속 침묵의 우산 아래서 나는 넌지시 팔을 뻗어 민지를 끌어안았다.

19장
진규, 나, 사랑, 다섯 가지 추억

다시 말하지만, 대학 시절 나는 민지를 사랑했다. 민지 하나만을 사랑했다. 그렇지만 나는 민지 모르게 다른 여자들을 여럿 만났다. 물론 그녀들을 사랑하진 않았다. 사랑하진 않았으나 그녀들과 사랑을 나눴다. 그녀들과 나는 젊음과 열정 그리고 야성을 나눴다. 끊임없이 탐색하고 탐닉하고 욕망하면서 나는 더 뜨거운 정념 속으로 하염없이 빨려들었다. 섹스, 육체, 자유, 포효, 끓는 피와 들뛰는 심장 그리고 새파랗게 물든 인생의 낮과 벌겋게 굽이치는 혈관의 밤을 즐겼다.

(죽은 연지도 그중 하나였다.)

연지의 죽음으로 나는 잠시 충격을 받았다. 대학 2학년 때였다. 그녀의 죽음은 내게 인생이란 주제를 되돌아보게 했다. 하지만 그녀의 죽음으로 시작된 인생에 관한 숙고의 시간은 그리 오래가지 않았다. 그러기엔 너무 젊었고 눈을 돌리면 어디서나 온갖 관능과 탈선의 유혹이 나의 피와 땀과 심장을 충동질했다.

그즈음 나는 형준과 둘이서 기발한 자극과 뒤틀린 관능, 마술적 충격, 환각적 도취, 일탈적 사랑과 불타는 열망의 세계를 탐험하고 있었다. 그리고 그 경험들의 단면이 바로 앞서 들려준 다섯 가지 모험이었다. 그리하여 이제 나는 형준이 등장하지 않는 오직 나 자신만의 내밀한 추억담을 들려드리려 한다. 나는 당시 형준과 함께한 그 경험들을 바탕으로 새롭고 이색적인 나 혼자만의 엽기적 모험 계획을 세웠다. 즉 하나부터 열까지 나 혼자 계획하고 구상하고 실행에 옮긴 나만의 단독 로망, 일종의 청춘 버킷 리스트였다.

애초엔 스무 가지 정도였는데 이것은 갈수록 줄어들다가 결국 그 절반쯤인 열 가지로 최종 낙착되었다. 그리고 이렇게 결정된 이 열 가지 계획은 모두 대학 졸업 전에 순차대로 착착 실현되었다. 바로 그 열 가지 가운데 다섯 가지 이야기를 간추려 들려드리려 한다. 그 전에 먼저, 여기 등장하는 여자들의 이름은 전부 가명임을 밝힌다. 현재 그녀들은 모두 누군가의 충실한 아내가 되었고 또한 어떤 귀여운 아이(혹은 청소년 혹은 젊은이)들의 다정한 어머니가 되었다. (아, 이 자리를 빌려 전날 그녀들의 행복과 행운과 건강을 빈다. 오, 신의 가호가 함께하기를!)

20-1장
빗줄기

그녀와 나는 3개월 남짓 관계를 지속했다. 그녀의 이름은 '소정'이라 하자. 내가 그녀에게 그 이야기를 꺼낸 것은 만난 지 2개월쯤 되었을 때였다. 내 열 가지 계획 중 2번째였다. 그녀는 꽤 발랄한 성격이었다. 내가 어렵사리 그 얘기를 꺼내자 그녀는 그 자리서 곧장 반응을 보였다. 그녀는 내게 안 될 게 뭐 있냐며 당장 오늘이라도 상관없다고 말했다. 하지만 그렇더라도 당장은 좀 곤란했다. 그날은 비가 내리지 않았기 때문이다. 그 계획을 실행하려면 적어도 장대비 정도는 내려야 한다. 여하튼 그녀의 승낙을 받았으니 이제 빗줄기가 쏟아지는 날을 기다리면 되는 것이다.

그 뒤 보름 가까이 지났지만 비는 오지 않았다. 한 번인가 비가 오긴 했지만 잠깐 오다 그친 부슬비였다. 나는 계속 침착하게 기다렸다. 그 뒤 대략 열흘인가 지났다. 아직 비 소식은 없었다. 아 참, 왜 이리 비 소식이 없지! 결국 강우기라도 동원해야 하나? 바로 드라마에서 비가 쏟아지는 장면을 연출할 때 쓰는 그 장비 말이다. 실제로 나는 강우기를 잠시 대여하려면 어찌해야 하는지 알아보았다. 즉 방송국에 각종 필요 장비를 대여하는 전문 업자를 수소문해 직접 만나보았던 것이다.

그 뒤 또 며칠인가 지났다.

마침내 일기예보에서 비 소식이 날아왔다. 게다가 요행히도 예상 시간대는 내가 원하는 늦은 밤이었다. 예보대로라면 비가 떨어지기 시작하는 시각은 자정쯤이 될 터였다. 그날 오후. 그녀와 나는 그 계획을 실행하기 위해 홍대 근처에서 일찌감치 만났다. 둘은 식당과 카페, 영화관 그리고 몇몇 쇼핑몰을 잇달아 맴돌았다. 밤 12시가 지나자 예상대로 방울방울 빗방울이 떨어지기 시작했다. 하지만 빗방울은 쉬 굵어지지 않고 그대로 오락가락하면서 이따금 토독토독 잔방울만 흩뿌릴 뿐이었다. 그러다 드디어 새벽 1시를 기점으로 서서히 빗방울이 굵어지기 시작했다.

우린 어느 술집 창가에 앉아 창밖의 빗소리에 연신 귀를 기울이며 나직나직 대화를 주고받았다. 둘 다 스스로 흥분기를 가라앉히며 애써 평정심을 유지했다. 이윽고 2시 30분이 되자 빗방울은 느닷없이 폭우로 변해 좍좍 소리를 내며 거세게 쏟아지기 시작했다. 대략 10분 뒤 우린 그 술집을 나왔다. 거리는 이미 텅 비었다. 차도에도 인도에도 인적은 거의 보이지 않았다.

우린 우산을 함께 받쳐 쓰고 얼마간 이리저리 그 거리를 맴돌았다. 이따금 빗줄기를 뚫고 심야 택시들이 쌩하니 스쳐갔다. 그렇게 얼추 20분쯤 지났다. 우린 막 그 자리에 멈춰 서서 주위를 둘러보았다. 아무도 없었다. 인적은 완전히 끊겼다. 그 순간 그 무욕의 한복판에서 숨 쉬는 건 오직 그들 두 가슴, 그들 두 혈관, 그들 두 영혼뿐이었다. 비는 더 무섭게 포효하며 줄기차게 쏟아져 내렸다. 그 거센 빗줄기 소리만이 우렁차게 도시의 밑바닥을 휘갈기고 있었다. 바로 그 서슬에 도시는 어느덧 제 자신을 정화하듯 깨끗이 때를 벗었다. 빌딩도 가로등도 건물도 가로수도 그 거리거리 드러누운 아스팔트 길바닥도 모처럼 구석구석 묵은 때를 씻었다.

"지금이야!"
내가 말했다.

우린 확 우산을 내던지고 동시에 옷을 벗기 시작했다. 금세 훌훌 속옷까지 발가벗었다. 우린 곧 손을 맞잡고 맨발로 차도 한가운데로 뛰어들었다. 이어 둘은 힘차게 빗줄기를 가르며 거기 차도를 내달렸다. 둘은 그렇게 저쪽으로 냅다 달려갔다가 거기서 몸을 돌려 신나게 웃어젖히면서 빠르게 이쪽으로 되돌아왔다. 둘은 몇 번인가 연달아 그 과정을 반복했다. 그사이 땀과 비가 한데 뒤엉기며 쉴 새 없이 둘의 전신을 흘러내렸다. 이윽고 둘은 거기 차도 한가운데 서서 죽을 듯이 가쁜 숨을 몰아쉬었다.

둘은 막 쓰러지듯 그 자리에 드러누웠다.

그대로 활짝 팔을 펼치고 동시에 둘은 그 거리가 떠나가라 고함을 내질렀다. 그렇게 환성인지 절규인지 모를 둘의 목소리가 잇달아 빗줄기를 갈랐다. 빗줄기가 세차게 둘의 나신을 씻어 내렸다. 둘은 몸을 돌려 서로를 바라보았다. 절로 쿡 웃음이 났다. 눈은 웃는데 눈가에는 눈물이 흘렀다. 둘은 그 원시의 빗줄기 속에서 아스라한 영겁의 꿈을 꾸듯 천천히 서로 하나가 되었다.

그 순간 남자는 여자를 사랑하지 않았다.
그 순간 여자는 남자를 사랑했을까?

오! 그 물음은 덧없다!
그 물음은 무의미하다!

그렇다! 독자여! 이제 그만 생각을 멈추라! 판단을 버려라! 오! 진리는 하나! 숨결도 하나! 맥박도 하나! 운명도 하나! 영혼도 하나! 피도 심장도 생명도 하나! 그랬다. 그 물음은 덧없다! 그 순간만큼은 사랑하는 이도 사랑하지 않는 이도 존재하지 않았다. 그 순간만큼은 서로의 배신마저 강렬한 유혹이었고, 서로의 위선마저 그 어떤 진리보다 황홀한 감각적 희열이자 격정적 자극이었다. 바로 그 '지칠 줄 모르는 정열의 빗줄기 속'에서 둘은 그렇게 맹렬한 기세로 사랑을 나누고 있었다.

20-2장
달빛

'가윤'과 나는 한 달 정도 만났다. 그녀는 유독 달빛을 좋아했다. 그녀의 집은 경남의 한 산골이었고 부모님은 가난했다. 부모님은 느지막이 가윤을 보았다. 가윤은 지방에서 여고를 마치고 대학 입학과 동시에 서울로 올라왔다. 그녀는 어느 다가구주택 옥탑에 세 들어 살고 있었다. 우린 종종 옥탑 앞 평상에 앉아 달빛을 바라보았다. 달빛은 언제 어느 곳에서 보아도 변함없이 아름답다. 슬플 때 보노라면 그 슬픔이 더 풍성해지고, 또 기쁠 때 보노라면 그 기쁨이 더 풍요로워진다.

나는 가윤을 통해 처음으로 옥탑 위의 달빛과 마주할 수 있었다. 같은 옥탑 위 평상이었지만 달빛을 바라보는 둘의 느낌은 사뭇 달랐다. 나는 그때까지 그토록 아름다운 달빛을 보지 못했다. 그 느낌은 설명하기 어렵다. 어쩌면 그곳은 초라한 공간이었다. 그러나 그 초라함이 외려 그 달빛의 의미를 극대화했다. 그때 나는 처음 알았다. 적어도 달빛만은 화려함과는 비례하지 않는다는 걸. 어쩜 초라

할수록, 어쩜 가난할수록 달빛은 더 푸른빛으로 우리의 마음자리를 어루만진다는 걸.

　　그러던 어느 날 밤이었다.

　　가윤과 나는 또다시 거기 그 평상에 나란히 걸터앉아 있었다. 불빛은 죄 꺼지고 푸른 달빛만이 은은히 옥탑 위로 내리비치고 있었다. 내가 이야기를 꺼낸 것은 그 순간이었다. 잠시 후 둘은 벌거숭이 연인이 되어 다시금 거기 평상에 걸터앉아 있었다. 그렇게 둘은 벌거벗은 알몸으로 달빛을 받으며 아이처럼 소곤소곤 이야기를 나눴다. 잠시 후 가윤은 나지막한 소리로 어린 날의 이야기를 들려주었다. 그러면서 이렇게 평상에 앉아 달빛을 바라보노라면 자신이 지금 고향집 앞마당에 가 앉아 있는 듯 마음이 포근해진다고 말했다. 그 순간 가윤의 시선은 어느덧 푸른 달빛 속을 날아 저 멀리 그녀의 고향집 앞마당에 가닿아 있었다.

　　"알고 있을까?"
　　가윤이 문득 물었다.

　　내가 가윤을 바라보자 그녀가 이어 말했다. "달님은 알고 있을까? 내가 그때 그 소녀라는 걸. 그 옛날 산골집 앞마당에 앉아 홀로 달님을 올려다보던 그날 그 꿈 많은 소녀라는 걸." 나는 곧 가윤에게 '달님은 그 사실을 모두 알고 있다'고 말했다. 그러면서 이렇게 그 이유를 설명했다. "가윤아, 엄마를 한번 생각해봐. 네 엄마는 너에 대한 모든 걸 알고 있지? 너의 젖먹이 시절. 너의 걸음마 시절. 그리고 네가 처음 엄마를 부르던 날. 그리고 초등학교 시절. 중학교 시절. 고등학교 시절......"

나는 계속 말했다. "달님은 우리 인간의 어머니야. 그 오래전 우리 인간이 최초로 탄생하는 순간부터 지금까지 그 모든 과정을 지켜보았지. 그래. 달님은 알고 있어. 우리 인간에 대한 모든 추억, 모든 과거를 하나도 잊지 않고 속속들이 다 기억하고 있어. 일테면 우리 인간이 저지른 그 무수한 악행부터 그 수없는 배신과 거짓말까지. 아주 오래전 벌거벗고 살아가던 선사시대의 그 원시인부터 바로 오늘, 지금 이 시대를 살아가는 세련되고 기계화된 현대인까지......"

가윤이 내게 머리를 기댔다.

그 순간 우리 둘은 그대로 벌거벗은 원시인이었다. 그랬다. 둘은 벌거벗었기에 감출 것이 없었고, 둘은 벌거벗었기에 지닐 것이 없었고, 둘은 벌거벗었기에 너와 내가 없었다. 이제 곧 아침이 오고 또다시 옷이라는 이름의 가식과 함께 둘은 그 문명화된 현대인으로 되돌아가겠지만, 그 순간만큼은 오래전 그 세계로 홀연 떨어져 내린 어여쁜 한 쌍의 젊은 자유인이었다. 이어 시간이 흐르고 달은 조금씩 자취를 감췄다. 둘은 어느덧 달빛이 물들여 준 푸른 옷으로 갈아입었다. 그 푸른 달빛 옷을 입은 채 둘은 사라진 달을 대신하여 고요히 푸른빛을 발했다. 남자는 가만히 여자를 끌어안았다. 둘은 곧 하나가 되었다. 그렇게 지상으로 내려앉은 달 하나가 향기로운 꿈처럼 그 어둠을 비추며 오래도록 그 공간에 머물러 있었다.

20-3장
파도

헤어지기 전날 밤. 우린 바닷가에 서 있었다. 그녀는 그것을 '이별 여행'이라 말했다. 나는 차를 몰아 곧장 여기로 그녀를 데려왔다. 은정. 바로 그녀의 이름이었다. 저만치 밤하늘에 초승달이 떠 있었다. 푸른 어둠 사이로 싸락싸락 파도 소리가 들려왔다. 방금 내가 모래 위에 '바보'라고 썼다. 곧 파도가 밀려왔다. 그 파도가 금세 모래 위의 그 글자를 쓸어갔다. 그 글자가 파도에 씻겨 지워지자 그녀가 곧 내 곁으로 다가왔다. "저쪽 백사장 끝 바위에서 노인 한 분이 밤낚시를 하고 있어." 그녀가 말했다. "그래? 혹시 그 분 헤밍웨이 아닐까? 많이 잡으셨대?" 내가 물었다. "아니. 아직 한 마리도 못 잡으셨대. 근데, 오늘 왠지 월척을 잡을 것 같은 느낌이 든대. 기분이 썩 좋아 보이셨어."

"지금 어때?"
그녀가 물었다.

바로 지금 내 계획을 실행하는 게 어떠냐고 묻는 거였다. 오는 길에 이미 약속이 되어 있었다. 내가 고개를 끄덕이자 그녀가 먼저 옷을 벗었다. 나도 따라 천천히 옷을 벗었다. 둘은 그렇게 알몸이 되어 손을 맞잡고 저쪽으로 나란히 걸어갔다. 이어 물가에서 대략 20미터쯤 떨어진 곳에서 발을 멈췄다. 우린 가볍게 입을 맞추고 잠시 서로를 응시했다. 그런 다음 조용히 그 자리에 몸을 뉘었다. 둘은 다시 입맞춤을 했다. 야공에서 흐린 달빛이 둘을 비췄다. 둘의 나신은 언뜻 비늘처럼 번들거렸다. 이윽고 둘은 힘주어 꽉 서로를 끌어안았다. 둘의 몸은 대번 한덩어리로 찰싹 달라붙었다. 그런 둘의 모습은 이제 하나의 거대한 조가비처럼 보였다.

"준비됐지?"
내가 물었다.

"응."
그녀가 답했다.

둘은 그 상태로 천천히 물가 쪽으로 몸을 굴렸다. 조금조금 물가 쪽으로 가까워질수록 둘은 더 꼭 서로를 끌어안았다. 얼마 후 둘은 거기 물가에 닿았다. 그사이 둘의 몸은 축축이 땀에 젖었다. 순간 한차례 파도가 밀려와 둘의 몸을 적셨다. 둘의 땀방울은 곧 파도에

씻겼다. 이어 사락사락 파도가 물러가자 둘은 꼭 껴안은 채 흡사 머나면 외계 행성에서 날아온 낯선 생명체인 양 그 자리에 덩그러니 남겨졌다.

둘은 쪽 입맞춤을 하고 나서 자리에서 일어섰다. 곧 둘은 나란히 손을 잡고 아까 그 출발점으로 되돌아갔다. 이어 둘은 다시 바닥에 누운 채로 이내 한덩어리가 되었고 그대로 데굴데굴 몸을 굴려 앞서의 그 동작을 되풀이했다. 얼마 후 둘은 또 한 번 출발점으로 되돌아와 이제 막 세 번째로 그 자리에 몸을 뉘었다. 이윽고 둘은 다시 모래 위를 굴러 돌돌 달빛을 말 듯 저만치 물가 쪽으로 이동하기 시작했다. 그러다 마침내 거기 물가에 막 가 닿았을 때였다.

"지금이야."

그녀가 말했다.
(울음 섞인 음성이었다.)

나는 잠시 그대로 꼼짝하지 않았다.
그러다 천천히 물속으로 몸을 굴렸다.

거기 밀려가는 파도를 따라 바다로. 바다로. 둘은 조금씩 그 물속으로 스며들어갔다. 달빛 아래 언뜻 둘의 나신이 비쳤다. 둘은 행복했다. 오, 완벽한 순간이었다. 어느덧 죽음의 공포마저 향기로운 숨결인 듯 다가와 둘의 전신을 감싸며 젊은 두 영혼을 어루만졌다. 그때 별안간 고함소리가 들려왔다. "월척이야! 월척! 월척을 낚았어! 월척! 월척을 낚았어!"

아까 그 노인의 외침이었다.
둘은 그 외침과 함께 번쩍 정신이 들었다.

둘은 얼른 몸을 추스르고 허겁지겁 팔을 내저어 겨우겨우 물가로 헤엄쳐 나왔다. 이윽고 둘은 거기 물가에 벌렁 드러누운 채 연거푸 캑캑 기침질을 해대면서 당장 숨이 넘어갈 듯 깔깍거리며 가쁜 숨을 몰아쉬었다. 그러다 한순간 남자에게서 돌연 쿡쿡대는 웃음소리가 터져 나왔다. 이내 여자도 따라 큭큭거리며 웃어대기 시작했다. 그런 둘의 웃음소리가 공허하게 그 어둠을 부딪고 잇달아 푸스스 부스러져 바다 저편으로 흩어지고 있었다. 저만치 허무 서린 밤하늘에서 흐린 달빛이 서늘히 모래톱을 적시며 둘의 나신을 내리비췄다. 잠시 후 둘의 웃음소리가 멎자 다시금 밤의 적막이 눈을 뜨면서 이내 싸륵싸륵 파도 소리가 되살아왔다.

20-4장
등대

그녀(선경)의 고향은 등대섬이 있는 '소매물도'였다. 그녀와 나는 꽤 오래 만났다. 즉 대학 시절 민지를 제외하고 가장 길게 만난 여자였다. 그녀는 나와 잘 통했다. 그녀는 생각이 깊고 철학적인 성향이 짙었다. 그녀는 유독 '버지니아 울프(Virginia Woolf)'를 좋아했다. 울프의 작품 가운데 가장 애독하는 것은 '등대로(To the Lighthouse)'였다. 그녀는 곧잘 내게 노래를 불러주곤 했다. (얼어붙은 달그림자 물결 위에 차고~ 한겨울에 거센 파도 모으는 작은 섬~) 선경의 사색적인 성향은 아마 등대와 관련 있을 것이다. 철학도 사색도 지혜도 빛을 선망하는 행위, 즉 내 안의 어둠을 밝히려는 진리 추구의 노력이 아닌가. 그리고 나아가 세상의 어둠을 밀어내려는 구원자적 몸짓, 즉 또 하나의 구도적 정화의식이 아닌가. 나는 그곳 등대섬에 두 번 갔다. 하지만 선경이 아닌 민지와 갔었다.

"나랑 등대섬에 가자."

선경이 말했다.

나는 선뜻 대답하지 못했다. 민지와의 기억 때문이다. 만약 선경과 함께 그곳에 간다면 나는 하나가 아닌 두 사람과 같이 있게 될 것이다. 몸은 선경과 함께. 마음은 민지와 함께. 그런 상황은 되도록 피하는 게 좋다. 그런 여행은 필시 이도저도 아닌 잡탕이 되고 말 테니까. 생각 끝에 나는 이렇게 대답했다.

"그곳 대신 마음의 등대를 찾자."

선경이 더 설명을 해달라는 눈빛으로 나를 보았다. 그녀의 궁금증을 자극했으니 일단 성공한 셈이다. "우리가 직접 등대가 되는 거야. 우리 스스로 어둠을 밝히는 거지." 내가 말했다. "어떻게? 어떻게 할 건데?" 그녀가 물었다. "현대인은 누구나 외로운 섬. 저마다 빛을 잃고 홀로 서 있어. 세상은 캄캄한 암흑의 바다. 현대인의 마음은 길 잃은 조각배. 날마다 길을 잃고 암흑의 바다를 헤매 다니지." 나는 계속 말을 이었다. "우리가 등대가 되는 거야. 현대인의 외로운 섬을 밝히는 등불이 되는 거야. 길을 잃고 어둠의 바다를 떠도는 조각배를 인도하는 길잡이가 되는 거야."

그녀는 한참 더 설명을 듣고 나서야 겨우 응낙의 고갯짓을 했다. (인간 등대 프로젝트!) 그것은 단지 상징적 행위일 뿐 실제적인 효과는 거의 없는 것이었다. 또한 약간은 위험이 따르는 모험적 행위이기도 했다. 여하튼 그녀와 나는 흡족히 의기상합했다. 둘 다 실효성보다는 그 의미와 형이상학을 더 중시하는 사변적 기질 때문이었다. 새벽 2시 20분경. 우린 막 국회의사당 6문 옆 도로에 픽업트럭을 세웠다. 둘은 적재함에서 소형 구명보트와 구명조끼 두 개, 그리고 헤드램프 두 개를 내렸다. 얼마 후 둘은 축구장을 지나 한강변에 닿았다. 둘은 구명조끼를 입고 조심스레 구명보트를 물에 띄웠다. 그대로 가만가만 노를 저어 밤섬으로 나아갔다. 섬은 쓸쓸히 어둠에 잠겨 있었다. 얼마나 지났을까. 보트가 막 섬에 닿았다. 둘은 곧 보트에서 내렸다. 이어 보트를 뭍으로 끌어 올리고 바닥에 주저앉아 숨을 돌렸다.

섬은 적막했다.

섬은 새카만 어둠 속에서 겁먹은 짐승처럼 잔뜩 움츠리고 있었다. 이윽고 둘은 구명조끼를 벗었다. 곧 모든 옷을 벗고 둘은 동시에 벌거숭이가 되었다. 둘은 벌거벗은 상태로 헤드램프를 켜서 머리에 썼다. 그러고서 둘은 물가로 바짝 다가갔다. 나는 곧 선경을 목말 태우고 자리에서 번쩍 일어섰다. 둘은 그대로 두 개의 등명기가 달린 신비한 인간 등대가 되었다. 둘은 그렇게 인간의 모습을 한 신비로운 등대로 변했다. 그리하여 섬은 마침내 어둠의 심연을 들추고 또 하나의 어엿한 등대섬이 되었다. 바로 그 새로 태어난 등대섬에서 작은 등명기 두 개가 잠든 강을 비췄다. 둘은 말없이 강 건너편을 바라다보았다. 이내 선경의 눈가에서 눈물이 흘러내렸다. 그녀의 눈가에서 흘러내린 눈물이 이윽고 내 가슴을 타고 내려가 그대로 발밑으로 흘러내렸다. 섬은 그제야 제 마음의 등대를 켜고 사르르 두려움을 잊었다.

20-5장
눈

그녀와 나는 눈 내리는 어느 날 처음 만났다(11월 하순). 그리고 눈 내리는 어느 날 마지막으로 만났다(1월 중순). 그녀의 이름은 '은설'이었다. 그녀는 C편의점에서 파트타임으로 일했다. 대개 여자는 야간 근무를 피한다. 하지만 그녀는 일부러 밤 시간을 택했다. 바로 근처에 치안센터가 있어 비교적 안전했기 때문이다. 또한 낮 시간에 비해 손님도 업무량도 상대적으로 적었기 때문이다. 손님이 없는 시간이라 그녀는 틈틈이 공부를 했다. 나는 종종 그 편의점을 찾아갔다. 나는 이것저것 그녀의 일을 거들었다. 그녀 대신 카운터도 봐주고 유통기한 지난 제품도 정리해주고 손님들이 어지럽힌 테이블도 말끔히 치워주었다. 출출할 땐 날짜 지난 음식으로 속을 채웠다. 비록 판매는 불가하지만 식품으론 전혀 문제가 없었기 때문이다.

1월 중순. 새벽 1시경이었다.

하늘에서 폴폴 눈이 내리고 있었다.

나는 막 편의점 앞에 도착했다. 곧 문을 열고 안으로 들어서자 유니폼 조끼를 입은 그녀가 보였다. 그녀는 빵 진열대 앞에서 날짜를 체크하고 있었다. 내가 그녀 곁으로 다가갔다. 마침 날짜 지난 빵 하나가 나왔다. 그녀가 그것을 내게 건넸다. 나는 출출하던 차에 얼른 포장을 뜯고 그 자리서 우걱우걱 먹어치웠다. 그녀가 나를 보고 싱긋 웃었다. 그러다 무슨 생각을 했는지 집게손가락을 까딱이며 이리 오라는 손짓을 했다. 나는 그녀를 따라 창고 겸 업무실로 들어갔다.

거기 창고 출입문 상단에는 네모진 쪽창이 하나 나 있었는데, 밖에서는 안을 볼 수 없지만 안에서는 밖을 볼 수 있었다. 쪽쪽! 안으로 들어가자마자 그녀가 냉큼 내게 뽀뽀를 했다. 그리고 강렬한 눈길로 나를 응시했다. 나는 즉각 그녀의 열기에 호응했다. 그것이 그녀의 성격이었다. 일테면 꽤나 화끈한 타입이었다. 그녀가 나를 진열대로 밀어붙이고 먼저 자기의 조끼를 벗었다. 그녀가 셔츠의 단추를 끄르는 사이 나는 급히 바지를 끌어내렸다. 그냥 지퍼만 열까 하다가 아예 통째로 벗어버렸다.

"얼른!"

그녀가 재촉했다. 그녀는 이미 브래지어까지 벗었다. 나는 그녀를 살짝 벽에 밀고, 부드럽고 능숙하게 내 역할을 시작했다. 그 뒤 몇 분이 지났다. 그사이 우린 컴퓨터 앞 의자에서 서로를 꽉 끌어안은 채로 열심히 한 몸이 되어가고 있었다. 그러다 이윽고 자리에서 일어나 이내 다시금 이런저런 체위를 번갈아가며 아낌없이 사랑을 나눴다. 대략 20분 뒤. 둘은 주섬주섬 옷을 챙겨 입고 그 공간을 나왔다. 다행히도 매장 안에 손님은 보이지 않았다. 그녀는 다시 업무를 시작했다. 그녀가 매장에 진열된 제품의 유통기한을 점검하는 사이 나는 담배를 태우려고 편의점 밖으로 나왔다. 그사이 눈발이 굵어져 송이송이 탐스러운 함박눈이 내리고 있었다.

바닥은 이미 두껍게 눈이 쌓였다.

나는 담배를 피워 물고 펑펑 내리는 눈송이를 맞으며 거기 편의점 주변을 어슬렁거렸다. 뽀득뽀득! 걸음을 뗄 때마다 바닥에서 기분 좋은 소리가 울렸다. (바로 그때!) 그 생각이 번뜩 머리를 스쳤다. 곧 바닥에 담배꽁초를 비벼 끄고 나는 후딱 편의점으로 들어갔다. 그사이 그녀는 유통기한 경과 제품들을 카운터로 가져가 포스에서 하나하나 폐기를 찍고 있었다. 나는 그녀에게 곧장 내 계획을 설명했다. 그녀는 살짝 놀라는 듯하더니 예의 그 화끈한 성격답게 흔쾌히 동의했다.

그러면서 내가 아니면 누구도 할 수 없는 영특한 생각이라며 대뜸 머리를 쓰다듬고 엉덩이를 툭툭 치면서 적극적으로 추켜세웠다.

마치 자기보다 여러 살 어린 남동생을 대하는 듯한 태도였다. 나는 곧 폐기 처리한 삼각김밥과 우유 한 팩으로 허기를 채운 뒤 곧바로 편의점을 나와 본격적으로 그 작업을 시작했다. 마침내 내가 그 작업을 끝낸 것은 그로부터 대략 2시간이 지난 뒤였다.

거의 4시가 다 된 시각이었다.
거리에는 완전히 인적이 끊겼다.

나는 담배 한 대를 피워 물고 잠시 땀을 식힌 뒤 꽁초를 바닥에 밟아 끄고 곧장 편의점 안으로 들어갔다. 곧 카운터로 다가가 그녀에게 '어서 나와서 보라'고 말했다. 그녀가 나를 따라 곧장 편의점을 나왔다. 잠시 후 그녀는 눈앞에서 직접 그것을 마주하고도 좀처럼 믿기지 않는다는 표정이었다. 방금 그녀의 눈에 들어온 것은 바로 바닥에서 우뚝 솟아오른 크고 둥그런 반원 형태의 단단한 눈덩어리였다. 하지만 그것은 그저 그런 단순한 눈덩어리가 아니었다. 다시 말해 그것은 '즉석에서 눈덩이를 모아 하나로 크게 뭉쳐 만든 신비로운 사랑의 텐트, 젊은 연인들의 오두막, 다름 아닌 그들 두 청춘만을 위한 소박하고 아름다운 낭만의 이글루'였다.

"들어가 봐."
내가 말했다.

그녀가 막 이글루 안으로 들어갔다.

나도 따라 안으로 들어갔다.

그 이글루 안은 두 사람이 앉고도 남을 만큼 넓었다. 순간 그녀가 다시 강렬한 눈빛으로 나를 응시했다. 이어 우린 금세 껍질을 벗고 벌거숭이가 되었다. 둘은 벗은 옷을 가지런히 바닥에 펼쳐 깔았다. 곧 둘은 태초의 행위를 시작했다. 이글루 밖에서 길고양이 한 마리가 슬쩍 우리를 훔쳐보았다.

녀석은 방해하지 않겠다는 듯 곧 슬렁슬렁 몸을 돌렸다. 이윽고 둘은 서로의 종착점을 향해 마지막 힘을 쏟아내기 시작했다. 바로 그때였다. 너무 흥분한 걸까. 나도 모르게 동작이 거칠어지면서 그만 와르르 이글루를 무너뜨리고 말았다. 이글루는 그대로 폭삭 내려앉았다.

둘은 꼼짝없이 눈덩이 속에 갇혔다.

둘은 그렇게 원시의 연인처럼 하나가 된 채 홀연 순백의 눈세계로 파묻혀 버렸다. 이윽고 하나가 쿡 웃음을 터뜨리자 또 하나가 푹 따라 웃었다. 눈은 더 줄기차게 내렸다. 그 푸른 동심과 천진한 웃음소리 위로 눈은 더 하얗게 내려앉았다. 그랬다. 젊은 그들. 진규와 은설. 그 오랜 전설과 신성한 역사, 영원의 기억, 불멸의 신화 속으로 눈은 더 아득히 꿈결처럼 내려쌓였다.

21장
민지를 추억하며

대학 내내 민지와 나는 연인관계를 유지했다. 둘의 사이는 좋은 편이었다. 어쩌다 한 번씩 티격태격 다툼이 일기는 했지만 대체로 큰 굴곡 없이 원만한 만남을 이어갔다. 둘은 공인된 캠퍼스커플이었기에 편리함과 불편함이 늘 공존했다. 만나는 횟수에 비해 둘의 육체관계는 꽤 드물었다. (아주 특수한 때를 제외하고) 민지는 의식적으로 그런 분위기를 피하곤 했다. 즉 마음속에 담아둔 사람이 내가 아니었기 때문이었다. 어쨌거나 민지의 그런 태도는 별 문제가 되지 않았다. 이미 밝혔듯, 내게 하룻밤을 보낼 여자는 넘치고 또 넘쳐났기 때문이다. 그럼에도 분명한 건, 내가 사랑하는 여자는 민지 하나였다는 사실이다. 대학 졸업반이 되었을 때 민지와 나는 서로 바빴다. 둘은 거의 만나지 못했다. 서로 의도한 건 아니었지만 자연스레 거리감이 생겼다. 실은 그녀도 나도 상대에게 관심을 둘 만한 여유가 없었다.

둘은 졸업과 함께 자연 서로에게서 멀어졌다.

이것은 꽤 흥미로운 사실이다. 이를테면 둘은 실상 헤어진 것도 헤어지지 않은 것도 아니었다. 그때까지 둘은 누구도 그런 말을 꺼낸 적이 없었기 때문이다. 공식적인 캠퍼스커플! 다소 요란했던 그 이름과 달리 그 끝은 어처구니없을 만큼 흐리멍덩했다. 한마디로 이도저도 아니었던 셈이다. 지금 기억을 더듬어보면, 그 시절 민지와 내가 마지막으로 만난 건 대학 4학년 말쯤이었다. 하지만 만났다기보다 차라리 마주쳤다는 표현이 더 적절하리라. 그러니까 추적추적 가랑비가 내리던 어느 날이었다. 둘은 구내에서 우연히 맞닥쳤는데 정말로 뜻밖이었다. "잘 지내지?" 거의 동시에 둘의 입에서 튀어나온 첫마디였다. 그러곤 잠시 어색하게 서 있었다.

한 5분쯤이나 될까.

둘은 어찌어찌 몇 마디를 나눈 뒤에 그대로 총총히 헤어졌다. 물론 다음을 기약할 의지도 여유도 없이 황망히 돌아섰다. 그토록 친밀하던 사람들이 이토록 쉬이 서름해질 수 있는 것일까. 물론 충분히 그럴 수도 있다는 걸 그 순간 나는 여실히 깨달았다. 더불어 나는 다음과 같은 사실 또한 처절히 깨달았다. 즉 그동안 함께한 시간의 길이도 깊이도, 바로 그 마음이라 부르는 절대권력 앞에서 그 얼마나 덧없고 무기력한 것인지를. 다시 말해 그 마음이 돌아서는 순간, 시간도 기억도 추억도 사랑도 미움도 그 어떤 느낌도 감정도 일순간 와르르 부서져 흩어지고 만다는 것을.

　그 뒤 내가 민지를 마지막으로 본 것은 대학을 졸업하고 나서 1년쯤 지난 어느 날이었다. 명동에 있는 L백화점 앞에서였다. 하지만 그녀는 나를 보지 못했다. 그녀 곁에는 말쑥한 차림의 중년 신사가 서 있었다. 이제 막 쇼핑을 하고 나온 듯 그녀 손에는 고급 쇼핑백 하나가 들려 있었다. 둘은 선글라스를 쓴 채 팔짱을 끼고 있었다. 그녀는 행복해 보였다. 이제껏 그토록 행복해하는 민지의 표정을 나는 본 적이 없었다. 민지는 심지어 절정의 순간마저도 우울해 보였다. 그때마다 상대에 대한 미안함 때문이었는지 민지는 애써 만족한 척했으나 그럴수록 그녀의 그 안타까운 가식만 더 드러날 뿐이었다. 어쨌거나 그녀의 화사한 모습을 보니 나도 모르게 미소가 돌았다.

　이후 석 달인가 지났을 때 나는 형준으로부터 뜻밖의 소식을 접했다. 이야기는 다시 대학 4학년 말로 되돌아간다. 그즈음 갑자기 민지의 어머니가 죽었다. 사인은 돌연사였다. 평소 지병이 없는 데다 활발하고 건강한 편이었기에 다소 미심쩍은 부분이 있었지만 타살을 의심할 만한 특별한 외상이 없어 경찰은 돌연사로 사건을 종결했다. 얼마 후 민지와 새아버지는 이사를 갔다.
　내가 들려줄 이야기는 여기까지다. 하지만 형준이 들려준 얘기는 예서 끝나지 않는다. 그러나 그 얘기는 이만 접어야 한다. 어차피 증명된 사실은 하나도 없다. 대부분 추측과 짐작 혹은 억측에 불과하다. 중요한 건 그것뿐이다. 그런데 그 얘기 말고 하나 더 생각나는 게 있다. (바로 그날!) 그러니까 대학 4학년 말쯤 민지와 내가 우연히 마주쳤을 때였다. 둘이 짧은 대화를 나누고 돌아서기 전. 민지가 불쑥 질문 하나를 던졌다. 나는 머뭇머뭇하다 그만 대답할 타이밍을 놓쳤다. 그사이 그녀는 벌써 저만큼 멀어져 가고 있었다. 한데, 민지는 왜 그런 질문을 했을까. 지금 생각해도 그 상황과 전혀 어울리지 않는 심히 뜬금없고 생뚱맞은 질문이었다.

"넌 사람이 착하다고 믿니?"

그녀가 내게 물었다.

이제 나는 그때 못한 답을 하려고 한다.
(즉 나는 그녀에게 외려 이리 되묻고 싶다.)

"넌 사람이 악하다고 믿니?"

22장
형준은 어떻게 명사가 되었는가?

대학 졸업 후 형준은 곧바로 대학원에 진학했다. 형준과 나는 계속 붙어다녔다. 둘은 여전히 죽이 맞았다. 녀석은 변함없이 엽색을 즐겼다. 나는 말 그대로 백수가 되었다. 부모님은 대학원에 진학해 학업을 계속하길 원했지만 나는 완강히 거부했다. 아버지는 내가 독일 유학을 다녀와서 국내 대학의 철학과 교수가 되기를 바랐다. 하지만 그건 아버지의 생각이었다. 이제 나는 학창 시절의 내가 아니었다. 즉 지난날의 고분고분하던 아들은 사라지고 없었다.

정말 안타깝게도 아버지는 그 점을 간과하고 있었다. 부모님의 눈치를 보던 시절은 이미 지났던 것이다. 내가 하도 결사적으로 나오자 부모님은 결국 한 발 뒤로 물러섰다. 어머니는 몹시 근심스러워하면서도 본디 쾌활한 성격답게 곧바로 눈앞의 현실을 받아들였다. 하지만 아버지는 달랐다. 더는 그 얘기를 꺼내진 않았지만 얼굴에는 늘 노기가 서려 있었다. 금방이라도 무섭게 폭발하고 말 태세였다. 그런 상황이었으므로 나는 되도록 아버지와 마주치지 않으려고 애썼다. 어쨌거나 부자간의 감정적 충돌로 인한 불미스러운 사태만은 피해야 했다.

그러던 어느 날 밤. 아버지가 내게 '군대를 갔다 오는 게 어떠냐'고 제안했다. 그간 감정이 좀 누그러진 듯 의외로 자분자분한 음성이었다. 곧 내가 '군대는 취미 없다'고 말하자 아버지는 돌연 불같이 화를 내며 연달아 거칠게 쏘아붙였다. "이런 쓸개 빠진 놈! 아무짝에도 쓸모없는 놈! 에라, 이 썩어빠진 놈아! 나가라 나가! 죽어라 죽어! 나가 죽어! 당장 나가 죽어! 나가 죽어, 이놈아!" 그리 한차례 발연히 성을 내고는 얼마 안 가 아버지는 내가 아예 군대를 못 가도록 어떤 강력한 조치를 취해버렸다.

그렇게 나는 군복무를 면제받았다.
형준 또한 군대를 가지 않았다.

녀석은 나와 달리 늠름한 사나이답게 적극 군대에 가고자 했다. 그것도 씩씩함과 용맹함의 상징인 해병대나 공수부대 같은 특수부대를 지원하고자 했다. 한데 녀석의 아버지는 다소 생각이 달랐다. 말하자면 녀석의 아버지는 아들이 군대에 가는 걸 원치 않았다. 결국 건장하고 튼튼하며 혈기왕성한 두 젊은이는 그렇게 아버지의 이름으로 나란히 병역의무에서 해방되었다. 요컨대 나는 군대에 가기 싫어하니까 아버지가 아예 군대를 못 가도록 조치해 버렸고, 녀석은 군대에 가고 싶어 하니까 아버지가 냉큼 군대에 못 가도록 조치를 취한 셈이었다.

대신 어머니는 내게 취직을 권했다.

나는 취직을 위해 머리 싸매고 고민할 필요는 전혀 없었다. 나한테 취직자리는 얼마든지 보장돼 있었기 때문이다. 어머니의 아버지. 그러니까 나의 외조부는 어느 중소기업의 창업주였다. 지금은 외숙부가 물려받아 가업을 잇고 있었다. 나한테 취직은 군대에 가는 것만큼이나 싫은 짓이었다. 나는 결국 백수로 있으면서 혼자 틈틈이 철학 서적을 탐독하기로 계획을 세웠다. 그러니까 공부고 취직이고 아랑곳없이 좀 더 인생을 즐겨보기로 결정한 것이다. 그리고 이 결정은 형준이 있기에 가능한 것이었다.

형준의 여성 편력은 갈수록 더했으면 더했지 결코 줄어들지 않았다. 녀석의 욕구는 정말로 왕성했다. 그즈음 녀석은 주로 연예계 여자(거의 육체파 배우)들과 재미를 보고 있었다. 그러니까 브로커를 통해 일종의 스폰서 계약을 맺고 정기적으로 여자를 바꿔가며 충실히 아랫도리의 욕망을 채워가고 있었다.

대학원에 들어가서부터는 공부도 꽤 열심히 했다. 녀석은 국내에서 대학원을 마치고 외국에 유학을 다녀올 생각이었다. 녀석은 범죄심리학 쪽에 관심이 깊었다. 그사이 여성 심리는 웬만큼 통달

해서 흥미를 잃은 모양이었다. 여성 심리나 범죄 심리나 들어보면 솔깃한 부분이 적지 않았다.

녀석은 종종 생소한 용어를 써가며 잡다한 이론들을 늘어놓았다. 벌써 대학교수라도 된 듯 유려한 언변이었다. 예컨대 이런 것들이었다. (......깨진 유리창 이론broken window theory, 학습된 무기력learned helplessness, 썩은 사과 이론rotten apple theory, 차별적 접촉이론differential association theory, 긍정적 일탈자positive deviants, 텍사스 명사수의 오류texas sharpshooter fallacy, 범죄 수법modus operandi, 전위된 공격성displaced aggression......)

본래 아무것도 아닌 것을 그럴듯하게 포장하거나 곤란한 상황에서 스리슬쩍 두루뭉수리 넘기는 건 녀석의 천부적 재능이었다. 여자들이 금세 빨려드는 것도 바로 그 경이로운 혓바닥 때문이었다. 아버지로부터 물려받은 돈과 권력, 담대한 야망, 강인한 열정, 거기다 수려한 언변까지 지녔으니 여자들이 줄줄 따르는 것도 무리는 아니었다. 어디 그뿐인가. 녀석은 큰 키에 미남자였다. 어느 날 밤. 강남의 한 와인 바에서 내가 녀석에게 이런 농담을 던졌다.

'......사기성과 사교성은 형제지간이다. 사기성은 늘 사교성의 얼굴을 하고 있다. 사교성이 반드시 사기성을 의미하진 않지만, 사기성은 반드시 사교성의 외양을 띠고 있다.' 녀석은 가타부타 말없이 그저 픽 웃어보였다. 몇 년 후, 형준은 미국 모 유명대학으로 유학을 떠났다. 그리하여 형준의 도미를 끝으로 그와 나의 파란만장한 청춘기는 마침내 대단원의 막을 내렸다. 이후 형준은 미국에서 박사학위를 취득하고 거기서 2년쯤 더 머무르다 어느 날 아버지의 부름을 받고 즉시 국내로 되돌아왔다. 그 뒤 5년쯤 Y대학 심리학과 교수로 있다가 집권당의 당수로 있던 아버지의 권유로 돌연 강단을 떠나 직업 정치인(초선 의원)으로 변신했다.

23장

형준은 새사람이 되었는가?

형준은 변했다. 그것도 판이하게. 녀석은 전혀 딴사람이 되었다. 형준은 이제 이 사회의 전형적인 도미 유학파 엘리트였다. 그사이 형준은 결혼하여 슬하에 이미 자녀 둘을 두었으며 가정은 잡음 하나 없이 화목했고 앞날은 늘 보랏빛으로 장식된 탄탄대로였다. 녀석은 그렇듯 이 나라 정계의 막강한 실력자인 아버지를 따라 자연 최상류 권력층으로서 극소수의 핵심적인 저명인사가 되어 오늘도 착실히 그 최종 목적지를 향해 전진하고 있었다.

이제 티브이나 신문 등에서 녀석의 얼굴을 보는 것은 흔한 일이 되었다. 내가 녀석을 만나보려 했다면 얼마든지 가능한 일이었을 터이다. 하지만 나는 녀석을 만나지 않았다. 혹 녀석이 쩨쩨하게 나를 피하거나 외면할지 모른다는 생각은 들지 않았다. 물론 쾌히 반기리란 생각 또한 들지 않았다.

내가 녀석을 만나려고 하지 않은 건 바로 이것 때문이었다. 즉 녀석은 이제 속이 훤히 들여다뵈는 유리 상자 속으로 들어가 버렸기 때문이다. 다시 말해 녀석은 지금 유리 상자 안에 있었고 나는 반대로 유리 상자 밖에 있었다. 그렇듯 둘은 서로 닿을 수 없는 두터운 유리벽을 사이에 두고 정반대의 방향으로 질주하고 있었다. 녀석은 갈수록 승승장구했다. 녀석의 길운이 끝내 어디까지 이어질지 나는 모른다. (형준! 다시 만날 때까지! 행운이 늘 함께하기를!)

24장
나는 진규인가?

형준이 그리 유학을 떠난 뒤 나는 한동안 공허감에 시달렸다. 그것은 꽤 심각했다. 그즈음 우울증이 도졌기 때문이다. 즉 고등학교 시절 나를 괴롭히던 그 검고 음울한 그림자가 다시금 나를 찾아온 것이다. 물론 대학 시절에도 왕왕 우울증이 재발하곤 했지만 그건 어디까지나 약물의 도움 없이도 웬만큼 스스로가 통제 가능한 경미한 수준이었다. 하지만 이번의 재발은 그전과는 비교도 할 수 없을 만큼 극심한 상황이었다. 나의 우울증은 대체로 기괴한 환상을 동반한다. 보통 약을 먹으면 잠시 가라앉았다가 약효가 떨어짐과 동시에 환상은 곧 되살아난다.

때때로 나는 내 우울증 자체와 서로 대화를 나누곤 한다. 녀석의 외양은 쉬 정의할 수 없다. 그것은 도무지 종잡을 수 없는 온갖 속성과 형체를 지녔다. 또한 일부는 완전한 형태가 아닌 어떤 막연한 추측을 유발하는 모호한 그림자의 형상으로 나타난다. 즉 녀석은 그대로 커다란 개일 수도 있고, 기이하게 뒤틀린 괴물일 수도 있으며 아득한 요정의 세계에서 찾아온 작고 어여쁜 정령일 수도 있다. 그들은 하도 친절해서 한번 대화를 시작하면 좀처럼 눈을 떼지 못하다가 어느새 깜박 자아를 잊고 나는 또 그들의 이야기 속으로 홀연 빨려들고 만다.

그들은 하나같이 도저히 헤어날 수 없는 그들만의 신이한 마력을 지녔다. 나는 또 금세 그들의 유혹에 끌려 환상의 공간을 떠돌아다닌다. 그들은 나를 좋아한다. 그들은 쉽사리 나를 놓아주지 않는다. 웬만해선 절대로 나를 포기하지 않는다. 내가 자꾸 그들의 영역에서 벗어나려 할수록 그들은 더 집요하게 내 영혼을 끌어당긴다. 그들은 어쩌면 나와 내 영혼을 숭배하는 건지도 모른다. 그렇듯 나는 애써 그들의 세계에서 달아나려 하지만 결국 더 깊숙이 그들의 세계로 빠져들고 만다.

25장
변신

마침내 어머니의 손에 이끌려 나는 다시 신경정신과를 찾았다. 대학 입학과 동시에 공식적으로 우울증과 이별한 뒤 거의 10년만이었다. 약을 먹기 시작하자 증세는 곧 호전되었다. 회복은 생각보다 빨랐다. 하지만 이것은 내 시각이 아니라 의사와 어머니의 시각이었다. 어찌 보면 당연한 결과였다. 의사와 어머니 앞에서 나는 의도적으로 신중히 행동했다. 즉 가급적 튀지 않으면서 적당히 쾌활한 척했다. 어머니는 금세 속았다. 어머니는 내 연기에 완전히 속은 나머지 이제 병원에 그만 가도 되겠다는 성급한 결론에 도달했다. 아마도 자식에 대한 애정이 앞서 어머니는 본능적으로 내가 나았다고 믿고 싶었는지도 모른다. 반면 늙은 의사는 그리 호락호락하지 않았다. 즉 오랜 경험으로 축적된 특유의 그 노련함으로 그는 날카롭게 내 속을 꿰뚫어보았다. 그렇다고 그 노인네가 내 의도를 속속들이 파악했다는 뜻은 아니다. 단지 그는 곧이곧대로 받아들이지 않고 이리저리 다각도로 날 시험을 했다는 의미다.

이를테면 의사는 이렇게 질문했다.

"요즘도 개가 보입니까?"

그런 개같은 소리로 날 떠보려하다니. 가소로운 노인이었다. 아마 의사는 이런 대답을 원했을지 모른다. "아니요. 이제 그런 건 전혀 보이지 않습니다. 개는커녕 개 불알도 보이지 않습니다." 그런 과장된 부정을 듣고 내가 지금 연극을 하고 있다는 걸 간파하려 했을 것이다. 그래서 나는 최대한 심상한 태도로 이렇게 대답했다. "요새는 다행히도 자주 보이지는 않습니다. 간혹 개는 아니지만 그 비슷한 뭔가가 슬쩍 나타났다 사라지곤 합니다. 하지만 아주 잠깐 뿐입니다. 아직 완전히 없어진 건 아닙니다만 조금씩 변화가 생긴 건 사실입니다. 앞으로 꾸준히 선생님의 지시대로 따른다면 머잖아 훨씬 더 안정을 찾으리라 봅니다. 이 정도만도 얼마나 다행인지 모르겠습니다. 고맙습니다. 선생님." 그러고는 지그시 미소를 머금었다.

"좋습니다. 아주 좋습니다."

의사가 제법 만족스러운 표정을 지으며 말했다. 나는 아직 긴장을 늦추지 않았다. 이 노회한 늙은이는 만만한 작자가 아니다. 이 또한 시험의 하나일지 모른다. 나는 필요 이상으로 기뻐하거나 동요하지 않고 그저 잠잠히 미소를 머금은 채 고개를 살살 주억거렸다. 그러자 의사의 눈가에 살짝 미소가 비쳤다. 이윽고 내가 자리에서 일어나 거기 출입문으로 다가갔다. 그리고 막 문을 열고 나서려는데 의사가 불쑥 물었다. "정말 개가 보이지 않습니까?" 아뿔싸! 허를 찔린 기분이었다. 순간적으로 자제심을 잃을 뻔했다. 곧장 개로 변해 송곳니를 드러내려 했던 것이다. 그러나 내가 누구인가. 나는 또 한 번 극적인 연기를 선보였다. 나는 곧 고개를 돌려 의사를 바라보았다. 그러고는 왜 그런 질문을 하는지 잘 모르겠다는 표정으로 멀뚱멀뚱 눈을 깜박거렸다. 순간 그 연기가 너무 자연스러워 나 자신도 놀랐다.

의사는 그제야 치뜬 눈을 누그리면서 고개를 털털 가로젓더니 곧 소탈하게 웃으면서 어서 가시라는 손짓을 보냈다. 나는 내심 자연스럽게 보이려 애쓰면서 슬며시 힘주어 입을 꾹 다물었다. 나는 이미 변신 중이었다. 입속에서 막 송곳니가 자라나고 있었기 때문이다. 그대로 의사한테 달려들어 주름진 그 목덜미를 콱 물어뜯고 싶었다. 금방이라도 피 묻은 그 살점을 봐야 직성이 풀린 것만 같았다. 나는 애써 내 속의 개를 억누르고 까딱 목례한 뒤 서둘러 원장실을 나왔다. 그러면서 몹시 불안감을 느꼈다. 입을 앙다물어 가까스로 송곳니는 감췄지만 꼬리는 미처 감추지 못했던 것이다.

혹여 의사가 내 꼬리를 보진 않았을까. 집에 도착하는 순간까지 꼬리에 대한 불안감이 끈질기게 나를 뒤따라왔다. 대략 10여 분을 걸어 집 앞에 도착했을 때 나는 기괴한 개의 형상(즉 사람의 몸에 개의 얼굴과 긴 꼬리가 달린 반인반수의 괴물)으로 변해 있었다. 하지만 아무도 나의 그 흉물스러운 모습을 눈치 채지 못했다. 아까 거리에서도 집 앞 도로에서도 사람들은 아무렇지 않게 내 곁을 스쳐 갔다.

잠시 후 내가 거실로 들어서자 어머니가 기쁘게 나를 반겼다. 곧 '의사 선생님이 뭐라 하시더냐'고 어머니가 물었다. 나는 컹컹! 하고 어머니의 물음에 답했다. 어머니는 퍽 흡족한 표정으로 다가오더니 선뜻 두 팔을 벌려 어릴 때처럼 나를 가슴에 꼭 껴안았다. 나는 무척 갑갑함을 느꼈다. 얼른 어머니의 품에서 벗어나고 싶은 생각뿐이었다. 그런 상태로 어머니가 나를 다시 놓아줄 때까지 나는 계속 짜증스레 낑낑거렸다. 그러다 얼마 후 2층의 내 방으로 들어서고 나서야 나는 다시 꼬리와 송곳니가 사라지면서 본래의 나 자신으로 되돌아왔다.

26장
완치된 우울증

우울증 약을 먹지 않은 지 두 달쯤 지났다. 처방받은 약을 일부러 먹지 않았다는 게 아니다. 그사이 내 우울증 치료가 끝났다는 뜻이다. 그즈음 나는 새로 나온 철학서에 빠져 있었다. 그 제목도 흥미로웠지만 무엇보다 내용이 독특했다. 일반 철학서와는 판연 달랐다. 분명 철학서라고 소개는 돼 있지만 실상은 철학적 세계관을 중심으로 이끌어가는 일종의 관념소설이었다.

그 책의 제목은 〈사랑과 환상의 백과사전〉이었다. 책의 줄거리는 이렇다. 지금 여기 한 사내가 있다. 그의 이름은 진규라고 소개된다. 소설 속에서 그는 '진규'로 또는 '나'로 또는 '그'로 또는 '아들'로 그때그때 상황에 따라 무시로 인칭을 넘나들며 이른바 다인칭 혹은 혼칭 기법으로 자유롭게 서술된다. 나이는 대략 40대 후반에서 50대 초반 사이이다. 그는 고등학교 때부터 간헐적 우울증(또는 불안증)을 앓았다. 그러다 그는 대학에 입학하고 얼마 안 가 자연스럽게 우울증이 완치된다. 그 책의 본문은 이런 글귀로 시작된다.

"내가 죽기로 결심한 건 우연이었다."

그는/진규는 자신의 기억을 더듬어가며 덤덤히 추억담을 들려준다. 방금 말했듯 그는 고등학교 때부터 우울증을 앓았다. 여기에는 그의 친구인 '형준'과 그의 애인인 '민지'가 등장한다. 이들 셋은 같은 대학에 다니고 있고 전공은 각각 다르다. 바로 이들 셋을 중심으로 계속 이야기가 전개된다. 형준과 진규는 고등학교 때부터 친구다. 진규와 민지는 공인된 캠퍼스커플이다. 이야기는 간간이 환상과 현실이 뒤섞인다. 그러다 이윽고 이들 셋이 대학을 졸업하면서 이야기는 새로운 전환점을 맞는다.

대학 졸업 후 형준은 대학원에 진학하고 외국 유학을 다녀온 뒤 Y대학 심리학과 교수를 거쳐 정치인으로 변신한다. 이후 그는 많은 이들이 선망하는 저명인사가 된다. 대학 졸업과 동시에 민지와 진규의 관계는 철저히 차단된다. 진규와 형준은 졸업 후에도 계속 단짝으로 붙어다닌다. 그러던 어느 날, 형준이 외국으로 유학을 떠나고 이를 계기로 둘의 관계도 자연스레 끝을 맺는다.

형준이 유학을 떠나자 진규는 공허감에 잠기고 이것은 얼마 안 가 우울증의 재발을 불러온다. 그의 우울증은 무시로 환상(또는 망상)을 동반한다. 그는 수시로 개로 변한다. 첫 번째 변신 유형은, 느닷없이 입안에서 송곳니가 솟고 엉치뼈 부위에서 개의 꼬리가 뻗어나온다. 두 번째 변신 유형은, 단지 송곳니와 꼬리뿐 아니라 얼굴

자체 또한 개의 형상으로 변한다. 세 번째 변신 유형은, 그 얼굴과 꼬리뿐 아니라 사지와 몸통까지 완전히 개의 형태로 탈바꿈한다.

그중 1번이 가장 흔한 경우이고 그다음은 2번 그리고 3번은 몇몇 특수한 상황 하에 매우 드물게 발생하는 최종 단계의 변신 유형으로 이는 극도로 심각한 정신분열적 광분상태를 의미한다. 또한 어떤 날은 스스로 그 변신 상태를 제어할 수 있는 반면, 어떤 날은 철저히 의지가 차단되면서 그대로 완전히 통제력을 잃는다. 그즈음 어느 날, 그는 어머니에 손에 이끌려 거의 10년 만에 다시금 새로운 신경정신과를 찾는다. 그 과정에서 그는 어머니와 늙은 의사를 상대로 교묘한 기만극을 벌인다. 그의 능숙하고 천연덕스러운 연기력 덕분에 그 연극은 가히 성공적이다. 결국 그는 자신의 우울증 증상이 거의 사라진 것으로 두 사람을 오인하게 만드는 데 성공한다.

그러던 어느 날.

그는 진료를 마치고 원장실을 나오려다 갑자기 1번 유형의 개로 변한다. 그는 서둘러 원장실을 나와 그길로 지체 없이 집으로 향한다. 집으로 걷는 내내 그는 미처 다 감추지 못한 꼬리에 대한 불안감에 시달린다. 그는 개로 변한 모습을 들키지 않으려고 안간힘을 쓴다. 그는 꾹 입을 다물어 송곳니를 감추고 다리 사이로 연신 꼬리를 밀어 넣는다. 하지만 그의 번민과는 달리 거리의 행인들 누구도 개로 변한 그의 모습을 알아채지 못한다.

집으로 되돌아오자 어머니가 반갑게 그를 맞는다(그사이 그는 얼굴까지 개의 형상으로 변하는 2번 유형의 단계로 진행돼 있었다). 어머니는 아들이 개로 변한 사실을 깨닫지 못한다. 어머니가 끌어 안자 개로 변한 아들은 갑갑함을 느낀다. 이윽고 그는 어머니의 품을 벗어나 자신의 2층 방으로 들어서고 나서야 비로소 개의 얼굴을 벗고 사람의 형상으로 되돌아온다. 그 뒤 얼마 안 가 그는 주치의의 판단 하에 우울증 치료를 끝마친다. 그즈음 그는 새로운 철학서 한 권을 탐독하고 있었는데, 그 책의 제목은 바로 '사랑과 환상의 백과사전'이었다.

그 책은 1부와 2부로 구성되어 있다.

1부는 다양한 과정을 거쳐 마지막 이야기를 향해간다. 그는 지금 그 1부의 마지막 부분을 읽고 있다. 1부의 마지막 이야기는 이렇다. 어느 날 주인공은 고등학교 시절에 다니던 그 신경정신과를 다시 찾는다. 그가 (그 늙은 의사의 판단에 따라) 재발한 우울증의 치료를 마친 뒤 대략 두 달쯤 지난 때였다. 주인공은 지금 어느 횡단보도 앞에 혼자 서 있다. 그는 길 건너편에 보이는 신경정신과 간판을 바라다본다. 이윽고 건너편 신호등에 녹색 불이 켜지자 그는 빠르게 횡단보도를 건너 곧장 신경정신과 건물 앞에 도착한다. 그는 건물 안으로 들어가 엘리베이터 앞에 서 있다. 그가 찾아가는 신경정신과는 그 건물 5층에 자리하고 있다.

27장
1부: 그 마지막 이야기

1층에 엘리베이터가 서자 문이 열리고 사람들이 내렸다. 나는 엘리베이터를 타고 5층으로 올라갔다. 그 신경정신과는 5층 전체를 통째로 쓰고 있었다. 나는 문을 열고 병원 안으로 들어갔다. 안은 상당히 넓었다. 얼마 만인가. 그러니까 대학 입학 후 발을 끊은 뒤로 처음이었다. 그사이 분위기는 꽤 달라졌다. 인테리어는 최근에 새로 꾸민 듯했다. 하지만 전반적인 실내 구조는 그대로였다. 접수계도 대기석도 그리고 원장실도 그때 그 자리에 그대로 있었다.

나는 곧장 접수계로 다가갔다.
간호사는 셋이 앉아 있었다.

전부 낯선 얼굴이었다. 나는 진료 접수를 하고 나서 대기석으로 와 앉았다. (내가 오늘 뜬금없이 이곳을 다시 찾아온 건 간밤에 꾼 이상야릇한 꿈 때문이었다. 지난밤 꿈속에서 전날 그 젊은 의사가 돌연 모습을 드러냈다. 전에 한창 치료를 받으러 다니던 때를 제외하고 나의 꿈에 그 젊은 의사가 다시 등장한 건 이때가 처음이었다. 그는 혼자 진료실 책상에 앉아 있었다. 잠시 후 그가 문득 고개를 돌려 이쪽을 바라보더니 그대로 순식간에 네 발 달린 개의 형상으로 탈바꿈했다. 이어 당장 이쪽을 향해 달려들 듯 아가리를 한껏 벌린 채로 사납게 으르렁대기 시작했다. 그러다 이윽고 그 개가 번쩍하며 이쪽으로 달려드는 찰나 나는 퍼뜩 잠에서 깨어났......)

대기석엔 예닐곱 명이 앉아 순서를 기다리고 있었다. 나는 가만가만 그들을 살펴보았다. 다들 말끔한 차림이었다. 옷차림과 달리 표정은 모두 어두워 보였다. 이들은 저마다 무슨 문제를 안고 있을까. 그 어떤 말 못할 고민이 이들을 짓누르고 있을까. 이들도 나처럼 환상 우울증을 앓고 있을까.

한쪽에 머리가 허연 노인 하나가 보였다. 나는 깜짝 놀랐다. 그 노인이 마치 얼마 전까지 나를 진료하던 그 신경정신과 원장으로 보였던 것이다. 물론 착각이었다. 다시 보니 얼추 닮기는 했으나 전혀 딴사람이었다. 내가 바라보자 기분이 언짢았는지 노인이 의도적으로 나를 노려보았다. 나는 슬쩍 비위가 상했다. 물론 노인을 좀 노골적으로 응시한 건 사실이다. 하지만 사람이 사람을 좀 쳐다봤기로서니 그리 대놓고 불쾌한 낯빛을 할 것까지야 없지 않을까?

그나저나 나는 얼른 그쪽에서 고개를 돌렸다. 결코 노인이 무서워서가 아니다. 노인을 척보니 젊었을 때는 힘깨나 썼을 것처럼 보였다. 키는 좀 작달막했지만 아직 허우대는 꽤 튼실했다. 그렇더라도 '지금의 나'를 상대한다면 노인은 몹시 안쓰러운 변고를 당하고 말 것이다. (뭐, 꼭 나의 송곳니가 아니더라도) 힘으로 보나 덩치로 보나 노인은 결단코 내 상대가 아니었던 것이다.

　내가 고개를 돌린 것은 '그것' 때문이었다.

　갑자기 입속에서 송곳니가 자라기 시작했던 것이다. 나는 막 개로 변신하고 있었다. 방금 전부터 엉치뼈 주위가 근질근질했다. 꼬리가 뻗어 나오려는 게 분명했다. 나는 당황했다. 어찌한다? 달아나야 할까? 이대로 병원 문을 뛰어나가 곧장 건물 밖으로 빠져나가야 할까? 나는 안절부절못했다. 결국 참다못해 출입문 쪽으로 뛰어가려고 자리에서 막 몸을 세웠는데, 한 여자가 불쑥 병원 문을 열고 안으로 들어왔다. 그 바람에 나는 도로 털썩 그 자리에 주저앉았다.
　바로 그 여자였다. 고등학교 시절 형준이 데리고 왔던 그 '아는 누나'라는 여자. 틀림없었다. 그 뒤로 이미 상당한 세월이 흘렀지만 그 여자의 얼굴은 그때 그대로였다. 즉 여전히 아름다웠고 앞가슴은 유독 풍만했으며 전날 그 입술 밑에 점 또한 변함없이 제자리를 지켰다. 그 여자가 막 접수계로 다가갔다. 그 여자는 대기석으로 와서 앉지 않고 곧장 원장실로 들어갔다. 하지만 대기석에 앉은 누구도 그 여자의 행동에는 신경 쓰지 않았다.

(오! 다행이었다.) 그사이 내 송곳니와 꼬리가 돌연 사그라들었다. 그 여자의 등장으로 변신이 중단되고 본래의 모습으로 되돌아간 것이다. 나는 자리에서 일어나 접수계로 다가갔다. 곧 간호사들에게 '방금 그 여자가 누구냐'고 물었다. 간호사들이 대답은 않고 멀뚱멀뚱 서로를 바라보았다. 내가 다시 그 여자의 인상착의를 설명했다. 나이와 얼굴 형태와 체형 그리고 입술 밑에 난 그 점까지. 그러자 잠시 후 간호사 하나가 이렇게 말했다. "저희 사모님을 아세요? 사모님은 어제 다녀가셨어요. 오늘은 병원에 안 오시고요."

나는 곧 자리로 돌아와 앉았다. 갑자기 지난날의 기억이 떠올랐다. 대번 목구멍에 뭔가가 걸린 듯 불쾌감이 솟았다. 나도 모르게 원장실 쪽으로 고개를 돌렸다. 그때 원장실 문이 저절로 사르르 열렸다. 문은 빠끔히 열린 채 그대로 멈춰 있었다. 조금 있자 그쪽에서 이상한 소리가 들렸다. 사람들은 아무 소리도 들리지 않는 듯 태연히 앉아 있었다. 나는 막 자리에서 일어나 원장실 문으로 다가갔다. 내가 원장실 문으로 다가갔지만 간호사들도 대기석 손님들도 전혀 관심 두지 않았다. 나는 슬며시 원장실 안을 들여다보았다. 그 안에서 '커다란 개 두 마리가 교미'를 하고 있었다.

그때 갑자기 송곳니가 자라났다.

곧 엉치뼈 아래에서 꼬리가 자라기 시작했고 나는 그대로 네 발

달린 개로 변했다(3번 유형). 내가 둘을 향해 으르렁거리자 두 마리가 깜짝 놀라 이쪽을 돌아보았다. 나는 그대로 돌진했다. 그쪽 수컷이 필사적으로 암컷을 보호했다. 두 수컷이 싸우는 동안 암컷은 잽싸게 원장실 밖으로 달아났다. 순간 내가 상대 수컷의 목을 콱 물었다. 그대로 와락 살점을 물어뜯었다. 바닥에 핏방울이 뚝뚝 떨어졌다. 나는 냉큼 입에 문 살점을 뱉어내고 무서운 속도로 원장실을 나와 곧장 병원 밖으로 뛰어나갔다. 나는 단숨에 계단을 뛰어 내려가 건물 밖으로 내달았다. 건물 밖으로 나오자 횡단보도 건너편에 그 암컷이 보였다. 암컷은 어디로 갈지 몰라 잠시 갈팡질팡했다. 그사이 나는 당장 도로를 가로질러 그 암컷 쪽으로 달려갔다.

그 암컷이 나를 발견하고 돌연 지하철 계단으로 달아났다. 나는 계속 그 암컷을 뒤쫓았다. 거기 지하철 계단을 내려오자 승강장이 나왔다. 그때 막 전동차가 다가와 승강장에 멈춰 섰다. 곧 출입문이 열리고 사람들이 우 쏟아져 나왔다. 문득 저쪽에서 암컷이 전동차 안으로 뛰어드는 것이 보였다. 나도 곧장 전동차 안으로 뛰어 들어갔다. 순간 출입문이 닫히고 전동차가 다시 출발했다.

나는 암컷이 탄 열차칸으로 가려 했지만 칸과 칸 사이의 연결문을 열 방법이 없었다. 문을 여는 방식이 누름 버튼이 아닌 손잡이를 돌려서 여는 수동식이었기 때문이다. 나는 이빨로 손잡이를 물고 어떻게든 문을 열어보려 낑낑 안간힘을 썼다. 그렇게 있는 대로 애를 썼지만 손잡이를 돌리기엔 역부족이었다. 결국 물었던 손잡이를 놓고 혀를 쑥 늘어뜨린 채 연거푸 가쁜 숨을 내쉬었다.

바로 그때 연결문이 열렸다. 마침 이쪽 칸에서 한 남자가 연결문을 열고 다음 칸으로 건너갔던 것이다. 그 틈에 재빨리 나도 다음 칸으로 건너갔다. 그 남자는 멈추지 않고 계속 연결문을 열고 그다음 칸으로 건너갔다. 나는 계속 그 남자를 뒤따랐다. 그리고 막 또 하나의 연결문을 지나 다음 칸으로 넘어왔을 때 바로 거기 한쪽 출입문에 바싹 달라붙은 그 암컷이 바라보였다. 그 암컷은 몹시 겁에 질린 눈빛으로 잇달아 불안스레 주위를 두리번거렸다.

그때 막 전동차가 멈춰 섰다.
곧 출입문이 열렸다.

암컷은 곧장 전동차 밖으로 달아났다. 나는 득달같이 전동차를 나와 그 암컷을 추격했다. 나는 암컷을 쫓아 빠르게 지하철 계단을 뛰어 올라갔다. 이제 막 역사를 빠져나오자 저만치 달아나는 그 암컷이 보였다. 암컷은 혀를 빼고 전속력으로 행인들 사이로 질주했다. 그 뒤로 길고 긴 추격전이 벌어졌다. 마침내 암컷의 속도가 느려졌다. 암컷은 거의 탈진 지경이었다.

얼마 후 암컷은 교보타워 사거리를 돌아 그대로 강남역 쪽으로 내달았다. 이제 암컷은 인도를 벗어나 차도를 내달리고 있었다. 나도 덩달아 인도를 버리고 차도로 뛰어들었다. 거기 강남대로를 달리는 차들이 잇달아 빵빵대며 거칠게 클랙슨을 울려댔다. 암컷은 그 어떤 위험도 아랑곳없이 어지럽게 차선을 가로지르며 미친 듯이 차들 사이로 내닫고 있었다. 이윽고 그 암컷이 강남역에 거의 다다랐을 때였다. 별안간 승용차 한 대가 번쩍 암컷을 들이받으면서 끼이익 급정거했다.

도로는 순식간에 아수라장으로 변했다.
(사람도 차도 거리도 일대 혼란에 휩싸였다.)

암컷은 공중으로 붕 떠올랐다가 이내 바닥으로 떨어져 내리면서 그대로 데굴데굴 차도를 굴러 저만치에 가 나동그라졌다. 이윽고 내가 그 암컷에게 다가갔을 때 그것은 다시 사람의 형상으로 변해 있었다. 나는 여전히 개의 형상을 한 채 혓바닥을 쑥 빼물고서 거칠게 숨을 할딱이며 그 여자를 내려다보았다. 하지만 어찌된 걸까. 놀랍게도 그 여자는 방금 내가 쫓던 그 여자가 아니었다. 즉 거기 바닥에 쓰러진 그 여자는 바로 형준의 파트너였던 '또 다른 그 여자'였다.

그랬다. 그 여자는 다름 아닌 언젠가 오피스텔 주차장에서 뒷좌석 창유리 너머로 명함 한 장을 건네주던 그날의 그 짙은 선글라스 사모님이었다. 사모님은 그렇게 그날 그 명품 선글라스로 눈을 가린 채 그 바닥에 축 늘어져 있었다. 곧 웅성웅성하는 소리와 함께 우르르 사람들이 모여들었다. 이어 멀리서 구급차인지 경찰차인지 모를 사이렌 소리가 울려왔다. 그때 갑자기 한낮의 태양을 잠식하면서 시커먼 먹구름이 몰려드는가 싶더니 이내 우두둑하고 빗방울을 뿌리기 시작했다. 그 순간 나는 이미 그곳을 벗어나 강남역 10번 출구로 들어서고 있었다(그사이 꼬리도 송곳니도 사라지고 나는 도로 아무렇지 않은 듯 인간의 모습을 한 채였다).

2부

28장
진규는 나이를 먹는다!

'사랑과 환상의 백과사전'

그 책의 2부는 중년이 된 진규의 이야기다. 진규는 이제 40대 후반 또는 50대 초반의 나이가 되었다. 그사이 진규의 삶에는 몇 가지 변화가 있었다. 그중 가장 두드러진 것은 정신병원의 기억이다. 30대 초반에서 후반 사이 진규는 정신병원에 갇혀 있었다. 그는 갈수록 우울증이 심해졌고 급기야 정상적인 생활이 불가하리만치 과도한 정신이상 증세를 보인 것이다. 진규의 정신병원 입원(사실상 감금) 결정은 그의 아버지가 내린 것이었다. 어머니는 좀 더 상황을 지켜보자며 간곡히 만류했지만, 아버지는 전에 없이 단호한 태도를 보이며 전격적으로 입원 결정을 내렸다.

즉 이런 경우엔 머뭇거릴수록 상태만 더 심해질 뿐이므로 환자에 대한 입원 결정은 빠르면 빠를수록 서로에게 도움이 될 거라는 논리였다. 어쨌거나 진규가 다시 집으로 돌아왔을 때는 거의 온전한 상태가 되어 있었다. 적어도 겉으로 보기에는 그랬다. 진규의 부모님은 그제야 안심했다. 그동안 부모님의 신상에도 다소 변화가 있었다. 아버지는 몇 해 전 공직에서 퇴임한 뒤 어느 사기업의 고문으로 재직하고 있었고, 어머니는 지난해 교수직에서 물러나 A법률연구소 부원장으로 자리를 옮겼다.

곧 마흔 살이 되는 진규는 늘 자기 방에 틀어박혀 지냈다. 그는 전에 비해 굉장히 온순한 사람이 되어 있었다. 그저 그렇게 몇 년이 더 흘러갔다. 40대 초반이 된 그는 온순하다 못해 이제 무기력한 사람으로 변해 있었다. 그런 아들을 바라보며 어머니는 남몰래 숨어 눈물을 훔쳐야 했다. 아버지는 가급적 감정을 자제하려 애쓰면서도 무시로 폭폭 터져 나오는 돌발적인 한숨만은 어쩔 도리가 없었다. 이따금 티브이(주로 뉴스나 대담, 시사 프로)에선 친구 형준의 모습이 비치곤 했다. 형준은 그야말로 경이로운 속도로 성장하고 있었다. 간혹 아버지의 입에서는 이런 독백이 흘러나왔다.

"훌륭한 아들을 뒀어."

아버지는 그리 탄식하듯 내뱉곤 했다. 아버지는 아들이 듣는 곳에서는 가급적 입을 닫았지만 그럼에도 저절로 일그러지는 얼굴과 낙심천만한 그 표정만은 감출 수가 없었다. 그것은 단지 불만을 드러내는 기색이라기보다 실상 자복 없는 처지에 대한 짙은 원망과

울화, 말 못 할 심우, 신세한탄의 응집체에 가까웠다. 더구나 아버지는 본디 형준의 아버지와도 서로 호형호제하리만큼 무간한 사이였다. 하지만 지금은 두 아들의 처지와 마찬가지로 두 아버지도 차츰 연락이 뜸해지면서 자연 쓰렁쓰렁 거북스러운 관계로 변했다(아버지는 내심 그토록 유능한 아들을 둔 형준의 아버지가 못내 샘이 나고 마냥 부러웠으리라).

그러던 어느 날이었다.

그날 아버지는 거실 소파에 홀로 앉아 와인 잔을 홀짝이고 있었다. 그때 마침 티브이에서 형준의 모습이 비쳤다. 어느 뉴스 프로였다. 진규는 막 2층 방에서 나와 계단을 반쯤 내려오던 참이었다. 그때 아버지가 거의 비탄에 잠긴 목소리로 말했다. "훌륭한 아들을 뒀어! 훌륭한 아들을!" 일이 초간 침묵. "누구 아들은 대통령이 될지도 모르는데……" 아버지는 더 말을 잇지 못하고 땅이 꺼지게 한숨을 푹 내쉬었다. 이어 더는 티브이를 바라볼 수 없었던지 아버지는 시름겨운 얼굴로 고개를 툭 떨어뜨렸다. 아들은 그 순간 아버지가 우는 모습을 처음 보았다. 아버지는 이내 비통에 젖어 서럽디 서럽게 소리 죽여 흐느거렸다. 아들은 그사이 숨도 쉬지 못하고 도로 조용히 계단을 걸어올라 서둘러 자기 방으로 몸을 숨겼다.

29장
진규는 더 나이를 먹는다!

그런 가운데 시간은 또 조용히 그리고 속절없이 흘러갔다. 그리하여 진규는 더 나이를 먹었다. 그 무렵 형준은 젊은 총리감으로 연일 물망에 오르내렸다. 아버지는 갈수록 더 말수가 줄었다. 부모님의 사이는 아직 그런대로 좋은 편이었다. 하지만 아버지와 어머니의 대화도 점점 줄어들고 있었다. 그러던 어느 날. 아버지는 느닷없이 낚시를 시작했다. 젊은 시절에 잠깐 취미 삼아 낚시를 한 적은 있었지만 그 뒤론 낚시를 잊고 산 지 이미 30여년이었다. 아버지는 늘 혼자 낚시를 다녔다. 그렇듯 꼬박꼬박 낚시질을 나섰지만 실상 물고기를 잡은 건지 못 잡은 건지 집으로는 전혀 그 결과물을 들고 오지 않았다.

"너도 나이를 먹는구나."
아버지가 불쑥 말했다.

찬바람이 덜컹덜컹 창문을 흔드는 늦가을의 어느 저녁나절이었다. 어느샌가 2층 방으로 들어온 아버지가 그의 등 뒤로 바투 다가와 서 있었던 것이다. 아버지는 희끗희끗 새치가 섞인 아들의 정수리를 들여다보고 있었다. 아들은 창가에 놓인 안락의자에 파묻혀 벌써 몇 시간째 뭉그적뭉그적하면서 한 장 한 장 끈덕지게 책갈피를 넘기며 묵묵히 독서에 열중해 있었다. 그 통에 그는 아버지가 그리 입을 떼기 직전까지 누가 등 뒤에 서 있다는 사실조차 인식하지 못했다. 바로 그 책이었다. '사랑과 환상의 백과사전' 지난날 처음 그 책을 접한 뒤로 (정신병원에 갇혀 있던 시기를 제외하고) 그는 오직 그 책 한 권만을 끊임없이 되풀이해 읽고 또 읽었다. 이미 첫머리부터 마지막 글자까지 장장이 죄 머릿속에 아로새길 정도였지만 그는 또 매번 새로운 느낌으로 그 책을 펼쳐 들었다.

아버지가 '무슨 책을 읽느냐'고 물었다.
아들은 대답 대신 그 책을 들어 보여주었다.

아버지는 그 책을 받아들고 가만가만 책장을 넘겨 보더니 이윽고 입가에 설핏 미소를 머금은 채 이렇게 말했다. "괜찮은 책이구나. 언제 한번 읽어봐야겠다. 다 읽으면 내 서재에 좀 갖다 놓으려무나. 틈나는 대로 떠들러 봐야겠다. 헌데... 제목이 좀 아쉽구나." 아비지는 곧 덧붙였다. "음, 내 생각엔 말이다. '사랑' 대신에 '불안'을, '환상' 대신에 '공허'란 단어를 썼어야 해. 일테면 '사랑과 환상의 백과사전' 대신 '불안과 공허의 백과사전'으로." 그러고서 언뜻 생각에 잠기는 듯하더니 아버지는 또 이렇게 말을 이었다. "아니면 제목을 아예 '사랑과 욕망의 백과사전'으로 바꿔도 괜찮겠구나. 그래. 그게 더 나을 듯하구나."

그리 말하고 아버지는 절로 환한 미소를 지어 보였다. 그럼에도 그 표정은 우울해 보였다. 메마른 그 미소 뒤로 짙은 우수의 그림자가 어려 있었다. 아버지는 막 책장을 덮고 그 겉표지를 살살 어루만지면서 혼자 생각에 잠겼다. 왜 그랬을까. 아들은 순간 그런 아버지가 사뭇 안쓰럽다는 생각이 들었다. 그로서는 여태껏 처음으로 느껴본 감정이었다. 아들은 그제야 자신의 나이를 홀연 실감했다. 바로 아버지를 향한 그 감정을 통해 아들은 비로소 자기 자신이 나이가 들었음을 자각했던 것이다.

30장
밤낚시를 가다.

그날 밤. 아버지와 아들은 함께 밤낚시를 떠났다. 집 앞에서 차에 올라 대략 1시간을 달려 둘은 막 어느 호젓한 강가에 다다랐다. 저만치 야공에는 초승달이 떠 있었다. 얼마 후 둘은 낚싯대를 드리우고 나란히 접이식 의자에 걸터앉았다. 그제야 아들은 아버지의 낚싯대에 낚싯바늘이 없다는 걸 깨달았다. 그랬다. 아버지는 그동안 낚싯바늘이 없는 빈 낚싯대를 드리웠던 것이다. 이어 한참이 흘렀지만 부자는 내내 아무 말도 주고받지 않았다.

아버지도 아들도 그저 묵묵히 달빛 어린 강물을 바라다볼 뿐이었다. 이따금 아버지는 들릴 듯 말 듯 나직이 한숨을 내쉬었다. 잇달아 서늘한 강바람이 불어와 아버지의 숨소리를 쓸어갔다. 달빛이 자꾸만 파리하게 수면을 비추었다. 한순간 물속에서 호기심 많은 물고기 한 마리가 불쑥 수면으로 솟아올라 휘딱 몸을 뒤집었다. 조그맣게 그러나 큰 울림으로 물소리가 났다. 그 물소리가 사그라지자 밤은 더 그윽하게 고요 속으로 젖어들었다.

마치 잠이 든 듯 아버지의 숨소리는 더욱더 가늘어졌다. 아버지는 지금 무슨 생각을 하고 있을까. 혹여 지난날의 감구에 젖어 씁쓸히 인생의 무상함을 곱씹고 계신 것은 아닐까. 이윽고 아주 작게 아버지의 어깨가 흔들거렸다. 그 순간 난생처음 아들은 아버지의 어깨에 손을 얹었다. 그제야 알았다. 아버지는 울고 있었다. 그렇게 아들의 손에 어깨를 맡긴 채 아버지는 오래전 그 여리디여린 소년으로 되돌아간 듯 작고 초라한 모습으로 숨죽여 울먹이고 있었다.

31장
빈자리는 공허가 된다.

그 뒤 보름인가가 지났다. 아버지는 또 혼자서 밤낚시를 갔다. 아들이 같이 가겠다고 하자 아버지는 말없이 고개를 흔들었다. 그러고서 잠시 아들의 얼굴을 바라보았다. 언뜻 무슨 말인가를 하고 싶어 하는 눈치였지만 그러면서도 선뜻 말을 꺼내기가 서어한 모양이었다. 잠시 후 아버지는 그 상황이 무람했는지 슬쩍 멋쩍은 웃음을 보이고는 그대로 아무 말도 하지 못하고 그예 묵묵히 몸을 돌려 홀로 현관문을 나섰다. 아들은 또 혼자 남았다. 어머니는 그즈음 정부로부터 위탁받은 국책 연구 과제를 수행하느라 노상 귀가가 불규칙했다. 다음 날 아들은 아침 5시쯤 잠이 깼다. 아버지는 늘 밤낚시를 마치고 6시쯤 귀가하곤 했다.

아들은 잠이 오지 않아 자리에서 일어나 곧장 방을 나가 거실로 내려갔다. 이어 안방 문을 열어보니 어머니는 아직 귀가하지 않았다. 아무래도 연구소에서 또 밤을 새운 모양이었다. 아들은 막 거실 소파에 엉덩이를 묻었다. 곧 소파 등받이에 등을 기대고 팔짱을 낀 채 눈을 감았다. 그대로 시간이 흘렀다. 아들은 번뜩 눈이 떠졌다. 얼른 벽시계를 바라보았다. 이미 6시가 넘었지만 아버지는 아직 돌아오지 않았다.

아들은 계속 소파에 앉아 있었다. 그러다 이윽고 7시가 지났다. 여전히 아버지도 어머니도 귀가하지 않았다. 마침내 7시 30분이 지나자 어머니가 먼저 귀가했다. 어머니는 밤새 뜬눈으로 지새운 듯 몹시도 초췌한 모습이었다. 어머니는 아버지에 대해 몇 마디 물은 뒤 곧바로 안방으로 들어갔다. 잠시 후 아들은 소파에서 일어나 거기 계단을 올라 2층의 자기 방으로 되돌아갔다.

다시 침대에 몸을 뉘었다,

이내 눈이 감기고 아들은 다시금 잠이 들었다. 그 후 아들이 다시 잠을 깼을 때는 대략 정오쯤이었다. 창밖에는 폴폴 눈이 내리고 있었다. 첫눈이었다. 잠시 후 아들은 2층 방을 나와 1층 거실로 내려갔다. 아들은 빠끔 안방 문을 열고 안을 들여다보았다. 아버지는 여전히 귀가하지 않았고 어머니는 아직 취침 중이었다. 아들은 안방 문을 도로 닫고 이어 거실 소파로 가 털썩 주저앉았다.

문득 아버지한테 전화를 걸어볼까 생각하다가 이내 머리를 털었다. 요즈막 모 사기업의 고문직을 자진 사임한 뒤로 아버지가 거의 휴대폰을 휴대하지 않는다는 사실이 떠올랐던 것이다. 그래도 혹시 몰라 그는 곧 자리에서 일어나 실내 계단을 통해 지하에 있는 아버지의 서재로 내려갔다. 그는 서재 문을 열고 안으로 들어서자 곧장 서가 한 켠에 놓인 둥근 마호가니 탁자로 다가갔다. 탁자 위엔 어김 없이 작고 고풍스러운 갓스탠드 하나가 제자리를 지켰다. 지금껏 십수 년을 꼬박 아버지와 함께해 온 그 스탠드는 바로 그 마호가니 원목 탁자와 더불어 이 서재의 공동 상징물이자 우직한 터줏대감이 었다. 거기 그 손때 묻은 스테인드글라스 스탠드 아래 아버지가 두 고 간 낡은 그 구식 휴대폰이 놓여 있었다.

잠시 후 아들은 대문을 나왔다.

곧 그는 자기 차에 올라 그날 그곳으로 향했다. 즉 접때 아버지 와 함께 밤낚시를 갔던 그 강가로 곧장 차를 몰았다. 그사이 휙휙 눈보라가 치고 있었다. 잇달아 사나운 눈발이 시야를 가렸다. 차는 계속 눈보라를 뚫고 그 목적지를 향해 쉬지 않고 내달았다. 그렇게 얼마를 달렸을까. 마침내 그의 차가 그날 그 강가에 이르자 거기 하 얗게 눈을 뒤집어쓴 아버지의 승용차가 보였다.

곧 그는 길섶에 차를 세우고 운전석을 나왔다. 그때 저만치 떨 어진 강녘에서 얼핏 아버지의 형상이 눈에 들어왔다. 아버지는 두 꺼운 겨울 잠바에 달린 털모자를 머리에 쓴 채 거기 접이식 의자에 홀로 앉아 잠이 든 듯 깊숙이 고개를 떨구고 있었다. 그는 그쪽 강 녘으로 서둘러 걸음을 옮겼다. 이윽고 그는 아버지를 너덧 걸음 앞 두고 돌연 발을 멈췄다. 아버지의 앞쪽에는 또다시 낚싯바늘 없는 빈 낚싯대만 덩그러니 드리워져 있었다. 잇달아 쌩쌩 소리를 내며 강바람이 거세게 불어 닥쳤다. 매서운 눈보라가 연신 그의 얼굴을 때렸다. 그는 다시 걸음을 떼어 아버지의 곁으로 바짝 더 다가섰다. 그는 잠시 머뭇거리다 이제 막 아버지의 어깨로 손을 뻗었다. 그의 손이 언뜻 가늘게 떨렸다. "아버지!"

32장
진규는 자유로운가?

그렇듯 아버지가 황망히 그의 곁을 떠나고 얼마 안 가 어머니는 재혼을 했다. 상대는 어머니가 부원장으로 있는 A법률사무소 원장이자 같은 학과 동료 교수였던 김 모 박사였다. 아들은 잠자코 어머니의 결정을 받아들였다. 어머니는 대부분의 재산을 아들에게 남기고 곧바로 그 남자의 저택으로 거처를 옮겼다. 어머니가 집을 떠나면서 아들에게 남긴 말은 단지 이것뿐이었다. 즉 사흘에 한 번 오는 파출부 아주머니를 앞으로는 이틀에 한 번씩 오도록 하라는 것. 그리하여 아들은 또 홀로 남았다. 아버지도 어머니도 없는 텅 빈 공간에서 흡사 아무도 들춰보지 않는 오래된 사진첩처럼 아들은 그렇게 완전한 외톨이가 되고 말았다. 형준은 그사이 국무총리가 되어 있었다. 형준은 더 자주 티브이에 비쳤다. 파출부 아주머니는 그대로 사흘에 한 번 와서 집안일을 도왔다. 어머니는 이따금 나이든 아들을 보러 왔다.

어머니의 모습은 행복해 보였다.

한동안은 그런 어머니의 얼굴을 보는 게 괴로웠다. 이런 걸 두고 천륜의 정이라 하는 걸까. 어머니의 얼굴을 볼 때마다 그는 아린 듯 저린 듯 가슴 밑바닥이 시렸다. 그날 아버지의 마지막 모습이 떠올랐기 때문이다. 하지만 그것은 오래가지 않았다. 어느 날. 어머니가 다시 아들을 보러 왔을 때 왜 그런지 아버지의 모습은 떠오르지 않았다. 이제 더는 가슴 밑바닥이 시리지도 아리지도 않았다. 이상했다. 아들은 애써 아버지의 형상을 떠올리려 했지만 그 실체는 왠지 선명하지 않았다. 어느덧 아버지에 대한 기억은 마치 아스라한 과거의 한 점인 양 가물가물 흐릿하게 다가왔다.

그렇듯 쓸쓸히 아버지의 존재는 지워져갔다.

하루는 어머니가 내게, '참한 여자가 하나 있는데, 한번 만나보라'고 말했다. 아무래도 혼자 있는 것보단 말동무라도 있는 게 낫지 않겠냐는 것이다. 그 참하다는 여자는 어머니의 대학 후배였다. 여자는 현재 어머니가 재직했던 그 대학의 같은 학과 부교수로 있었다. 아들의 표정은 무덤덤했다. 좋다 나쁘다 아무런 감정도 일지 않았다. 그런 아들을 배려하려 그랬는지 어머니는 '급할 건 없으니 천천히 생각해 보라'고 말했다. 말은 그리 했지만 혼자 늙어가는 아들이 걱정되었는지 그 표정은 유독 조급스러워 보였다. 흡사 어머니는 뭔가에 마구 쫓기는 사람 같았다. 그새 어머니도 늙으셨나보다. 그 통에 아들은 왠지 미안한 마음이 들었다. "잘 생각해 봐라. 보기 드물게 유능한 아이니까." 대문을 나서기 전 어머니가 말했다.

33장
진규는 여자를 만났는가?

진규는 결국 어머니가 말했던 그 참하다는 여자를 만났다. 그날 어머니는 레스토랑에서 보자고 했지만 아들은 카페나 맥줏집이 더 좋겠다고 말했다. 아들이 계속 고집을 피우자 어머니는 한숨을 내 쉬며 더는 레스토랑을 강요하지 않았다. 또한 옷차림도 질 좋은 슈 트에 보타이나 애스콧타이를 맨 어머니 방식의 세련된 차림을 원했 지만 그 역시 아들은 단호히 고개를 내저었다. 그리하여 그는 레스 토랑이 아닌 어느 평범한 베이커리 카페에서 자기 방식의 캐주얼한 복장으로 그 여자를 만났다. 어머니가 잠시 둘을 소개한 뒤 곧 자리 를 떴다.

여자는 지적인 미인이었다.
이목구비가 꽤 또렷했다.

그 귀는 크고 눈썹은 짙으면서 가지런하고 코는 오똑하고 입술은 적당히 도톰했다. 복장은 투피스 정장차림으로 한눈에도 썩 단정했다. (반면 그는 청바지에 운동화를 꿰고 포크파이 해트를 비딱하게 눌러쓴 간편한 차림새였다.) 여자의 이름은 간단히 'P'라고 해두자. 여자는 안경을 썼지만 안경 뒤의 눈망울은 크고 초롱초롱했다. 시험 삼아 슬쩍 몇 마디 던져보니 의외로 말이 잘 통했다. 법학과 교수치곤 꽤나 개방적이었다. 서로 이런저런 이야기가 오갔다. 나는 자리를 옮기자고 하려다가 귀찮은 생각이 들어 그대로 앉아있었다. 여자는 개의치 않는 눈치였다.

"비 좋아해요?"
내가 불쑥 물었다.

여자는 곧 '비를 싫어하진 않는다'고 시큰둥하게 대답했다. 내가다시 '그럼 억수로 퍼붓는 빗줄기 속에서 속옷까지 흠뻑 젖은 채로 열렬히 키스를 하는 연인의 모습을 어떻게 생각하느냐'고 물었다. 그랬더니 피식 웃었다. 그러더니 '영화에선 몰라도 현실에선 매우 불필요한 행위인 것 같다'고 말했다. 나는 고개를 끄덕였다. 그녀말이 옳다는 게 아니라 표현이 꽤 그럴 듯했기 때문이다.

"눈 좋아해요?"
내가 또 물었다.

여자는 곧 '눈 내리는 겨울을 좋아한다'고 말했다. 이런 유의 여자가 에두르지 않고 이리 '좋아한다'고 직설적으로 말했을 때는 정말로 좋아하는 경우다. 내가 다시 '펑펑 눈 내리는 날 한밤중에 커다랗게 눈덩이를 뭉쳐 그 자리에 몰래 무덤 같은 이글루를 만들고 애인이랑 홀떡 벌거벗고 그 안에 들어가 원시인처럼 마주앉아 있는 걸 어떻게 생각하느냐'고 물었다. 순간 그 여자는 눈동자가 당장 안경 밖으로 튀어나올 듯이 놀랐다. 그러더니 애써 얼굴빛을 고치고 이내 또 '굉장히 독특하고 창의적인 발상이지만, 현실적으론 몹시 불요불급한 행위인 것 같다'고 말했다.

　나는 또 고개를 끄덕였다.

　역시나 상당히 훌륭한 표현력이었기 때문이다. 나는 잇달아 '등대, 파도, 달빛'에 관해 물었다. 그녀는 급기야 얼굴이 확 달아올랐다. 물론 성적으로 흥분한 게 아니라 감정적으로 '화가 난 것'이었다. 그렇지만 현명한 여자답게 곧 화를 지그시 내리눌렀다. 그 순간 여자는 자신에게 적잖은 영향력을 끼치는 선배 교수인 나의 어머니를 떠올렸을 것이다. 조금 지났다. 여자가 다시금 감정을 갈앉히고 부드럽게 미소를 지었다. 여자가 이윽고 칭찬 아닌 칭찬을 내게 건넸다. "이제라도 영화감독을 해보시는 게 어떨까요. 아마 영화감독이 되셨으면, 지금쯤 할리우드를 점령하고도 남았을 거 같네요." 나는 또다시 고개를 끄덕였다. 충분히 그럴 만큼 실용적이고 배려적이고 논리적인 표현 방식이었기 때문이다.

"법에도 눈물이 있다는 말 어떻게 생각해요?"
내가 돌연 화제를 바꿔 물었다.

언젠가(아마도 고교 시절에) 법학교수인 어머니한테 그 비슷한
질문을 했던 기억이 홀연 떠올랐던 것이다. 그날 어머니는 꽤 익숙
한 질문이라는 듯 곧장 이렇게 대답했었다. "법은 그 자체로는 눈물
이 없지만, 그 법을 다루는 사람은 물론 눈물이 있단다. 하지만 그
눈물은 또한 법의 테두리를 벗어나면 안 된단다. 즉 법을 다루는 사
람의 눈물은 반드시 그 법의 테두리 안에서만 흘려야 한단다. 일테
면 그들의 눈물은 너무 메말라서도 또한 너무 헤퍼서도 아니 된단
다......"
당시 나는 어머니의 그런 대답이 다소 모호하게 느껴지면서도
일견 법학자다운 정제되고 합리적인 설명이란 생각이 들었었다. 그
날 나는 어머니한테 이리 말대꾸를 했었다. 비록 표현은 안 했지만
어머니는 내심 놀라는 눈치였다. "엄마, 제 생각엔요, 법률을 다루
는 사람들이 정말 그 말의 본뜻을 이해하려면요, 먼저 자기들 스스
로가 눈물 젖은 빵을 먹어봐야 한다고 생각해요. 그렇지 않고서 어
떻게 그 사람들이 그 말의 참다운 의미를 이해할 수 있겠어요?"

내 질문이 좀 의외라는 생각이 들었는지 그녀는 살짝 당황한 듯

눈알을 굴리면서 내심 이리저리 그 대답을 궁리하는 듯하더니 이윽고 이렇게 입을 열었다. "법률가치고 그 말을 모르는 사람은 없을 테지만, 그 말을 그리 중요시하는 사람은 없을 거예요. 왜냐면 법률가에겐 법이 곧 법이니까요. 다시 말해 성문화된 법률 어디에도 '법에도 눈물이 있어야 한다'는 명문화된 조항은 없으니까요."

그녀의 대답을 듣는 순간 나도 모르게 나는 형준 녀석을 떠올렸다. 고교 시절 어느 날, 선생님이 수업 시간에 '정치에는 피도 눈물도 없다'는 말을 어찌 생각하느냐고 질문하자 형준 녀석이 대뜸 손을 쳐들고 이런 말을 내뱉었던 것이다. "그 말은 잘못된 표현입니다, 선생님! 정치에도 눈물은 있습니다, 선생님! 정치에도 분명 눈물이 필요하거든요! 하지만 저의 아버지께서 늘 말씀하셨듯이! 그 눈물은 오직 하나! '악어의 눈물'이어야만 합니다, 선생님!"

34장
진규는 차였는가? 찼는가?

그 참하다는 여자와의 만남은 그날 딱 한 번으로 족했다. 그 한 번만으로도 서로의 내면을 알기에는 전혀 부족함이 없었다. 어머니는 좀 더 만나보라고 권했다. 몇 번 더 만나보면 알겠지만, 여러 면에서 꽤 괜찮은 신붓감이란 것이다. 나는 어머니의 기대감을 좀 더 늘려드릴 요량으로 얼마간 생각할 시간을 좀 달라고 부탁했다. 사실 말이지 그 여자는 내게 '하늘에서 떨어져 내린 혹은 굴러들어온 복'이라 해도 지나치지 않을 만큼 분에 넘치는 여자인지도 모른다.

만일 어머니가 내 어머니가 아니었다면, 그 여자는 아마도 나를 만나는 것 자체를 몹시 불쾌하게 생각했을 것이다. 아무튼 나는 어머니에게 '그 여자가 나를 더 만나보고 싶어 하느냐'고 묻지는 않았다. 그러니까 어머니의 말만 듣고, 그 여자가 나를 더 만나보고 싶어 한다는 뜻으로 해석할 순 없었다. 그건 분명 오해의 소지가 다분하기 때문이다. 자, 혹여 그 여자가 나를 만나보기 싫어한다 치자. 한데 어머니가 그 여자한테 몇 번 더 아들을 만나봐 달라고 정중히 부탁한다면? 그 여자는 그 부탁을 딱 잘라 거절할 수 있을까? 비록 제 기준에 비추어 내가 전혀 양에 차지 않더라도 현실적인 인과관계(또는 역학 관계)를 고려한다면 설사 상대가 좀 탐탁스럽지 않다 한들 냉큼 쉬 거절하기는 어려울 터였다.

"근데, 총리님하고 친구라면서요?"
그녀가 불쑥 말했다.

이건 뜻밖이었다. 그 여자의 입에서 형준 이야기가 나오리라곤 꿈에도 짐작하지 못했다. 나는 일순 혼란에 빠졌다가 이윽고 이렇게 대꾸했다. "친구인 건 어떻게 아셨어요?" 물론 어머니가 원인일 거라는 건 불을 보듯 뻔했다. 그러면서도 딱히 할 말이 떠오르지 않아 그냥 그렇게 물었던 것이다. "선배님께 들었어요." 그녀가 대답했다. 역시 그랬다. 어머니는 도저히 어쩔 수가 없다. 어떻게든 아들의 가치를 올려보려고 애꿎은 형준 녀석까지 끌어대다니. 그런다고 정말 아들의 가치가 올라갈 거라 생각하는 걸까? 괜히 비교만 당해 외려 더 떨어지는 게 아니고?

"친해요? 아니, 친했어요?"
여자가 또 물었다.

그제야 나는 그 여자가 나를 만난 이유를 짐작할 수 있었다. 그 여자는 왜 형준에게 관심을 갖는 것일까? 혹여 형준의 힘이 필요한 걸까? 한데, 국무총리와 교수가 무슨 관련이 있다고? 그러고 보니 형준도 한때 교수였다는 사실이 떠올랐다. 하나는 범죄심리학, 하나는 법학. 뭔가 그럴듯해 보였다. 물론 나는 형준이 좋아하는 여자들의 유형을 쫙 꿰고 있었다. 그야말로 속속들이, 빠삭하게. 하지만 이것은 단지 욕구의 대상으로서가 아니라 본능적으로 녀석이 선호하는 타입을 말하는 것이다.

그사이 형준의 기호가 변했다면 모르지만 그전의 기억으로 볼 때 그 여자는 전혀 형준의 타입은 아니었다. 하기야 형준은 자신의 타입이 아니어도 다가오는 여자를 거부할 만큼 그리 모진 남자는 아니다. 적어도 여자에게만큼은 놀라우리만치 박애주의자니까. 그럼에도 지금은 상황이 다르다. 이제는 장담할 수 없다. 설령 그런 기회가 오더라도 '완벽한 인간의 전형으로 뭇 사람의 선망'을 받는 지금의 형준이 그런 위험을 감수할 가능성은 매우 낮기 때문이다.

형준은 이제 예전의 그가 아니다.

나는 그 여자에게 '형준과 만나지 않은 지 꽤 오래되었다'고 솔직히 말했다. 그것이 어쩌면 결정타였다. 솔직함의 효과는 바로 나타났다. 여자는 금세 나에 대한 흥미를 잃었다. 여자의 얼굴에 실망한 기색이 역력했다. 나로서는 원하던 바였다. 어차피 그 여자를 만나봐야 한밤중에 둘이 밤섬에 들어가 또다시 발가벗고 '등대 놀이'를 할 수는 없을 테니까.

　그리하여 결론을 내리면 이런 것이다. 즉 어머니가 내게 몇 번 더 만나보란 말은, 내가 더 만나보길 원한다면, 그 여자가 설혹 싫어한다손 치더라도 '어머니의 위치를 다소 활용해 그 여자로 하여금 나를 더 만나보지 않을 수 없도록 적당히 압력을 넣을 수도 있다'는 뜻이었다. 이를테면 그 여자는 같은 대학 교수로서의 선후배 관계를 넘어 어머니가 다녔던 서울 소재 S대학 법학과 후배이기도 했던 것이다. 또한 그 여자는 실상 어머니의 추천으로 현재 그 자리(해당 대학 부교수)에 임용되었다. 그렇다면 나는 차인 건가? 찬 건가?

35장
불안과 공허의 경계에서

한순간에 나의 어머니를 빼앗아간 김 모 박사는 외국 명문대를 나온 고명한 법학자였다. 또한 그는 굉장히 부유한 집안(만석꾼)의 막내아들이었다. 어머니와 함께하기 전까지 그는 계속 독신이었다. 그가 어머니의 애인이었다는 걸 알게 된 것은 대학을 졸업한 뒤였다. 그러니까 형준이 대학원에 다니고 있을 때였다. 형준이 유학을 가기 얼마 전이었다. 하루는 녀석이 뜬금없이 말했다.

"기억나냐?"

내가 무슨 말인지 몰라 멀뚱거리자 녀석이 씩 웃으면서 그 이야기를 시작했다. 우린 잠시 고등학교 시절로 되돌아갔다. 그것은 부모님의 애인에 관한 이야기였다. 녀석은 그때 자기 부모님의 애인들을 훤히 알고 있다고 말했다. 이를테면 어머니의 애인은 물론이고 아버지의 애인들까지. 그리고 아버지의 애인들은 단지 아버지만의 애인이 아니라 자기의 애인이기도 하다고 말했었다. 또한 이 사실을 아버지도 알고 있으며 알면서도 모른 척 그저 눈감아 준다는 것까지. 그러다 한순간 녀석의 입에서 돌연 엉뚱한 소리가 튀어나왔다.

"너네 부모님도 똑같지, 뭐."

그 말에 나는 왈칵 화가 치밀었고 우리 부모님은 절대 그럴 리 없다며 사납게 항의했다. 녀석은 킁! 콧방귀를 뀌더니 "순진한 놈!" 하고 내뱉었다. 이어 참지 못해 나는 녀석의 멱살을 틀어쥐었고 녀석은 아무 저항도 않고 그대로 가만히 있었다. 바로 그때의 이야기였다. 잠시 후, 녀석이 내게 물었다. "아직도 그렇게 믿냐? 너희 부모님은 다를 거라고?" 그러고는 비웃듯이 입가를 씰룩거리며 자신만만한 태도로 내 눈을 쏘아보았다. 나는 아무 대답도 하지 못했다. 실은 살짝 겁이 났다. 녀석의 눈빛을 보니 필시 뭔가 알고 있는 눈치였기 때문이다.

"보여줄까?"

녀석이 진지하게 물었다. 그새 빈정거리는 태도는 말끔히 가셨다. 내 얼굴에 어느덧 짙은 먹구름이 내려앉았기 때문이다. 나는 선뜻 대답하기 어려웠다. 녀석이 보여준다는 것이 정확히 어떤 광경일지 상상하기 어려웠던 것이다. 잠시 후 내가 고개를 끄덕였다. 곧 둘은 자리에서 일어나 카페 문을 나섰다. 이어 녀석이 나를 자신의 애마에 태우고 어딘가로 향했다. 우린 시내를 벗어나 두 시간쯤 더 달렸다. 마침내 우리가 닿은 곳은 어느 한적한 고급 별장이었다.

저녁 8시경이었다.

별장의 정문은 닫혀 있었다. 하지만 안쪽 건물에 불이 켜진 것으로 보아 안에 사람이 있는 것만은 확실해 보였다. 물론 별장지기 내외일 수도 있었다. 별장 근처에 차를 세우고 형준과 나는 한참을 숨죽이고 있었다. 그러다 형준이 먼저 입을 열었다. 요약하면 이렇다. 이곳은 어머니의 애인인 같은 대학 김 모 교수 소유의 개인 별장이다. 둘은 1주일에 한두 번 이곳에 들러 은밀한 시간을 보낸다. 밤이고 낮이고 새벽이고 그 시간은 대중없다.

나는 얼핏 아버지의 얼굴이 떠오르긴 했으나 의외로 거의 무덤덤했다. 지금 나는 전날의 그 순진하고 세상 물정 모르는 고교생이 아니었던 것이다. 또한 오는 길에 이미 그 결과를 뻔히 예견하고 있었기 때문이다. 다만, 아버지가 아닌 어머니의 이야기를 먼저 듣게 될 줄은 예상하지 못했다.

"아버지는……"
내가 무심코 말했다.

녀석은 잠시 침묵하더니 이렇게 말했다. (아버지는 현재 애인이 없다. 물론 전에는 애인이 있었다. 하지만 어느 날부터인가 애인을 두지 않았다. 이유는 모른다. 그 후로는 죽 혼자다.) 녀석이 말을 멈췄다. 조금 지났다. 나는 녀석에게 진짜 궁금한 것을 물었다. 바로 아버지가 이 사실을 알고 있는지 어쩐지 말이다.

녀석은 거의 드러나지 않게 입가를 실룩이더니 그저 한두 번 고개만 끄덕거렸다. 그날 밤. 내가 집으로 되돌아온 시각은 새벽 2시경이었다. 내가 막 거실로 들어서자 아버지는 소파에 모로 누운 채 콜콜 잠이 들어 있었다. 소파 옆 협탁에는 와인 병 하나와 마시다 만 와인 잔 하나가 놓여 있었다. 티브이를 켜 놓은 채였다. 나는 잠시 잠든 아버지를 응시하다가 그대로 조용히 계단을 올라가 2층 방으로 들어갔다. 어머니는 그날 아침 7시가 넘어 집으로 돌아왔다.

36장
아버지와 아들

내가 잠을 깬 것은 새벽 4시쯤이었다. 불쾌한 꿈을 꾸었다. 1시간쯤 잠들었을까. 책을 읽다가 그만 잠이 들고 말았다. 바로 그 책이었다. '사랑과 환상의 백과사전' 2부를 읽고 있었다. 잠시 후 나는 방을 나와 거실로 내려갔다. 곧 와인 셀러에서 와인 한 병을 꺼내 들고 소파로 가 앉았다. 나는 잔도 없이 병째로 꿀꺽꿀꺽 몇 모금 들이켰다. 아버지와 아들. 아버지가 앉았던 그 자리. 아버지가 즐겨 마시던 그 와인. 하지만 한 가지는 전혀 달랐다.

즉 아버지는 언제나 와인 잔에 와인을 따라 마셨고, 아들은 늘 병째로 와인을 들이켠다는 사실이었다. 그는 무슨 술이든 병째로 들고 마시는 것을 선호했다. 하나는 아버지의 방식이었고, 하나는 아들의 방식이었다. 둘은 한 번도 서로의 방식을 강요하지 않았다. 아버지도 아들도 너무 잘 알고 있었다. 그것은 강요해서도 강요할 수도 없다는 것을. 비록 서로의 마음에 어긋나더라도 때로는 잠자코 지켜보아야 한다는 걸. 아들은 와인 병을 탁자에 내려놓았다.

티브이는 켜지 않았다.

아들은 자리에서 일어나 부엌으로 갔다. 거기 찬장에서 아버지가 쓰던 와인 잔을 찾아 들고 소파로 되돌아와 앉았다. 곧 와인 잔에 와인을 따랐다. 그는 와인 잔에 든 와인을 단숨에 비워버렸다. 언뜻 아버지의 얼굴이 떠올랐다. "이렇게 쉬운데......" 아들은 혼잣말로 중얼거렸다. 순간 그는 자신이 이렇듯 아버지의 방식대로 와인을 마시는 게 가능한 것처럼 아버지도 어쩜 아들의 방식대로 와인을 마시는 게 가능했으리란 생각을 하자 돌연 가슴이 허허해지면서 한차례 씁쓸한 아쉬움이 밀려들었다. 그는 잇달아 와인 잔에 와인을 따라 꿀꺽꿀꺽 단숨에 들이켰다. 그러고 나자 그는 절로 자신의 몸속에 아버지가 들어와 그의 혈관을 타고 빙글빙글 전신을 굽이도는 듯한 착각이 들었다. 조금 지나자 마음속에서 아버지의 목소리가 울렸다.

"훌륭한 아들을 뒀어."

일순 가슴에서 갑자기 뻐근한 통증이 느껴지더니 이내 무언가 쿡쿡 찌르는 듯이 목젖이 따끔거렸다. 아들은 대깍 와인 잔을 내려놓고 다시 와인 병을 집어 들어 그대로 꿀꺽꿀꺽 병나발을 불기 시작했다. 그리 단숨에 마지막 한 방울까지 탈탈 목구멍에 털어 넣고는 이어 탁자 위에 와인 병을 탁 내려놓고 한동안 입을 꾹 앙다문 채 꼼짝 않고 앉아 있었다. 그러다 벌떡 자리에서 일어나 곧장 부엌의 와인 셀러로 다가갔다. 거기서 다시 와인 한 병을 꺼내 들고 이제 막 소파 쪽으로 돌아섰다. 순간 그의 눈에 언뜻 아버지의 형체가 비쳤다. 아버지는 소파에 모로 누운 채 콜콜 잠이 들어 있었다. 아들은 절로 아버지에게 다가갔다. 곧 아들이 아버지의 어깨로 손을 뻗었다. 이어 살살 어깨를 흔들면서 잠든 아버지를 깨웠다.

"아버지!"

그의 목소리가 일순 공허하게 그 공간을 울렸다. 그의 손은 거기 실체 없는 허공의 한 자락을, 허울뿐인 그 이름을, 뼈도 살갖도 호흡도 맥박도 없는 허무한 그 기억의 그림자를 움켜쥐고 있었다. 그랬다. 환영이었다. 착시였다. 아무것도 없었다. 이제 더는 아무것도 보이지 않았다. 그사이 아버지의 형체는 홀연 사라지고 없었다.

37장
불쾌한 꿈

　요즈막 시도 때도 없이 그들이 등장한다. 그의 꿈속에서 말이다. 진규는 계속 기분 나쁜 악몽에 시달렸다. 거의 이틀에 한 번 꼴로 같은 꿈을 꾸었다. 꿈을 꾸고 난 뒤 진규는 몹시 불쾌감을 느꼈다. 이젠 진저리가 났다. 아마도 스스로 만들어낸 환몽이었겠지만 진규는 그 꿈을 떠올리는 것만으로도 역겨움이 치밀었다. 왜 하필 그런 광경이란 말인가. 비록 꿈이었지만 너무도 엉터리없는 장면이었다. 그는 그 꿈을 꾸지 않으려고 밤마다 무진 애를 썼다. 잠들기 전 그는 의식적으로 머릿속에서 그들의 형상을 지웠다. 그렇듯 매일 밤 그는 외과용 메스로 자신의 머릿속에서 그들의 흔적을 말끔히 도려내는 상상을 했다. 하지만 결과는 정반대로 나타났다. 즉 잠들기 전 깨끗이 도려냈던 생각들이 꿈속에선 되레 더 선명히 되살아났던 것이다.

　'형준, P교수, 그리고 나.'

꿈의 주체는 바로 이들 셋이었다. 꿈속에서 형준과 그 여자는 내연의 관계였다. 어떤 과정으로 둘의 사이가 그리 가까워졌는지는 명확치 않다. 꿈속에서 보여주는 건 단지 이미 깊숙해진 두 사람의 관계와 노골적인 음탕함 그리고 사악한 운명처럼 일체화된 문란한 현재 모습뿐이다. 둘은 늘 벌거벗은 상태로 나타난다. 그들은 곧장 변태석 섹스에 탐닉한다. 그런데 마지막 순간에는 어김없이 동물의 외양으로 변신한다. 여자가 오르가즘을 느끼며 외마디를 지르는 순간. 남자가 사정에 돌입하는 순간. 둘은 온갖 종류의 동물로 변신하는 것이다.

그때마다 진규는 개로 변한다.

이내 송곳니가 자라나고 엉치뼈 쪽이 간질거리면서 홀연 쑥 꼬리가 뻗어 나온다. 개로 변한 진규는 동물로 변한 그들 둘에게 달려든다. 셋은 결사적으로 물어뜯는다. 싸움은 2대 1이다. 사나운 개 한 마리가 교미하던 두 동물을 상대하는 것이다. 둘은 개일 수도 있고, 당나귀일 수도 있고, 돼지일 수도 있고, 사마귀일 수도 있고, 하이에나일 수도 있다. 또한 흔히 볼 수 있는 그 어떤 동물일 수도 있다. 장소는 끊임없이 변한다. (카페, 공원, 광장, 운동장, 수영장, 실내 체육관, 권투 링, 축구 필드, 테니스 코트, 강의실, 호텔방, 화장실, 전철 안, 병원 원장실, 레스토랑, 수술대, 어느 관사, 도로 한복판, 골프장 그린, 스키장 슬로프, 술집, 정부청사, 다리 위, 육교

위, 밀실, 별장, 연극 무대, 호화 요트, 비행기 안......) 꿈을 깨기 직전. 셋은 다시 사람의 형상으로 되돌아온다. 벌거벗은 피투성이가 된 채 셋은 벌렁 바닥으로 뻗어버린다. 그 바닥에 줄줄 핏물이 흐른다. 그 공간에 점점 핏물이 차오른다. 자꾸자꾸 흥건하게, 빈틈없이 핏물이 차오른다. 이윽고 차오르던 핏물이 한순간 바닥에 널브러진 세 사람을 꿀꺽 집어삼킨다. 그리하여 그들 셋은 동시에 핏물 아래로 폭 가라앉는다.

38장
꿈은 현실이 되고

그 불쾌한 꿈을 꾸지 않게 된 것은 그로부터 몇 달이 지난 뒤였다. 그것은 불쾌함을 넘어 고약하기 그지없는 꿈이었지만 결국 허망하리만큼 쉽게 머릿속을 떠났다. 그동안 나를 괴롭힌 그 집요함과 악랄함을 돌이켜볼 때 그것과의 결별은 너무도 엉터리없는 일이었다. 여하튼 나는 그렇게 그 피와 살과 욕망으로 얼룩진 그 악몽의 공간에서 벗어났다. 내가 마지막으로 그 꿈을 꾸었을 때 형준과 P교수는 벌거벗은 채 한 몸으로 달라붙은 기이한 형태(즉 서로의 등짝이 찰싹 달라붙은 모습)의 흉측한 남녀추니가 되어 있었다.

그날 나는 개로 변하지도 않았고 또한 그들에게 달려들지도 않았다. 다만 나는 그들에게서 몇 걸음 떨어진 채 그리 한덩어리로 엉겨 붙은 그 끔찍한 두 몸뚱어리를 잠자코 지켜볼 뿐이었다. 이윽고 그들 몸뚱어리는 다시 두 덩어리로 분리되면서 형준과 P교수로 홀연 되돌아왔다. 이어 둘은 곧바로 사랑의 행위를 시작했다. 다음 순간, 나는 문득 잠에서 깨어났다. 환청이었을까. 이내 설핏 아기 울음소리가 들려왔다.

그날 저녁. 나는 거실 소파에 기대앉아 있었다. 바로 앞 탁자에는 와인 병과 와인 잔이 놓여 있었다. 티브이는 켜지 않았다. 티브이를 켜지 않는 게 습관이 되었다. 나는 와인 잔을 채웠다. 반쯤 마신 뒤에 와인 잔을 내려놓았다. 그 순간 환청이 들려왔다. "훌륭한 아들을 뒀어." 아버지의 음성이었다. 티브이에서 형준이 비칠 때마다 아버지는 곧잘 혼잣말처럼 중얼거렸다. 문득 형준의 얼굴이 머리를 스쳤다. 나는 절로 탁자에서 리모컨을 집어 들었다. 곧 티브이를 켜고 뉴스 프로를 찾아 채널을 돌렸다. 이어 볼륨을 좀 키운 뒤 리모컨을 탁자에 내려놓고 그대로 티브이 화면을 응시했다. 조금 지나자 화면 속에서 으레 형준(총리)의 모습이 비쳤다. 그러다 이윽고 형준의 모습이 사라지면서 곧 다음 뉴스가 이어졌다.

"후임 법무장관 후보."

바로 다음 뉴스의 타이틀이었다. 그리고 곧바로 P교수의 얼굴이 화면에 비쳤다. 잘못 본 걸까. 아니었다. 그 여자였다. 머리 모양은 약간 달라졌지만 안경은 그대로였다. 대통령이 곧 법무장관을 경질하고 젊고 새로운 얼굴을 발탁할 거라는 내용이었다. 현재 물망에 오른 사람은 셋 정도로 압축된 상태였다. P는 그 가운데 하나였고 제일 젊었으며 유일한 여자였다. 게다가 대통령의 혁신적 이미지를 떠받치는데 가장 적합한 인물로서 후임 법무장관으로 유력시되고 있었다. 또한 P가 낙점된다면 남녀를 통틀어 역대 최연소 법무장관이 될 전망이었다.

이래저래 P는 뉴스거리가 될 만한 걸출한 인물이었다. 이어 기자가 인터뷰한 내용을 들어보니 역시 질문마다 조목조목 훌륭한 답변을 뱉어놓았다. 그 음성이나 표정 그리고 제스처까지 빈틈없이 준비된 완벽한 작품이었다. 그나저나 형준은 그 여자와 서로 안면이 있을까? 혹 있다면 형준은 그 여자의 운명에 어떤 역할을 할까(또는 했을까)? 나는 두 사람이 아직 모르는 사이라고 가정하고 이쯤에서 그만 이야기를 접으려고 한다. 이번 이야기의 요체는 이날 이후 내가 더는 둘과 관련된 꿈을 꾸지 않았다는 것이다. 마치 어떤 꿈이 현실이 되었을 때 더는 그 꿈을 꾸지 않는 것처럼. 그렇다면 P는 법무장관이 되었을까? 그럴 수도 아닐 수도 있다. 그날 티브이를 끈 뒤 나는 오랫동안 티브이를 켜지 않았고 둘은 자연 내 기억에서 지워졌기 때문이다.

39장
어머니는 어디에?

나이든 아들이 걱정되어 더 나이든 어머니는 종종 아들의 집을 찾았다. 어머니는 나이가 들수록 더 매력적으로 변했다. 정말이지 쉬이 나이를 가늠하기 어려울 만큼 어머니는 젊어 보였다. 어머니를 빼앗아간 그 남자는 제법 괜찮은 사람이었다. 구세대 학자라면 좀 고지식하고 구태의연할 수도 있지만, 학자라고 다 그런 건 아니다. 그건 어머니의 표정만 봐도 알 수 있는 일이었다. 매번 아들을 보러 올 때마다 어머니의 얼굴은 더 아름답게 피어나고 있었다.

다시 말해 어머니의 그 남자는 결코 따분하거나 고리타분한 타입은 아니었던 것이다. 어머니의 그런 모습을 보노라면 얼핏얼핏 또 다른 한 남자의 초상이 떠올랐다. 바로 긴 세월 어머니의 남편이었고 한때는 나의 아버지였던 그때 그 불행하고 불운했던 케케묵은 구닥다리 외로운 낚시꾼 말이다. 하지만 그 가여운 남자의 형상은 어머니의 활짝 핀 낯빛 앞에서 금세 또 무력해지다가 홀연 흔적도 없이 사그라지고 말았다. 아들은 매번 아버지의 그 공허함이 안타깝고 서글펐지만 그러면서도 어머니의 그 밝은 모습이 싫지 않았다.

그것은 또한 살아 있는 실체로서 어머니 당신이 누려야 할 당연한 기쁨이자 다른 누구도 침해할 수 없는 고유한 권리이기도 했다. 뭐랄까. 사람은 누구나 어떤 경우라도 어떤 자리에서라도 즐겁고 행복하고 만족스러워야 할 본유적 권리가 있기 때문이다. (결론적으로 어머니가 새로 선택한 그 남자는 까다롭고 꼭한 성미였던 아버지와는 정반대의 파트너였던 것이다.)

"3년쯤 가 있을 거야."
어머니가 말했다.

어머니는 며칠 뒤에 독일로 떠날 예정이었다. 물론 어머니의 그 남자와 함께였다. 두 사람은 그 기간 동안 법학 연구차 독일 H대학 (지난날 김 모 박사는 독일에 유학하여 이 대학에서 박사 학위를 받았다)에 머물 계획이었다. 떠나기 전 어머니는 무능한 아들이 걱정되어 그처럼 종종 이 집을 방문했던 것이다. 그러면서도 '같이 가자'는 말은 하지 않았다. 설사 그랬다고 해도 나이든 아들이 선뜻 어머니를 따라나설 리는 만무했기 때문이다. 어머니는 어머니의 성격답게 굳이 여러 말은 하지 않았다. 다만 아들에게 불쑥 통장 한 개와 카드 한 장을 건넸을 뿐이다.

그 통장에는 상당한 액수가 찍혀 있었다. 그 순간 나이든 아들에게 어머니가 해 줄 수 있는 것은 그것이 전부였던 것이다. 아들은 잠자코 그것을 받아 쥐었다. 내심 썩 내키진 않았지만 그럼에도 왠지 그래야만 할 듯싶었다. 그는 그 돈이 아니라도 이미 이 집을 포함해 두 분 부모로부터 물려받은 재산이 적지 않았다. 이윽고 어머니는 집을 나서기 전, 뭔가 자꾸 안심이 안 되었는지 현관문 앞에서 몇 번이나 아들을 돌아보았다. 순간 어머니의 눈에 서글픈 기색이 감돌았다.

그렇지만 어머니는 본디 그 강인한 성격답게 이내 또 애써 미소를 머금었다. 그랬다. 그것이 어머니였다. 그런 어머니의 행동이야 말로 진정 어머니다운 모습이었다. 말하자면 어머니는 결코 아들 앞에서 눈물을 떨구거나 아이처럼 울먹이는 그런 나약한 여자가 아니었다. 어머니는 그대로 아무 말도 하지 않았다. 그저 물끄러미 미소 어린 눈길로 자신의 아들을 바라볼 뿐이었다. 그러다 이윽고 어머니가 막 몸을 돌려 현관문을 나섰다. 그제야 아들은 또 하나의 사실을 문득 깨달았다. 바로 이것이 마지막임을. 어머니는 두 번 다시 그에게로 돌아오지 않으리란 것을.

40장
공항에서

마침내 어머니가 출국하던 날. 아들은 일찌감치 공항에 가 있었다. 아들은 처음으로 어머니의 그 남자를 보았다. 그의 판단이 옳았다. 그 남자는 제법 괜찮은 사람이었다. 아들은 평소 거의 쓰지 않는 야구 모자를 눌러쓰고 짙은 안경을 쓴 채 멀찍이 떨어져 두 사람을 몰래 지켜보았다. 어머니는 혹 아들이 배웅을 나왔을지 모른다는 기대로 연신 주위를 두리번거렸다. 하지만 어머니의 눈에 아들의 모습은 보이지 않았다.

어머니의 표정에 실망한 기색이 비쳤다. 그 남자가 나지막한 소리로 어머니를 위로하는 모습이 보였다. 아들은 그 남자가 싫지 않았다. 비록 그 남자를 아버지로 부르고픈 마음은 없었지만 그럼에도 이 순간 어머니를 행복하게 만드는 그 남자를 미워해야 할 그 어떤 합리적인 이유도 존재하지 않았다. 그렇더라도 그 남자에 대한 지나친 찬사나 우호감은 경계해야 했다.

이것은 결코 합리성의 문제가 아니었다.

그것은 다만 본능의 문제였다.

바로 감정의 밑바닥에 뿌리박힌 무의식적 연민과 좀처럼 거역할 수 없는 천륜적 애정의 문제였다. (비록 그것이 이성적 판단일지라도) 그 남자를 향한 그의 의식적 우호감은 자칫 아버지를 배반하는 듯한 양심의 가책과 함께 돌연적 자괴감을 불러오기 때문이었다. 얼마 후 두 사람은 대합실 의자에서 일어나 나란히 탑승 게이트로 걸어갔다. 어머니는 그렇게 아들과의 기억을 뒤로하고 그녀 자신이 선택한 그 남자를 따라 그녀 자신이 가고픈 그 세계를 향해 아득히 멀어져 갔다.

그 순간 아들은 갑작스러운 공복감을 느꼈다. 그는 막 외돌토리가 되었다. 공복감은 곧 공허감으로 변했다. 공허감은 곧 상실감으로 변했다. 상실감은 곧 소외감으로 변했다. 그리하여 어머니가 떠나버린 그 공간에서 그는 홀로 낯선 소외감을 끌어안고 돌연 갈 곳을 잃어버린 미아가 되어 바보처럼 덩그러니 그 자리에 남아 있었다.

41장
우울과 환상

그 증세가 도진 것은 어머니가 떠나고 얼마 뒤였다. 다시 무시로 그 증세가 돌발해 나를 덮쳤다. 길을 걷다가 카페에 앉아 있다가 식당에서 밥을 먹다가 느닷없이 송곳니가 자라나고 꼬리가 불쑥불쑥 뻗어 나왔다. 미처 어찌할 새도 없이 나는 순식간에 괴물 개로 변했다. 왜 내가 개로 변하는지, 누구 혹은 무엇 때문에 개로 변하는지, 어떤 상황에서 무슨 목적으로 개로 변하는지, 그 기준도 이유도 근거도 나는 아무것도 알지 못했다. 내가 개로 변했을 때 사람들은 아무도 눈치 채지 못했다.

내가 주둥이를 벌리고 날카로운 송곳니를 드러내는 순간 비로소 사람들은 그 사실을 알아챘던 것이다. 하지만 그런 둔감한 인간들과 달리 동물들은 무척이나 눈치가 빨랐다. 즉 고양이들은 본능적으로 그 자리를 피했고 작은 개들은 돌연 튕겨져 나가듯 달아났으며 몇몇 큰 개들은 당장 입에 게거품을 흘리면서 나를 향해 도전적으로 사납게 짖어댔다. 그적마다 주인들은 애꿎은 개들만 자꾸 나무라면서 연신 허리를 굽실대며 내게 사과하곤 했다.

그때마다 나는 입을 더 꽉 앙다문 채 어색하게 미소를 지으면서 다소 마땅찮은 기색으로 두어 번 고개를 끄덕거리곤 했다. 그러곤 재깍 돌아서서 그대로 도망치듯 저쪽으로 횡허케 잰걸음을 놓았다. 그렇게 황황히 달아나는 도중 나는 어느새 본래의 모습으로 되돌아와 있었다.

42장
나는 왜 송곳니를 드러내는가?

어느 날 오후. 나는 사람의 모습으로 전철 안에 서 있었다. 그러다 또 갑작스레 개로 변했다. 나는 또 가까스로 입을 앙다문 채 필사적으로 송곳니를 감췄다. 송곳니는 마치 용수철과 같아서 스스로의 탄력으로 잇달아 주둥이를 밀어 올리려 했기 때문이다. 내가 개로 변할 적마다 송곳니가 뻗어 나오는(혹은 자라 나오는) 순서는 이렇다. 먼저 잇몸이 근질거리기 시작하면서 아래턱의 견치 2개가 꿈틀거린다. 이어 스스로의 힘으로 입천장을 밀어 올리며 힘 있게 툭 위로 튀어 나온다. 이어 입이 반쯤 벌어지는 순간 위턱의 견치 2개가 동시에 아래로 쑥 뻗어 나온다. 그렇게 위아래 2개씩 도합 4개의 송곳니가 차례로 뻗어 나온다.

잠시 후. 나는 절로 주둥이가 벌어지면서 이내 번득 송곳니를 드러내고 말았다. 그 바람에 좌석에 앉은 사내 하나가 문득 내 송곳니와 맞닥뜨렸다. 대번 깜짝 놀라면서 그대로 그는 손에 든 휴대폰을 바닥에 떨어뜨렸다. 그 소리와 동시에 남자 앞에 서 있던 여자가 즉시 자기 발밑을 내려다보았다. 한데 언뜻 불길한 예감이 그녀의 머리를 스쳤다. 즉 왠지 휴대폰 카메라가 계속 녹화되고 있었던 것 같은 꺼림칙한 느낌이 엄습했던 것이다.

여자는 늘씬한 키에 짧은 주름 스커트를 입고 있었다. 그렇듯 직감적 본능으로 이상한 낌새를 채고 여자가 휘둥그레진 눈으로 그 남자를 매섭게 쏘아보았다. 그 남자의 얼굴에 얼핏 당황한 기색이 엿보였다. 그때 막 전철이 멎어서고 이어 드르륵하며 출입문이 열렸다. 그 와중에 남자는 잽싸게 휴대폰을 집어 들고 벼락같이 몸을 일으켜 전철 밖으로 횅하니 달아나버렸다. 그사이 나는 송곳니가 사그라지고 돌연 본래의 모습으로 되돌아와 있었다.

얼마 후. 지하철 역사를 빠져나온 나는 천천히 거리를 걷고 있었다. 거리는 어디라 없이 행인들로 북적거렸다. 그리 한참을 걷자 어느 건물 모퉁이가 나왔다. 그 모퉁이를 막 돌아서자 이내 눈앞에서 이런 장면이 펼쳐지고 있었다. 즉 한 사내가 몹시 흥분한 채 어떤 여자를 마구 짓이기고 있었다. 여자는 바닥에 쓰러진 채 속수무책으로 발길질을 당하고 있었다. 이른바 데이트 폭력이었다. 내 송곳니가 다시 자라난 것은 바로 그때였다. 내가 곧장 그쪽으로 다가서며 입을 지그시 벌리자 이내 날카로운 송곳니가 번쩍하고 드러났다. 그 사내는 대번 움칠하더니 곧 하얗게 질린 채로 허둥지둥 모퉁이를 돌아 쏜살같이 달아나버렸다.

그 뒤 얼마가 지났다.

나는 다시 거리를 걷고 있었다. 조금 지나자 저만치 앞쪽에 지하철 입구가 나타났다. 그때 지하철 입구에서 큰 키에 벙거지 모자를 눌러쓴 남자 하나가 불쑥 모습을 드러냈다. 그가 무언가를 손에 쥔 채 이쪽으로 천천히 걸어왔다. 순간 젊은 여자 하나가 막 내 곁을 스쳐 그 남자 쪽(지하철 입구 방향)으로 급히 종종걸음을 쳤다. 그때 살살 잇몸이 근질거리면서 이내 또 그 자리에서 뾰족뾰족 송곳니가 뻗어 나왔다. 그 뻗어 오르는 힘이 너무도 강렬해서 나는 도저히 저항조차 못하고 그대로 딱 주둥이가 벌어지고 말았다.

이내 번쩍하며 송곳니가 비쳤다.

이어 그 사내의 시선과 나의 송곳니가 동시에 정면으로 딱 맞부딪혔다. 일순 그 자리에 얼어붙은 듯 그 사내는 돌연 꼼짝도 하지 않았다. 그러다 별안간 손에 쥔 뭔가를 툭 떨어뜨리고 다급히 몸을 돌려 거기 지하철 입구로 냅다 달아나버렸다. 그 바람에 방금 그 여자가 덜컥 놀라 발을 멈추고 그 남자가 떨어뜨린 그 뭔가를 얼른 내려다봤다. 그사이 나의 송곳니는 다시금 잇몸 속으로 사르르 자취를 감췄다. 잠시 후 내가 그쪽으로 다가가자 철 지난 신문지와 함께 날카로운 단도 하나가 바닥에 떨어져 있었다. 얼핏 그 신문에 실린 총리의 사진이 눈을 스쳤다. 그나저나 좀 전에 내빼버린 그 남자는 낡은 신문지 속에 숨긴 그 단도로 무엇을 하려던 것이었을까.

몇 시간 후. 나는 어느 호텔 정문 근처에 다다랐다. 그때 저쪽에서 정문(회전문)이 열리고 한 남자가 막 호텔을 나왔다. 그 남자의 얼굴이 왠지 낮이 익었다. 그간 티브이에서 익히 봐온 중견 정치인 신 모 씨를 닮은 듯했다. 그의 곁에는 검은 서류가방을 가슴에 꼭 품어 안은 수행비서 하나가 바짝 달라붙어 있었다. 정문 밖에서는 말쑥한 정장차림의 운전기사와 함께 검은색 승용차 한 대가 대기하고 있었다.

운전기사가 얼른 뒷좌석 문을 열었다.

이어 수행비서는 곧장 반대편 뒷좌석 문으로 다가갔다. 바로 그때였다. 그 남자가 막 뒷좌석에 오르려다 말고 무심코 눈을 돌려 내 쪽을 바라보았다. 순간 그 남자의 눈에 커다란 개로 변한 반인반수의 괴물 형상이 바라보였다(2번 유형). 이내 그 괴물의 주둥이 안에서 섬뜩한 송곳니가 번쩍거렸다. 그 남자는 아르르 몸서리를 치며 황급히 차에 올라탔다. 곧 운전기사와 수행비서도 잇달아 차에 올랐다. 이어 차는 그대로 달아나듯 번개처럼 빠르게 시야에서 멀어져 버렸다.

(...그로부터 몇 개월 후. 그날 그 남자, 즉 집권 여당의 중견 정치인 신 모는 기업인 박 모 회장으로부터 부정한 청탁을 받고 그 대가로 거액의 뇌물을 받은 것이 탄로나 그 즉시 경찰에 의해 뇌물수

수 혐의로 전격 불구속 입건되었다. 하지만 시중에는 그 일을 두고 '그는 정작 깃털에 불과하고 그 몸통은 따로 있으며 그가 그리 입건된 건 일종의 꼬리 자르기'라는 소문이 파다했다. 또한 당과 검경, 정부 그리고 피의자인 신 모 본인이 미리 입을 맞추고 짬짜미한 뒤 그렇듯 겉만 번드르르하게 요란을 떨다 이후 검찰로 사건이 송치되자마자 곧장 기소유예나 불기소 혹은 무혐의 처분을 받고 으레 슬그머니 유야무야되리라는 냉소적인 빈정거림 또한 공공연히 떠돌아다녔다. 말하자면 이 모든 게 다만 눈 가리고 아웅 하는 일종의 여론 환기용 보여주기식 깜짝쇼라는 것이었다......)

43장
와인과 송곳니

그날 내가 집에 되돌아온 시각은 밤 10시 30분경이었다. (...아까 귀가 전에 있었던 일화 가운데 한두 가지 더 소개하면 이렇다. 저녁 7시경 나는 어느 신축 건물 공사장을 스치는 중이었다. 순간 거기 으슥한 공사장 구석에서 한 중년 남자가 열 살 남짓한 소년 하나를 제 앞에 세워 두고 무섭게 을러대는 광경을 목도했다. 이어 나는 눈 깜짝할 새 2번 유형의 괴물 개로 변신하고 말았다. 그 남자는 소년에게 오늘 지하철 등지에서 앵벌이 한 금액이 적다면서 잇달아 욕설을 퍼부으며 마구 손찌검을 하고 있었다. 나는 대번 송곳니를 드러낸 채 그 남자를 향해 성큼성큼 다가갔다. 그 소리에 언뜻 인기척을 느끼고는 그 남자가 흘끔 나를 돌아보았다.

순간 덜컥 놀라 와들와들 몸을 떨면서 돌연 그는 손에 든 뭔가를 바닥에 팽개치곤 그대로 혼비백산하여 줄행랑을 쳤다. 그사이 나는 도로 내 모습으로 되돌아왔다. 거기 바닥에는 오늘 소년이 앵벌이한 지폐 몇 장과 동전 여러 개가 나뒹굴고 있었다. 소년이 후딱 바닥에 떨어진 지폐와 동전을 줍기 시작했다. 그러는 사이 나는 그 소년을 어찌하면 좋을까 하고 곰곰 생각해 보았다. (일단 집으로 데려갈까? 아님 보호자를 먼저 찾아줘야 하나? 아님 아동 보호소에 입소하도록 인근 경찰서로 데려가야 할까? 아님 교회나 성당 같은 종교단체서 운영하는 고아원이나 다른 자선단체서 운영하는 아동복지 시설 같은 데를 알아봐야 하나……) 그러다 이윽고 일단 부모님이 계시는지부터 물어봐야겠다고 생각했다. 그리고 막 고개를 들었는데 웬걸, 그사이 소년은 이미 눈앞에서 사라지고 없었다.

저녁 9시경, 나는 어느 주택가 골목길을 걷다 한 사내가 몰래 여자 하나를 미행하는 장면을 목격했다. 이른바 음침한 골목길을 혼자 걷는 여성의 뒤를 밟는 밤길 스토킹이었다. 잠시 후 앞서가던 여자가 그 사실을 눈치 챘는지 갑자기 불안스레 주위를 두리번거리면서 다급히 발걸음을 재촉하기 시작했다. 이내 숨 가쁜 구두 소리가 그 어둠을 부딪고 쟁쟁하게 적막 속을 울렸다. 순간 그 남자가 당장 그 여자를 따라잡을 듯이 반달음으로 걸음 속도를 높였다. 그 소리에 놀라 앞서가던 그녀가 발걸음을 주춤하더니 이어 번쩍 솟구치듯하면서 죽을 둥 살 둥 달음질쳐 달아나기 시작했다. 다음 순간, 그 남자는 벌써 그 여자를 향해 전속력으로 내닫고 있었다.

컹컹! 컹컹! 컹컹컹!

거의 동시에 커다란 괴물 개 한 마리가 무섭게 그 남자를 뒤쫓으면서 잇달아 죽어라고 짖어대기 시작했다. 그 통에 놀라 그 남자가 우뚝 발을 멈추고 뒤를 돌아보더니 이내 기함할 듯 와르르 몸을 떨면서 데꺽 방향을 돌려 저만치 후미진 골목 안으로 냅다 달아나기 시작했다. 나는 즉시 몸을 틀어 그쪽으로 한참을 더 추격하다가 마침내 어느 골목으로 숨어들었는지 모르게 달아나던 발소리가 뚝 끊기면서 그제야 달음질을 멈추고 죽을 듯이 혀를 빼문 채 가쁜 숨을 할딱거렸다. 그러면서 서서히 인간의 모습으로 되돌아왔다......)

나는 곧장 2층 방으로 올라갔다.

거기서 책상에 놓아둔 그 책을 집어 들고 방을 나와 나는 곧장 1층 거실로 내려왔다. 이어 거실 소파에 앉아 느긋하게 그 책을 읽기 시작했다. 막 읽기 시작한 부분은 2부 42장 '나는 왜 송곳니를 드러내는가?'였다. 잠시 후 나는 책을 접어 소파 앞 탁자에 내려놓고 자리에서 일어났다(주인공이 바닥에서 철 지난 신문지와 함께 날카로운 단도 하나를 발견하는 장면에서 읽기를 멈췄다).

나는 부엌 쪽으로 가 와인 셀러에서 와인 한 병을 꺼낸 뒤 싱크대 위 찬장에서 와인 잔 한 개를 집어 들고 소파로 되돌아왔다. 나는 와인 잔에 와인을 반쯤 따라 목구멍으로 천천히 음미하듯 흘러넘겼다. 이윽고 와인 잔을 소파 옆 협탁에 내려놓고 바로 앞 탁자에 놓아둔 그 책을 도로 집어 들었다.

나는 다시 읽다 만 부분으로 되돌아갔다.

(...얼핏 그 신문에 실린 총리의 사진이 눈을 스쳤다. 몇 시간 후. 나는 어느 호텔 정문 근처에 다다랐다. 그때 저쪽에서 정문이 열리고 한 남자가......) 그때였다. 내가 막 이 부분을 읽고 있는데 느닷없이 잇몸이 근질거리면서 아래 송곳니가 입천장을 밀고 강하게 솟아올랐다. 나는 반쯤 입이 벌어지려는 찰나 급히 리모컨을 집어 들어 티브이를 켰다. 즉 신속히 딴 곳으로 주의를 분산해 그 변신을 막아보려는 계산이었다. 과연 방법은 주효했다. 내가 티브이를 켜고 화면으로 눈길을 돌리자마자 송곳니가 절로 스르르 가라앉은 것이다.

"구형준 국무총리는 오늘......"

순간 티브이에서 문득 형준의 이름이 들렸다. 뉴스 앵커가 오늘 있었던 총리의 동정을 전달하고 있었다. 바로 그때! 입안에서 다시금 송곳니가 자라 오르기 시작했다. 이번에는 도저히 그 변신을 막을 도리가 없었다. 이내 한껏 주둥이를 벌리고 나는 번뜩 송곳니를 드러낸 채 절로 사납게 으르렁거렸다. 나는 사지가 모두 개로 변하기 전에 손에 든 그 책을 얼른 소파 앞 탁자에 올려놓았다.

잠시 후 나는 완전히 개로 변해 소파 위에 올라앉아 있었다(3번 유형). 조금 있자 총리의 동정에 이어 신임 법무장관에 관한 뉴스가 흘러나왔다. "컹컹! 컹컹! 컹컹컹!" 별안간 나는 티브이를 향해 짖어대기 시작했다. 이어 그대로 훌쩍 탁자를 뛰어넘어 그대로 티브이 쪽으로 돌진했다. 곧 티브이 화면에 바짝 주둥이를 갖다 대고 나는 더 맹렬한 기세로 짖어대기 시작했다. 그 상태로 몇 분인가 지났다. 그사이 티브이에선 법무장관의 순서가 지나가고 이미 다른 뉴스가 이어지고 있었다. 하지만 나는 더 발악스럽게 으르렁대며 당장 티브이 화면을 통째로 물어뜯어 발기발기 찢어발길 듯이 광적으로 짖어대고 있었다.

44장
하오의 방문객

그 뒤 열흘 정도가 지났다. 집에 초인종이 울린 것은 그날 오후 4시쯤이었다. 내가 1층으로 내려가 거실에서 인터폰 버튼을 눌러 대문을 열자 제복 입은 경관 둘이 동시에 집 안으로 들어왔다. 하나는 큰 키에 탄탄한 근육질 체구였고, 또 하나는 중키에 배가 나온 뚱뚱한 체형이었다. 둘은 천천히 마당을 지나 현관문으로 다가왔다. 내가 현관문을 열자 곧 둘이 거실로 들어섰다.

"진진규 씨 댁이죠?"

내가 어떻게 오셨냐고 묻기도 전에 경관 하나(A)가 먼저 물었다. 나는 내가 진진규라고 말했다. 그러면서 무슨 일이냐고 되물었다. 그 경관이 '괜찮으시면 동행해 주셨으면 한다'고 말했다. 내가 이유를 물었다. 설명을 듣고 보니 약간 난처한 상황이었다. 따라가기도 그렇고 따라가지 않기도 애매한 구석이 있었다. 잠시 후 나는 경찰

차를 타고 그들과 함께 경찰서로 향했다.

경관 B(배불뚝이)가 운전대를 잡았다.

경관 A는 조수석에 타고 나는 그의 뒷좌석에 앉았다. 집에서 경찰서로 가는 동안 경관 A(근육질 체구)의 설명을 토대로 자초지종을 말하면 이렇다. 며칠 전. 한 남자가 전철 안에서 몰래카메라를 찍다가 현행범으로 체포되었다. 그 남자의 휴대폰 카메라에는 음란한 사진들과 동영상이 가득했는데 대부분 여자들의 맨다리와 치마속을 찍은 것들이었다(장소는 주로 지하철역 계단이나 에스컬레이터, 공중화장실 따위였다). 그 남자는 또한 불법 음란 사이트를 개설하고 거기에 자신과 회원들이 찍은 각종 도촬 사진과 몰카 동영상을 올려 서로 자유롭게 공유하고 있었다. 그런데 취조 중에 이 남자가 괴상한 주장을 했다.

다소 어이없는 주장이었다.

우린 그 남자가 정말로 정신에 문제가 있거나 아니면 정신에 이상이 있는 것처럼 속여 재판에 영향을 끼치려는 속셈이라고 추측했다. 이를테면 정신이상자란 판단 하에 형량을 낮게 받으려는 전략 말이다. 하지만 그 한 가지 주장을 제외하곤 전혀 문제가 없어 보였다. 그 남자는 자신의 주장이 결코 거짓이 아니라며 거듭 더 강하게 열을 올렸다. 마치 자기가 지금 '성폭력 범죄의 처벌 등에 관한 특례법 위반 혐의(카메라 등 이용 촬영 및 반포죄)'로 붙잡힌 현행범 신분으로 조사를 받고 있다는 사실조차 잊은 것처럼 보였다. 그 남자가 하도 강력히 주장하자, 다소 미덥지 않았음에도 불구하고 그럼 한번 조사를 해보자는 결론에 도달했다.

그 뒤 우린 서울메트로에 공식적으로 공문을 보내 해당 사안에 대한 협조를 구했다. 이어 그쪽으로부터 그 남자가 주장하는 바로 그날 그 시간대의 시시티브이를 넘겨받아 수차례 그 영상을 반복 재생하며 면밀하게 빈틈없이 분석했다. 요컨대 그 남자의 주장대로 '사람이(승객 하나가) 갑자기 무시무시한 괴물 개'로 변하는 게 가능한지 알아보기 위해서였다. 그리하여 정밀 분석 결과 그 남자의 주장은 '신빙성이 없다(터무니없다)'는 결론에 이르렀다. 다시 말해 녹화된 시시티브이 화면에 그 남자가 말한 사람이(바로 선생님 말입니다!) 등장하긴 등장하는데, 웬걸 괴물 개는커녕 굉장히 말쑥한 차림의 중년 남자였다.

그리해서 우리가 그 남자에게 그 시시티브이 영상을 보여주자 그 남자는 대번 고개를 끄덕이며 '그 사람(바로 선생님)이 틀림없다'고 말했다. 그렇듯 그 시시티브이를 통해 자기주장이 허위였음이 명백히 드러났는데도 그 남자는 끝까지 그 주장을 굽히지 않았다. 그런데 이건 좀 이상한 일이었다. 왜냐면 그런 주장을 통해 사실상 그가 얻을 것은 아무것도 없었기 때문이다.

우린 결국 국내 최고 권위의 영상 분석 전문가의 도움을 받아 다시 한 번 극도로 면밀히 그 시시티브이 화면을 분석하기에 이르렀다. 그러는 과정에서 노상 경찰서를 기웃거리며 쓸 만한 기삿거리를 찾아다니던 모 신문사 기자 하나가 냉큼 이 사건을 낚아챘다. 이어 대뜸 그들 신문에 흥미 위주의 기사 하나를 실었는데, 이게 어이없게도 완전히 본말이 전도된 제멋대로의 짜깁기 기사였다.

다시 말해 추잡한 범죄를 저지른 현행범에 관한 이야기는 한두 줄 슬쩍 흘리는 정도이고 아예 나머지 전체를 온통 '괴물 개로 변신한 인간 이야기'로 채운 것이다. 그리하여 이 기사는 근자에 보기 드문 대특종감, 완전 초대박을 터트리고 말았다. 대번 타 신문사는 물론 각종 잡지사, 방송사 할 것 없이 죄 군침을 흘리면서 벌떼처럼 달려들게 만들었던 것이다.

그 통에 인터넷은 물론 각종 블로그, 온갖 분야의 스타들과 인플루언서 등을 통해 더는 통제가 불가능할 정도로 SNS 상에서 즉각 대폭발이 일어나고 말았다. 도대체 어떻게 그게 가능한지 모르겠지만, 그날 선생님의 모습이 찍힌 시시티브이 화면이 전국적으로, 아니 전 세계적으로 이미 광범위하게 쫙 퍼져버리고 만 것이다. 말하자면 선생님은 이제 세상에서 가장 핫한 유명 인사, 다시 말해 무시무시한 영향력을 가진 일약 대스타로 등극해버린 것이다. 결국 각종 방송에서도 연이어 선생님의 기사를 내보냈다. 물론 사실 여부는 더이상 중요시하지 않았다. 중요한 건 오직 시청자의 흥미를 끄느냐 마느냐 하는 것이었기 때문이다.

그 과정에서 방송사의 요청으로 하는 수 없이 우린 영상 전문가가 판독한 내용을 숨김없이 모두 제공했다. 그리고 그것은 괜한 의심이나 오해로부터 선생님의 명예를 보호해 드리기 위한 양심적 조치의 일환이었다. 한데 방송사에선 우리가 제공한 정보만으론 부족했는지 자신들이 직접 그 영상 전문가를 찾아가 정식적인 인터뷰를 진행했다. 그런 다음 그 인터뷰 기사를 가감 없이 곧바로 방송에 내보냈다. 그날 그 인터뷰 과정에서 그 영상 전문가의 의견은 다소 모호했다. 그 모호함은 좋게 말하면 전문가로서의 신중함이고, 안 좋게 말하면 모르는 걸 모른다고 하지 않으려는 일종의 얼버무림에 불과했다.

바로 그것이 의혹을 더 증폭시키는 결정적 뇌관이 되고 말았다(그리고 얼마 안 가 그 뇌관은 결국 저절로 엄청난 압력으로 부풀어 오르다가 한순간 어마어마한 굉음을 토해내며 거의 핵폭탄급 위력으로 폭발하고 말았다). 일단 시시티브이 화면의 질이 낮고 게다가 그 각도 상의 원인으로 선생님의 얼굴은 약간 비스듬히 찍혔다. 그럼에도 입매를 제외한 눈매 등의 인상은 꽤 선명했다. 한데 단순히 광학적인 문제로만 보기에는 어딘가 애매한 부분이 있었는데, 그것은 뭔가, 예컨대 날카로운 금속이 순간적으로 빛을 받아 번쩍이는 것과 같은 기묘한 장면이었다. 바로 이게 문제였다. 이걸 어떻게 해석할 것인가. 유치장에 수감된 그 남자는 그게 바로 '괴물 개의 송곳니'라고 주장했다. 그러면서 그것이 바로 자신의 말이 거짓이 아니라는 증거라며 또 한 번 불같이 열을 올렸다.

"그럴 수도 아닐 수도 있습니다."
이것이 영상 전문가의 말이었다.

그 영상 전문가는 그것이 '개의 송곳니일 가능성이 전혀 없다고는 단정할 수 없다'고 말했다. 그렇지만 '일반적 상식으로 볼 때 그게 어떻게 가능한 일이겠느냐'며 아마 그 사람의 견치가 유달리 길거나 아니면 틀니를 했거나 아니면 금니를 했을 가능성을 염두에 두는 게 훨씬 더 신빙성이 있다고 주장했다.

경관 A가 여기까지 말하더니 갑자기 목소리를 바꿔 그에게 불쑥 질문을 던졌다. "근데, 아직 모르셨습니까? 지금 티브이고 신문이고 잡지고 인터넷이고 어디고 세상이 온통 선생님 이야기뿐인데요." 곧 나는 그 경관에게 '보던 신문은 끊은 지 한참 됐고 티브이는 거의 안 본다'고 말했다. 이어 '휴대폰과 컴퓨터는 있지만 사실상 필요가 없는지라 거의 사용하지 않는다'고 덧붙였다. 그러면서 '나는 본래 책 읽는 걸 좋아하는데, 오래전부터 어떤 철학서 하나에 꽂혀 밤낮으로 계속 그것만 되풀이해 읽는다'고 일러주었다. 그제야 이해가 간다는 듯 경관 둘이 곧 고개를 끄덕거렸다.

잠시 후 경관 A가 또 이야기를 시작했다.

우리는 그 남자에게 시시티브이 판독 결과 근거 없는 주장으로 결론을 내렸다고 말했다. 그러자 그 남자는 입을 꾹 다물고 절대 아니라는 듯 고개를 살살 가로젓더니 갑자기 엉뚱스럽게 이런 주장을 했다. 즉 선생님이 자신을 위협했다는 것이다. 다시 말해 그날 선생님이 날카로운 송곳니를 드러내며 금시라도 자신을 물어뜯을 듯이 사납게 위협을 가했다고 주장한 것이다.

그러면서 그 위협 행위의 선량한 피해자로서 선생님을 정식으로 위협죄의 가해자로 고소하겠다는 것이다. 하지만 우린 건전한 상식을 바탕으로 그의 주장이나 고소를 얼토당토않은 억지 주장이라 일축하고 받아들이지 않기로 결정했다. 일단 시시티브이 화면에 위협이나 공갈 행위로 볼 만한 장면이 전혀 없었고 게다가 협박으로 추정할 만한 그 어떤 언동도 없었기 때문이다. 아울러 또 하나 드릴 말씀은, 그 남자는 이번 일로 공연히 자신의 여죄(말하자면 포괄일죄)만 더 들통나고 말았다는 사실이다. 즉 바로 그 영상에서 그날 그가 저지른 또 다른 도촬 행위가 돌연 포착된 것이다.

우린 그날 그 시간대를 중심으로 여러 차례 앞뒤로 그 시시티브이를 분석하던 중 그 남자가 막 도촬을 시도하는 장면을 포착했다. 그 남자는 한순간 자기 앞에 서 있던 한 여자의 치마 밑으로 슬그머니 휴대폰을 가져가며 마치 무신경한 듯 딴 쪽으로 태연히 얼굴을 돌렸다. 그리고 공교롭게도 그 순간에 마침 선생님과 딱 눈이 마주친 것이다. 그 남자는 순간 깜짝 놀라 얼결에 휴대폰을 떨어뜨렸고 그 바람에 그 여자가 냉큼 그 휴대폰을 내려다보았다.

그리하여 마침내 우린 그 일련의 장면들을 통해 다음과 같은 추정을 해볼 수 있었다. '즉 그 남자는 그 순간 개의 송곳니를 본 것이 아니다. 그 순간에 그 남자는 선생님에게 자기 행위를 들켰고 선생님은 본능적으로 인상을 쓰며 그 남자를 노엽게 쏘아보았을 것이다. 그런 추잡한 행위를 맞닥뜨리면 누구라도 당연히 그러했을 테니까. 그러자 그 남자는 제풀에 놀라 그만 휴대폰을 떨어뜨렸을 것이다. 아마도 갑작스레 자신의 행위가 발각되자 그 남자는 감정의 혼란이 왔고 그로 인해 자기를 노려보던 선생님의 이가 개의 송곳니처럼 무섭게 느껴졌을 것이다. 자, 결론적으로 그 남자가 말하는 개의 송곳니란 자신의 불안정한 감정 상태를 바탕으로 자기 스스로가 만들어낸 심리적 환영이었던 것이다.' 경관 A가 말을 멈췄다. 경찰차가 막 그곳 경찰서에 도착한 것이다. 잠시 후 우린 경찰차에서 내려 그곳 사무실로 걸어 들어갔다.

45장
경찰서 유치장에서

우리 셋은 막 경찰서 사무실로 들어섰다. 경관들이 곧바로 나를 유치장으로 안내했다. 그렇게 나는 유치장에 수감된 그 남자와 돌연 재회했다. 나를 보자마자 겁이 나는지 그 남자가 꿀꺽 소리가 나도록 침을 삼켰다. 이어 그 남자가 경관들에게 '이 사람이 틀림없다'며 상기된 목소리로 잇달아 되풀이해 말했다. 나는 그 남자를 냉담히 노려보며 넌지시 비웃음의 눈길을 보냈다.

내가 굳이 그 경관들을 따라 여기까지 동행한 이유가 바로 거기에 있었다. 나는 그 남자의 그 뻔뻔한 얼굴에 마음껏 경멸의 시선을 던져주고 싶었다. 순간 그 남자가 더듬대는 목소리로 이 사람의 입을 한번 벌려보면 모든 게 여실히 드러난다며 지금 당장 이 사람의 입을 강제로라도 벌려보라며 연신 경관들에게 같은 말을 되풀이했다. 그것은 실상 애처로우리만치 안타까운 하소연에 가까웠다. 그러자 경관 A가 머리를 긁적긁적하더니 '그 정도면 됐으니 이제 그만하시라'고 말했다. 그러면서 '하도 난리를 쳐 아무 죄 없는 분을 이리 어렵게 모시고 왔는데, 이렇게 직접 눈으로 보고도 더 주장할 게 남았느냐'며 살짝 나무라듯 덧붙였다. 순간 그 남자가 답답함을 참지 못했는지 돌연 비명을 지르듯이 소리쳤다.

"입을 벌려! 입을!"
"입을 벌리란 말야! 입을!"

나는 더 깊숙이 비웃음을 띠고 그 남자를 노려보았다. 그 남자가 다시금 마른침을 꿀꺽 삼켰다. 바로 그때였다. 나는 느닷없이 그 남자를 향해 입을 한 번 딱 벌렸다. 그 남자가 움찔 놀라 새파랗게 질린 얼굴로 엉거주춤 뒷걸음질하더니 이내 바닥으로 벌렁 나동그라졌다. 바로 그 순간 경관들이 신속히 내 입속을 들여다봤다. 하지만 개의 송곳니는커녕 틀니나 금니, 덧니나 뒤틀린 이 하나 보이지 않았다. 물론 남달리 길게 자란 견치 따위가 있을 리도 만무했다. 외려 너무도 치열이 고르고 잇새가 촘촘한 게 마치 정밀하게 제작된 치과용 치아 모형처럼 보일 정도였다.

경관들이 휴우, 한숨을 내쉬었다.

경관 A가 '더 볼 것도 없다'면서 이제 그만 사무실로 돌아가시자고 말했다. 그 남자는 두려움이 가시지 않은 듯 그사이 유치장 벽에 등을 기댄 채 애처롭게 달달 몸을 떨었다. 이윽고 경관들이 먼저 발을 돌렸다. 나는 막 경관들을 따라 몸을 돌렸다가 별안간 홱 고개를 돌려 다시 한 번 확 입을 벌렸다. 그때 번쩍하고 송곳니가 솟아나왔다. 그 남자가 대번 질겁하여 미친 듯이 비명을 질러댔다. 경관 B가 힐끔 돌아보더니 이어 심드렁한 기색으로 말했다. "그냥 오세요, 선생님. 신경 쓰지 마시고요. 저러다 말겠죠, 뭐." 내가 다시 입을 다물자 송곳니는 절로 사르르 가라앉았다. 나는 곧장 몸을 돌려 경관들을 뒤따랐다. 등 뒤로 잇달아 그 남자의 비명 소리가 울렸다.

46장
별을 쫓는 사람들

이윽고 내가 경관들을 따라 사무실로 돌아왔을 때 경찰서 앞마당엔 실로 믿기지 않는 일이 펼쳐져 있었다. 도대체 어떻게 알고 몰려든 걸까. 각종 언론, 방송, 잡지사 따위의 기자들. 그리고 그밖에 특종을 쫓아 돌진해 온 온갖 부류(블로거, 인플루언서, 유튜버, 비제이 따위)의 사람들. 경찰서 앞마당은 그야말로 열에 들뜬 취재진들로 일대 혼란에 휩싸여 있었다.

경관 둘과 함께 내가 밖으로 나오자 사방에서 플래시가 터지고 취재진이 한꺼번에 내 쪽으로 달려들면서 한껍에 와글와글 밑도 끝도 없는 질문 세례를 쏟아냈다. 잠시 후 그 윙윙대는 벌떼들을 어렵사리 헤치고 경관 둘은 나를 다시 경찰차 뒷좌석에 태웠다. 그리고는 곧장 차를 몰아 약속된 어딘가로 나를 데려갔다. 그렇듯 경찰차가 나를 그 어딘가로 데려가는 동안, 앞서 중단했던 이야기를 이어가기로 하자.

곧 경관 A가 입을 열었다.

우린 시시티브이를 통해 선생님의 인상착의를 확보했지만 그것만으로 선생님의 신분을 확인하는 데는 역부족이었다. 그렇지만 잠시 기다려보기로 했다. 이미 인터넷, 방송사, 신문 등을 통해 선생님의 인상착의는 온 나라 구석구석, 멀리 바다 건너까지 퍼져 있었기 때문이다. 대개 이런 경우 누군가를 통해 저절로 신상이 드러나거나 또한 반드시 제보가 들어오기 마련이었다. 물론 거개가 잘못된 정보다. 하지만 때로 놀랄 만큼 정확한 정보가 입수되는데, 바로 그것이 문제 해결에 결정적 작용을 하기도 한다. 조금 지나자 이번에도 어김없이 엄청난 정보가 쏟아져 들어왔다. 우린 수사 인력을 총동원해 그 정보들을 세세히 분류하고 분석하고 낱낱이 검토했다. 하지만 그 결과는 허탕이었다. 대체 어찌된 일일까. 그 많은 자료가 도통 수박 겉 핥기 식이었다. 도무지 쓸 만한 정보라곤 눈을 씻고 봐도 없었다.

결국 우리가 알아낸 사실이라곤 이런 것뿐이었다. 선생님은 꿍장히 폐쇄적이다. 거의 병적으로 사회성이 낮고 그 인간관계의 범위가 극도로 좁다. 그것이 자폐 성향 때문인지, 허무주의나 염세주의 때문인지, 어떤 밀교나 비의를 신봉하는 종교적 신비주의 때문인지, 아니면 사회 부적응으로 인한 자발적 은둔형 외톨이 유형인지는 알 수 없다. 이런 경우, 대개는 직접적인 만남은 회피하지만 반대로 익명성이 보장되는 온라인 활동 등에 몹시 집착한다. 예컨대 인터넷 카페라든가, 밴드라든가, 페이스 북 같은 것들 말이다. 하지만 선생님은 일반적 예상과는 달리 이런 활동조차 전혀 하지 않는다. 아마도 선생님은 상당한 기간 동안 사회활동을 기피한 상태일 것이다. 그러므로 선생님의 신분을 알아내는 것은 무척 어려운 일이라는 결론에 도달할 수밖에 없다. 왜냐면, 전에 혹 선생님을 알았던 지인일지라도 그 뒤 적잖은 시간이 흐른 지금 거의 매일 보는 가족이 아닌 이상 현재의 모습만으로 선생님을 알아보는 것은 실상 무리일 터이기 때문이다.

"그때 한 가지 방법이 떠올랐습니다."
경관 A가 말을 이었다.

우린 시시티브이를 통해 선생님의 동선을 추적해보기로 결정했다. 즉 그날 전철 안에서 찍힌 시간을 중심으로 그 전후에 선생님이 찍혔을 가능성이 있는 모든 시시티브이 영상을 확보하여 면밀히 조사를 해보기로 결정한 것이다. 하지만 이것은 몇 가지 문제의 소지를 안고 있었다. 우선 선생님은 범죄자가 아니다. 그러니 이런 조사행위는 자칫 법률적인 문제를 일으킬 소지가 다분했다. 게다가 굳이 선생님의 신원을 알고자 그 많은 시간과 노력을 들여야 할 하등의 이유 또한 없었다. 그럼에도 불구하고 우린 그 모든 위험을 무릅쓰고 그 작업에 착수하기로 다시금 결론을 내렸다. (솔직히 고백하자면, 여기에는 우리의 개인적인 궁금증과 호기심도 다소 작용했다.) 우린 먼저 법률적인 부분을 면밀히 검토한 뒤 최종적으로 서장님의 허락을 득해 정식으로 그 작업에 착수했다. 한데, 우리가 막 그 작업에 착수했을 때 전혀 생각지도 못한 뜻밖의 상황이 벌어졌다. 바로 선생님의 신원을 알고 있는 사람이 나타난 것이다.

경관 A가 잠시 말을 멈췄다.

그러다 뜬금없이 자기 아들 이야기를 꺼냈다. 그나저나 우리 아들은 선생님을 우상으로 생각합니다. 이번 사건이 있자마자 제가 선생님의 이야기를 들려주었거든요. 그랬더니 녀석은, 선생님은 '개가 아니라 아마도 착한 드라큘라일 거'라고 하더군요. 그니까 선생님은 '못된 짓을 하는 사람들만 골라 송곳니를 드러내는 또 다른 형태의 드라큘라'라는 겁니다. 조금 황당하지만, 딴은 그럴 듯한 추측 아닌가요? (그런 아들이 대견하다는 듯 그의 눈에 절로 미소가 어렸다.)

녀석은 지금 중학생인데 커서 시나리오 작가나 영화감독이 되는 게 꿈입니다. 아무튼 선생님은 지금 절대적 존재가 되었습니다. 한마디로 녀석에게 신적 추앙의 대상이 된 겁니다. 이번 일로 녀석은 특별한 영감을 받은 모양입니다. 녀석은 요즘 거울 앞에 서서 가짜 송곳니를 끼우고 드라큘라 흉내를 낸답니다. 그 광경이 떠오르는지 그는 살짝 이를 보이며 어허허 웃었다.

"그게 또 어찌나 진지한지⋯⋯"

하고 경관 A가 또 말을 이었다.

"녀석은 영화에서나 쓸 법한 '가짜 피(Fake Blood)'까지 직접 만들어 사용한다니까요." 경관 B는 가끔 고개를 끄덕일 뿐 묵묵히 운전에만 집중했다. 경관 A는 계속 말했다. 녀석은 책을 읽어도 좀 괴기스러운 공포물만 읽습니다. 그니까 '드라큘라, 프랑켄슈타인, 지킬 박사와 하이드 씨' 같은 것들 말입니다. 아니면 '셜록 홈스나 괴도 루팡 시리즈' 같은 추리 탐정 소설류를 늘상 끼고 산답니다. 저도 한때는 '오트란토 성, 우돌포의 비밀, 방랑자 멜모스' 같은 고딕 소설류를 즐겨 읽긴 했지만 그래도 녀석만큼 광적인 수준은 아니었습니다. 솔직히 좀 걱정되는 부분이 없진 않지만, 나중에 영화 쪽에서 일하는 게 꿈이고, 또 그쪽 분야에서 성공하려면 아무래도 독창성이 중요하단 생각에 우선은 그냥 지켜보고 있는 상황입니다.

경관 A가 계속 말을 이었다.

"간밤에 선생님에 대한 새로운 소식도 전해줄 겸 녀석 방에 들어갔는데, '백위군'을 쓴 러시아 작가 미하일 불가코프의 '개의 심장'을 읽고 있더군요. 저는 잠시 녀석의 책장에 꽂힌 책들을 죽 훑어보았습니다. 요즘은 또 어떤 공포물을 사서 읽는지 궁금해지더군요. 저는 하나하나 찬찬히 책등을 살펴보았습니다. 그러다 문득 낯선 제목 하나가 눈에 띄었습니다. 전에 전혀 못 보던 책이었는데, 아마 최근에 나온 듯 전혀 생소한 제목이었습니다. 그 제목이 '사랑과 환상의 백……" 여기까지 말하고 경관 A는 말을 멈췄다. 그사이 경찰차가 목적지에 이른 것이다.

47장
스타인가? 허상인가?

그날 경찰차가 멈춘 곳은 뜻밖에도 과천 정부청사였다. 순간 문득 기억 하나가 떠올랐다. 즉 초등학교 시절 아버지를 따라 몇 번인가 이곳에 와본 기억이 났다. 그 흐릿한 추억의 영상 속에서 젊은 아버지는 아들의 손을 잡고 청사 곳곳을 구경시키며 자못 만족스러운 표정을 짓고 있었다. 하지만 중학교에 입학한 뒤론 전혀 와본 기억이 없었다. 우리 셋은 막 경찰차에서 내렸다.

나는 곧 경관 둘을 따라 잠자코 청사 어딘가로 이동했다. 얼마 뒤에 세 사람은 법무부 기자실로 들어섰다. 우리가 들어서자 대번 왁자하게 소란이 일었다. 거기 대기하던 취재진이 일제히 일떠서면서 돌진하듯 나를 향해 몰려든 것이다. 이어 사방에서 속사포처럼 질문 세례를 퍼부었다. 경관 둘이 힘겹게 취재진을 밀쳐내며 가까스로 나를 보호하고 있었다. 그때 돌연 출입문이 열리고 잇달아 몇 사람이 기자실로 걸어 들어왔다. 곧 그들 중의 남자 하나가 손바닥을 딱딱 치면서 뭐라고 소리치자 취재진은 돌연 나로부터 물러나 잽싸게 제자리로 되돌아가 앉았다.

"우리 구면이죠?"

곧 한 여자가 다가와서 말했다.

그 여자는 다름 아닌 전날의 그 P교수였다. 아니. 이젠 단지 교수가 아니라 지금 이 나라의 현직 법무장관이었다. 그녀가 먼저 손을 내밀어 악수를 청했다. 둘은 가볍게 악수를 나눴다. 그 뒤 정해진 순서대로 인터뷰가 진행되었다. 그녀가 먼저 연단으로 걸어가자 경관 둘이 곧 나를 그녀 곁으로 데려갔다. 그녀가 열심히 취재진을 상대로 뭔가를 지껄이는 동안 나는 꽤 어색한 자세로 일종의 액세서리인 양 그녀 곁에 멀뚱멀뚱 서 있었다. 그러다 얼핏 어머니에 관한 얘기가 귀를 스쳤다. 방금 그녀의 목소리를 통해 '전 K대학 법학과 학과장'이란 단어가 확실히 귀를 울렸다.

나는 내심 그 얘기도 나오는 게 아닐까 하고 그녀의 목소리에 잔뜩 귀를 기울였다. 하지만 그녀의 입에서는 끝내 어머니의 주선으로 우리 둘이 소개팅을 했었던 이야기는 나오지 않았다. 대신 공식적인 자리에서 어머니와 함께 여러 번 서로 인사를 나눴고 개인적으로도 나와는 아주 친근한 편이라고 소개했다. 그러면서 어머니는 지금 독일 H대학에 학술 연구차 가 계신다는 말까지 상세히 늘어놓았다. 이윽고 그녀가 소개말을 모두 마치자 곧바로 취재진의 질문 타임이 시작되었다.

나는 생각나는 대로 질문 하나하나에 성실히 답을 해주었다. 인터뷰 막바지에는 포토타임이 있었다. 나는 이유도 모른 채 그날 참석한 법무부 출입기자들과 이런저런 포즈로 다량의 사진을 찍었다. 또한 법무장관과 나란히 서서 둘만의 사진도 몇 장 찍었다. 보통은 남자가 하는 제스처이지만 이번에는 그녀가 내 허리를 팔로 살짝 감쌌다. 웬만큼 만족스러웠는지 그녀의 표정에는 연신 뿌듯해하는 기색이 비꼈다. 나는 그들 경관 둘과도 따로 사진을 찍었다. 한 번은 각각 둘씩, 또 한 번은 셋이 함께. 뭐가 그리 좋은지 경관 둘은 내 좌우에 바투 붙어 서서 잇달아 허연 이를 드러내며 히죽히죽 쪼개고 있었다. 나는 법무장관과 경찰 둘, 그리고 나, 이렇게 넷이서도 함께 사진을 찍었다. 그리고 또 이러저러한 구성으로 쉴 새 없이 계속 사진을 찍어댔다.

"입 한 번만 벌려 주시죠!"

취재진 하나가 불쑥 짓궂은 주문을 했다. 순간 일제히 웃음을 터트렸다. 나는 주문에 응하지 않고 지그시 입술을 맞다문 채 그저 싱긋이 미소를 지어 보였다. 그러자 누군가가 '설마 진짜로 송곳니가 있어 감추시는 건 아니시겠죠?' 하고 장난스럽게 물었다. 이내 또 곳곳에서 웃음소리가 터졌다. 나는 계속 고집스레 입을 다물었다. 한 번쯤 재미 삼아 입을 벌려주고도 싶었지만 실은 그럴 수가 없었던 것이다.

그 순간 잇몸이 근질근질하며 빠르게 송곳니가 솟아나오고 있었다. 그랬다. 위태로운 순간이었다. 당장이라도 입이 떡 벌어질 듯 송곳니가 거칠게 입천장을 밀어 올렸다. 나는 당황한 나머지 안절부절못했다. 도무지 어찌할 줄 몰랐다. 당장 냅다 달아날 수도 그렇다고 그대로 잠자코 있을 수도 없는 위기일발의 순간이었다. 대번 등줄기를 타고 식은땀이 주르륵 흘러내렸다. 나는 어떻게든 미소를 유지하면서 그런 내 곤혹감을 들키지 않으려고 있는 대로 안간힘을 썼다. 그때 엉치뼈가 꿈틀거리더니 이내 스멀스멀 꼬리가 뻗어 나오기 시작했다.

"자, 자, 그만, 그만!"

P의 음성이었다.
이는 구원의 목소리였다.

"자, 이제 그만 마치겠습니다. 여러분 모두 수고하셨습니다. 다음에 또 뵙겠습니다. 모두 편안히 돌아가십시오." 그녀가 손바닥을 짝짝 치며 잇달아 그리 소리쳤다. 뭔가 아쉬움이 남는 듯 취재진들은 나를 응시한 채 쉬 자리를 떠나지 못했다. 바로 그때였다. 내가 느닷없이 입을 쫙 벌렸다. 놀란 취재진들이 아르르 으스레를 쳤다. 허를 찔린 것이다. 그러다 즉각 직업의식을 되찾았다. 그들은 앞다

투어 달려 나와 나에게로 바짝 눈을 들이대면서 무슨 치과의사인
양 열렬히 내 입속을 살폈다. 그러면서 또 연신 사진을 찍어댔다.
그러나 나의 입속 어디에도 송곳니 같은 건 보이지 않았다. 바로 법
무장관 P의 인터뷰 종료 선언과 함께 방금 그 송곳니도 대번 무의
식의 심층으로 적연히 가라앉아 버렸기 때문이다.

48장
비밀의 방 또는 술잔

그날 밤. 그들 셋은 거기 비밀의 방에 둘러앉아 있었다. 셋은 기분 좋게 연신 술잔을 부딪쳤다. 자못 유쾌한 분위기였다. 모두 얼큰하게 취했다. 형준은 그사이 투덕투덕 살이 올라 더한층 복스럽고 유복하고 여유롭고 너그러운 인상을 풍겼다. 그럼에도 실상 그 행동 방식이나 기질적 성향 면에서는 거의 아무런 변화가 없어 보였다. 즉 술 마신 뒤 보이는 미세한 그 행동들 하나하나까지도 영락없이 전날 형준의 모습 그대로였다. 마치 한순간 그때 그 시절로 홀연 되돌아간 느낌이었다. 오래전 청춘의 욕망을 불태우던 그 시절 단짝 친구 앞에서 형준은 어느덧 모든 가식을 벗어버린 채 지난날의 그 자유로운 영혼으로 되돌아가 있었다.

P는 형준의 곁에 찰싹 달라붙어 있었다.
술기운에 그만 의식의 고삐가 풀린 걸까.

둘은 서슴없이 친밀감을 드러냈다. 둘은 쉴 새 없이 서로 눈길을 주고받았다. 그러다 이윽고 잇달아 입술을 부딪치며 키스를 연발하더니 급기야 서로가 서로의 몸을 열렬히 애무하기 시작했다. 전날의 그 불쾌한 꿈이 떠오른 것은 바로 그때였다. 그 피와 관능과 욕망으로 얼룩진 꿈의 기억들이 다시금 생생하게 눈앞으로 되살아왔다. 그러면서 별안간 송곳니가 불쑥 솟아나왔다. 대번 엉치뼈에서 쑥 꼬리가 뻗어 나오며 그대로 딱 입이 벌어지고 말았다.

나는 돌연 개로 변했다.

이번에는 1, 2번 유형의 반인반수가 아닌 바로 그 3번 유형, 즉 머리에서 발끝까지 완전히 탈바꿈한 괴물 개로 변신하고 말았다. 이런 일은 매우 드물었다. 즉 언젠가 그 암컷(사모님)과 백주에 한바탕 도심을 휘저으며 쫓고 쫓기는 필사의 추격전을 벌였을 때, 전날 그 음침한 밤 골목에서 한 여자의 귀갓길을 몰래 스토킹하던 음흉한 그 정체불명의 괴한을 뒤쫓았을 때, 그리고 그날 귀가 후 거실 소파에 앉아 티브이 뉴스를 보다가 난데없이 개로 변해 거기 브라운관을 향해 달려들어 미친 듯이 짖어대던 그 순간 이후로는 좀처럼 없던 일이었다. 나는 곧 송곳니를 번득 드러내며 둘을 향해 거칠게 으르렁대기 시작했다. 당장이라도 왈칵 달려들어 둘의 멱살을 갈기갈기 물어뜯어버릴 듯 한껏 아가리를 치켜세웠다.

"당신 친구 개로 보여!"

P가 불쑥 뱉었다.

형준이 막 탄력 있고 몽실몽실한 P의 젖통을 주무르다 말고 나를 보았다. 둘은 이미 벌거숭이였다. "잘 봤어." 형준이 곧 입을 열었다. "이 녀석 개야. 개 맞아. 내가 부리던 똥개. 전부터 졸졸 내 뒤를 따라다녔지. 내가 한창 암컷들과 그 짓을 하고 있을 때, 개처럼 늘 망을 보았지. 한번은 하도 불쌍해 내가 키우던 암컷 하나를 툭 던져줬더니 그 자리서 냉큼 물고 가서는 좋다고 꼬리 치면서 열심히 핥아먹더군. 아마 민지라는 계집애였지. 그래도 한때는 순수했었어. 내가 흑이면 녀석은 백이었지. 내가 악이면 녀석은 선이었지. 내가 밤이면 녀석은 낮이었지. 나는 늘 녀석의 그 순수함이 부러웠지. 그래. 왠지 자꾸 샘이 나더군. 나는 일찌감치 세상일에 눈떠 망가져 가는데. 나는 벌써 뿌리부터 썩어 가는데. 녀석은 아직 싱싱한 잎사귀처럼 푸르더란 말야. 그러니 어찌 벨이 꼬이지 않겠어. 그래서 난 녀석을 타락시키기로 계획을 세웠어.

하지만 잘 안 되더군.

녀석은 그리 호락호락하지 않았지.

그 푸른 잎사귀를 갉아먹을 벌레를 놓아 유혹했지만 쉬 넘어오지 않더군. 딱 한 번 넘어올 듯 했는데, 녀석은 그 금단의 열매를 맛

보고도 왠지 더는 집착하지 않았지. 그토록 도발적인 천상의 단맛을 보고도 말이야. 하지만 대학에 입학한 뒤 녀석은 의외로 손쉽게 무너져 버렸지. 녀석이 그리 싱겁게 무너지다니. 누구 말마따나 사람 일은 정말 알다가도 모를 일이더군. 설마 녀석이 그리 딴판으로 변하리라곤 짐작조차 못했으니까 말야. 하여튼 이유는 모르겠지만 너무 쉽게 걸려든 거야. 그 뒤 녀석은 곧장 내 수제자가 되었지.

그래. 녀석은 결국 내 쫄따구, 하수인, 망석중, 꼬붕, 장난감, 사냥개, 집개처럼 충직한 시다바리가 되고 말았지. 이어 나를 좇아 아주아주 신랄하고 도전적인 초보 난봉꾼이 되었지. 다시 말해 '그냥 즐기자'는 내 모토를 목숨처럼 추앙하면서 발정난 수캐마냥 치열하게 즐겨대기 시작했던 거야. 그래. 잘 봤어. 맞아. 녀석은 개야. 개야 개. 똥개. 충견. 내가 키우던 싸구려 잡종 개......"

49장
개는 왜 개를 물지 않았나?

그날 내가 벌거벗은 그 둘에게 달려들지 않은 것은 잘못된 판단이었다. 하지만 그 순간엔 그걸 인식하지 못했다. 마침내 형준이 잠시 장광설을 멈추고 언뜻 생각을 가다듬는 사이 나는 그대로 둘을 향해 돌진할 태세를 취했다. 그러면서 잇달아 컹컹 짖어대기 시작했다. 바로 그때! 형준의 입에서 돌연 이런 말이 튀어나왔다. "곧 VIP를 보게 될 거야." 형준의 그 말에 나도 모르게 절로 기세가 수그러졌다. 녀석이 곧 말을 이었다. "일단 내일 총리 공관으로 와. 거기서 인터뷰도 하고 사진도 몇 장 박자고. 찰칵찰칵! 인증샷 말야." 그리고는 제풀에 신나 킬킬거렸다.

"잘나갈 때 좀 도와주라구."

형준이 다시 입을 열었다. "요새 네가 대세야. 나라가 온통 그 얘기뿐이야. 개로 변하는 남자. 물론 헛소리야. 완전 개소리란 말이지. 어림 반 푼어치 없는 흰소리라고. 물론 그런 것쯤은 누구다 다 아는 거야. 헌데, 그딴 건 전혀 중요치 않아. 세상은 결코 진실 따위엔 관심이 없으니까 말야. 뭐든 당장 실익이 있으면 그만이야. 즉 그 실체가 아니라 그 실속을 먼저 따지니까 말야. 정말 중요한 건 따로 있지. 이슈가 되느냐 안 되느냐. 이목을 끄느냐 못 끄느냐. 이용 가치가 있느냐 없느냐. 뉴스거리가 되느냐 마느냐. 흥미가 있느냐 없느냐. 도움이 되느냐 마느냐. 먹잘 게 있느냐 없느냐. 단물이 있느냐 없느냐. 관심을 끄느냐 못 끄느냐. 바로 이런 것들 말이야."

녀석은 잠시 멈췄다가 다시 말을 이었다.

"요새 좀 문제가 있어. 골치 아픈 게 하나 터졌거든. 바로 비리 의혹 말이야. 이번엔 뭔가 심상치 않아. 법무와 내가 기를 쓰고 막아내고 있지만 이게 그리 만만치가 않아. 도무지 쉽게 가라앉을 기세가 아냐. 뭔가 특단의 조치가 필요해. 요컨대 사람들의 관심을 돌릴 쇼킹한 사건이 필요하다 그 말이지. 마침 법무가 네 얘길 했을 때 직방 번득 감이 오더군. 아주 절묘한 타이밍이었어. 내가 찾는 게 딱 그거였거든. 이른바 면피용 이슈. 기발한 화젯거리. 눈 돌리기용 흥밋거리. 여론 호도용 물타기. 이런 게 바로 내가 찾던 거란 말이지. 게다가 요행히 넌 내 단짝 친구고, 법무랑도 이미 아는 사이니 이야말로 하늘이 준 기회가 아니고 뭐겠느냔 말야.
말하자면 우린 억지로 친한 척을 할 필요가 없단 말이지. 원래부터 서로 친한 사이니까 말야. 안 그래 진규? 난 사실, 방송에서 네 얼굴을 보고도 쉬 알아보지 못했어. 그게 너라곤 꿈에도 생각 못했으니까 말야. 헌데 법무는 다르더군. 바로 단박에 알아보았지. 함께 그 영상을 보자마자 그 자리서 대번 너라는 걸 알아채더란 말야. 정말이지 대단한 눈썰미야. 탁발한 기억력에 타고난 촉기 그리고 그 눈썰미까지. 그야말로 하나부터 열까지 내 눈에 쏙 드는 재원 중의 재원이란 말이지. 하기야 사람 눈썰미가 그 정돈 돼야지. 적어도 그 정돈 돼야 같이 일할 맛이 나는 게 아니겠냐 말야. 여하튼 내가 등극하고 나면, 법무가 당장 내 자릴 이어받을 테니까 말이야."

형준은 고개를 숙여 법무의 뒷머리에 키스를 했다. 법무 P는 계속 (물고 빨고 핥고) 딴딴하게 발기된 녀석의 핫도그를 통째로 독점하고 있었다. 순간 녀석이 다시 말을 이었다. "널 알아보기 무섭게 법무는 곧장 부하들을 시켜 사건 담당 경관들에게 너의 신원과 주소를 일러주었지. 법무는 순간 귀신같은 촉으로 알아챘던 거야. 네가 바로 우릴 위기에서 건져줄 구원자란 걸 말이야. 나는 즉각 윗선에 보고를 올렸지. 윗선에서 상당히 안심하는 눈빛이더군. 그리고 이번 일만 잘 무마되고 나면 머잖아 친히 널 인견하기로 약속을 주셨지.

그건 그렇고. 만에 하나 이번 일이 어그러지기라도 하는 날엔 그분도 나도 예서 그만 정치 인생 종 치는 거야. 좆나는 거라고. 그분도 그분이지만, 진짜 큰 타격을 입는 쪽은 바로 나야. 이미 다음 순서를 확실히 보장받은 상태니까 말야. 젠장! 재수가 없으려니까! 누가 알았겠느냐구! 잘 나가다 이런 복병을 만나게 될 줄! 그건 그렇고. 넌 진짜 나의 구세주다.

이번 일만 잘 지나가면 바로 다음은 내 차례야. 내가 바로 이 나라의 얼굴, 이 나라의 심벌, 이 나라의 주인이 된단 말이지. 그럼 너도 나도 노나는 거야. 니나노! 닐리리! 완전히 팔자 펴는 거지, 뭐! 자, 진규야. 어때? 이제 알겠냐? 이제 좀 감이 잡히지? 그니까 낼 그리로 와라. 우리 함께 짬짜미해 한바탕 그럴싸한 가면무도회를 벌여보자. 다시 한 번 예전의 그 환상적 짝패가 되어 보자구. 알겠지? 알겠지, 진규야?" 나는 어느새 아가리 속에 얌전히 송곳니를 감추고 살살 꼬리를 살랑이면서 대답 대신 온순히 고개를 주억거렸다.

50장
고독은 사라지고

그날 내가 택시에서 내린 것은 새벽 3시가 넘은 시각이었다. 형준은 내게 운전기사 딸린 관용차를 준비할 테니 타고 가라고 말했지만 나는 한사코 거절했다. 내가 택시에서 내리자 대문 앞에 진을 치고 있던 취재진들이 먹잇감을 향해 돌진하는 맹수처럼 내게로 몰려들었다. 그 늦은 새벽 시간인데도 불구하고 그들은 실시간으로 계속 방송을 내보내고 있었다.

나는 꼼짝없이 그들에게 둘러싸이고 말았다. 그들은 마치 내 세포 하나하나까지 죄 뜯어먹을 듯 필사적으로 내 얼굴로 달려들었다. 나는 거칠게 그들을 밀쳐내면서 안간힘을 다해 대문 쪽으로 다가갔다. 이윽고 내가 대문을 열고 들어가려 하자 그들은 당장 따라 들어올 듯 우르르 대문으로 밀어닥쳤다. 하는 수 없이 도로 대문을 닫고 나는 다시금 그들에게 둘러싸였다. 그때 갑자기 속이 콱 뒤틀리면서 돌연 왈칵 화가 치밀었다. 당장이라도 송곳니가 불쑥 솟아오르며 그것으로 변신할 기세였다.

"나는 드라큘라다!"

순간 저쪽에서 갑자기 큰 소리가 울렸다. 취재진은 일제히 눈을 돌려 그쪽을 바라보았다. 이내 그쪽에서 다시금 미지의 외침이 들려왔다. "나는 드라큘라다! 드라큘라가 나타났다! 드라큘라가 나타났다! 나는야 순수의 수호자! 나는야 세상의 구원자! 오! 정의의 송곳니! 진리의 송곳니! 오! 드라큘라가 나타났다! 드라큘라가 나타났다! 오! 썩은 세계를 구원할! 미친 세상을 구원할! 타락한 인류를 구원할 새로운 드라큘라가 나타났다......" 그 틈에 냉큼 대문을 열고 나는 잽싸게 집 안으로 몸을 숨겼다. 그러자 동시에 그 외침도 홀연 자취를 감췄다. 잠시 후 나는 2층 방으로 올라오자마자 절로 탁 긴장이 풀어지면서 이내 지독한 피로감이 전신을 엄습해왔다. 나는 비틀비틀 침대로 다가가 그대로 털썩 몸을 던졌다. 이어 아득히 의식이 흐려지면서 나는 곧 깊은 잠 속으로 빠져들었다.

51장
드라큘라를 보다.

그리 혼곤히 잠이 들었다가 내가 다시 눈을 뜬 것은 오전 11경이었다. 오늘 총리와의 약속은 오후 2시였다. 얼른 침대에서 일어나 창가로 다가갔다. 이어 가만가만 창문을 열고 바깥을 내다보니 그 사이 취재진은 물러가고 대문 밖은 사람 하나 없이 조용했다. 오후 1시경 나는 현관문을 나섰다. 곧 앞마당을 지나 잠시 후 대문을 나와 곧바로 담벼락에 주차해둔 승용차로 다가갔다. 이어 내가 막 운전석 문을 열고 차에 오르려는데, 누가 불쑥 말을 걸어왔다. 얼른 돌아보니 웬 소년 하나가 눈앞에 서 있었다. 대략 열댓 살 안팎의 중학생으로 보였다. "저어... 죄송하지만... 사인 좀 해주실래요?" 소년이 대뜸 수첩을 내밀었다. 수첩 사이에 검정색 사인펜이 끼워져 있었다. 나는 그 수첩을 건네받아 거기에 내 이름과 함께 당일 날짜를 써 주었다.

소년은 만족스러운 듯 미소를 지었다.

"오늘 학교에 안 가는 날이니?" 내가 수첩을 돌려주면서 무심코 물었다. "아니요. 아저씨한테 사인 받으려고 조퇴했어요." 소년이 대답하더니 쑥스러운 듯 얼굴을 붉혔다. "너 그럼 안 돼. 아빠한테 혼난다. 학생이 학업에 충실해야지." 내가 살짝 나무라듯 말했다. 순간 중학교 시절의 아버지 생각이 났던 것이다. "참! 아빠한테 아저씨 말씀 많이 들었어요!" 소년이 문득 떠오른 듯 말했다. "아빠라니?" 하고 말하는 찰나 절로 한 사람이 떠올랐다.

"너 혹시……"

내가 곧 경찰서 이름을 말하자 소년이 냉큼 고개를 끄덕거렸다. 그랬다. 그 소년은 다름 아닌 경관 A가 말하던 그 괴기 소설류를 좋아한다는 중학생 아들이었다. "그럼 혹시 어젯밤에 소리친 게……" 내가 말하자 소년이 재깍 고개를 끄덕였다. 그러곤 또 쑥스러운 듯 낯을 붉히며 뒷머리를 긁적거렸다. 잠시 후 나는 소년에게 '지금은 약속이 있어 어디를 좀 가는 길이니 나중에 시간 날 때 다시 집으로 놀러오라'고 말했다. 다시 볼 수 있다는 생각에서였는지 소년은 썩 기쁜 모양이었다.

소년은 연신 싱글싱글하면서 방금 제 수첩에 써 준 내 사인에 눈을 박고 있었다. 그러다 별안간 제 입을 쫙 벌리고는 내 앞으로 대뜸 그 입을 들이밀었다. 순간 나는 소년의 입속에서 대번 나의 그 송곳니를 보았다. 즉 소년은 흡사 핼러윈 데이 소품 같은 가짜 드라

쿨라 송곳니를 그 입속에 몰래 끼우고 있었다. 그렇듯 소년은 날카로운 송곳니를 드러낸 채 내 앞에서 잇달아 벙싯벙싯 웃고 있었다. 그랬다. 소년은 그 순간 영락없는 드라큘라였다. 하지만 누구보다 밝고 천진스러운, 착하디착한, 여리디여린 새로운 유형의 또 다른 드라큘라였다.

52장
총리 공관에서

그것은 뭐랄까. 더 크고 더 화려하고 더 다채롭고 더 재미있으면서도 또한 정반대로(적어도 내 시각으로는) 더 길고 더 따분하고 더 의도적이고 더 지루했다. 어쩜 그것은 거의 완벽한 정치 쇼였다. 그날 삼청동 총리 공관 잔디밭에서 진행된 그 행사(나의 인터뷰를 겸한 일종의 특별 문화 행사)는 치밀하게 준비된 한 편의 기만적 가면극이었다. 즉 다양한 부류의 인간들과 다양한 형태의 욕망들과 다양한 방식의 이해관계 그리고 다양한 색채의 거짓과 유혹과 퍼포먼스가 한데 어우러졌다. 그것은 취재진과 연예인, 정치인, 유명인, 마술사, 그리고 정부 고위 인사 등이 등장하는 하나의 눈부신 정략적 블랙코미디였다.

나는 그제야 집 앞에서 취재진들이 사라진 이유를 깨달았다. 간밤의 그 취재진들 또한 이곳으로 죄 몰려와 있었던 것이다. 이날 법무 P는 등장하지 않았다. 그럼에도 이곳 총리 공관에는 온통 P의 냄새가 진동했다. 구석구석 빈틈없이 P의 시선과 색채가 스며들어 있었다. 나는 돌연 개라도 된 듯 P의 냄새를 맡으며 연신 콧구멍을 벌름거렸다. 형준이 입을 벌리자 숨소리 하나하나, 단어 하나하나마다 물컥 P의 냄새가 배어나왔다. 이날 연단에 선 형준의 표정은 그대로 P의 표정이었고 그의 몸짓은 그대로 P의 몸짓이었다. 그렇 듯 준비된 프로그램을 모두 끝막음하는 그 순간까지 P의 존재감은 잠시도 그 공간을 떠나지 않았다. 마치 보이지 않는 그녀가 외려 이날 행사의 최종 연출자이자 총괄 지휘자처럼 느껴졌다.

'총리님의 단짝! 개로 변하는 남자!'

현수막에는 이런 표어가 찍혀 있었다. 총리님의 단짝, 개로 변하는 남자. 이날의 주인공은 물론 바로 나, 개로 변하는 남자였다. 하지만 내가 총리와 함께 무대 위에 올라 그날 사회자의 진행에 따라 그들 관객과 취재기자 등을 상대로 인터뷰를 하는 동안에도 사람들의 시선은 대부분 내가 아닌 총리 형준에게 쏠려 있었다. 즉 개로 변하는 남자인 나를 주제로 한 일종의 총리 자신을 위한 인터뷰 같은 느낌이었다. 게다가 누구의 아이디어였는지 행사 막바지에는 획기적인 퍼포먼스도 선보였다. 바로 전문 마술사가 구현하는 '개로 변신하기 마술'이었다.

마술사는 그 자리에서 자신이 개로 변신하는 마술을 거의 완벽하게 시현했다. 그 모습이 워낙 감쪽같아 나는 등골이 오싹하며 전신에 좍좍 소름이 돋을 지경이었다. 어떻게 그런 마술(트릭)이 가능했을까. 실제로 입속에서 송곳니가 자라나고 이내 엉치뼈에서 꼬리가 뻗어 나오더니 이윽고 몸 전체가 완전히 개의 형태로 변했던 것이다. 그 모습은 거의 나의 3번 변신 유형과 흡사했는데, 다만 나의 경우와는 달리 그 개는 변신 이후에도 계속 인간처럼 직립 상태를 유지했다. 그토록 정교하고 치밀한 마술사의 연기는 단숨에 보는 이들의 눈과 혼을 훔쳤다. 관객들은 저마다 넋을 놓은 채 무대 위의 그 광경을 지켜보았다.

마침내 개로 변신한 마술사가 사람들을 향해 으르렁대기 시작하자 좌중에서 일제히 전율이 솟고 곳곳에서 잇달아 발작적 탄성이 터져 나왔다. 마술사는 더 크게 아가리를 벌리고 금시라도 좌중을 향해 와락 달려들 듯이 무섭게 으르렁거렸다. 그 소리가 어찌나 실감나는지 사람들은 절로 간담이 서늘해지면서 이내 와르르 소름이 돋았다. 그사이 더럭 겁이 났는지 무대 한옆에서 지켜보던 남녀 사회자는 벌써 어딘가로 스리슬쩍 달아나고 없었다.

바로 그때였다. 마술사가 갑자기 무대에서 번쩍 바닥으로 뛰어내리더니 그대로 와락 좌중으로 달려들어 거기 앉은 한 여자의 목덜미를 입으로 콱 찍어 물었다. 이어 여자의 입에서 컥! 하는 외마디소리가 터지면서 이내 그 목덜미에서 벌건 핏줄기가 콱 솟구쳤다. 대번 좌중에서 소스라쳐 놀란 단발성 비명과 함께 일시에 돌발적 웅성거림이 일었다. 다음 순간! 핏물이 줄줄 흐르는 그 여자의 살점을 입에 문 채 마술사는 그대로 펑! 사라져 버렸다.

그사이 여자는 피칠갑을 한 채 바닥에 쓰러져 혼절했고 회중은 일제히 기절초풍하여 순식간에 사방으로 흩어져 버렸다. 그때 저쪽에서 별안간 건장한 사내 둘이 나타나 곧장 이쪽으로 달려왔다. 한 사내의 손에는 들것이 들려 있었다. 둘은 막 병원차에서 내려 달려온 듯 푸른색 남자 간호사 복장을 한 채였다. 사내들은 즉각 실신한 여자를 들것에 옮겨 싣고 나서 다시금 신속히 저쪽으로 모습을 감췄다.

(...사내 둘이 막 무대 뒤편으로 사라지는 찰나) 총리가 벌떡 자리에서 일떠서며 적이 만족스러운 얼굴로 잇달아 짝짝 박수를 쳤다. 그제야 사람들은 그게 다 하나의 깜짝쇼였음을 깨닫고 돌연 공포심을 눅잦히며 다시금 자석에 달라붙듯 우르르 총리 주위로 몰려들었다. 이어 곳곳에서 일제히 환호와 휘파람, 우레와 같은 박수가 터져 나왔다. 별안간 회중 속에서 누군가가 큰 소리로 '총리님 만세'를 외쳤다. 이내 사람들도 덩달아 열광적으로 호응하며 총리를 연호했다.

총리님 만세! 총리님 만세!
총리 각하 만세! 총리 각하 만세!
총리 각하 만만세! 총리 각하 만만세!

그리하여 그곳은 순식간에 총리의 독무대로 변했다. 나는 입을 꾹 다문 채 총리 곁에 바짝 붙어 서서 마지못해 그들 분위기에 동조하며 건성건성 박수를 치고 있었다. 그러다 갑자기 기분이 묘해지면서 당장이라도 불쑥 송곳니가 뻗어 나올 듯이 잇몸이 근질거리기 시작했다. 이어 내가 흘끔 고개를 돌리자 이내 총리의 그 살찐 목덜미가 눈에 비쳤다. 순간 왜 그랬는지, 방금 전 개로 변한 마술사가 그 여자의 목덜미를 콱 물어뜯는 장면이 번뜩 떠올랐다.

53장
총리와 송곳니의 나라

그날 총리의 작전은 대성공이었다.

그것은 실로 엄청난 히트를 쳤다.

그의 전략은 어김없이 그대로 들어맞았다. 그날의 영상은 대번 국민들의 눈을 사로잡았다. 온 나라가 일시에 그 영상에 홀려 절로 깜박 정신을 빼앗겼다. 특히 개로 변신한 마술사가 그 여자의 목덜미를 콱 물어뜯어 벌건 핏물이 뚝뚝 떨어지는 살점을 입에 문 채 그 자리서 펑 하고 사라지는 장면은 그야말로 그 끔찍한 잔혹성과 감쪽같은 리얼리티로 인해 온갖 추측과 논란과 충격을 불러일으켰다. 즉 사회 곳곳에서 대번 비슷한 의혹들이 제기되면서 동시에 강한 위구심을 야기했던 것이다.

바로 그 장면이 단지 연극이 아니라 실제 상황일지도 모른다는 도발적 주장이었다. 그러면서 그들은 그날 그 개로 변한 마술사의 실체를 당장 밝히고 아울러 그 자리서 목덜미를 물어뜯긴 그 여자의 신상과 안전 여부 또한 명명백백히 밝히라고 강력히 요구했다. 즉 그 마술사의 정확한 실체와 더불어 그 여자의 실제적 무사를 직접 확인해야만 그것이 한낱 퍼포먼스에 불과했다는 걸 믿을 수 있다는 논리였다. 하지만 그 논란의 중심에 선 총리는 무슨 이유에선지 계속 묵묵부답으로 일관했다. 그리고 그런 총리의 행동은 갈수록 더 불안과 혼란과 의구심을 증폭시켰다. 그렇게 국민들의 시선은 온통 총리 일인에게 쏠려 있었다.

국민들은 어느덧 총리의 일거수일투족마다 일일이 촉각을 곤두세우며 번번이 대립적인 시각으로 반응했다. 그럼에도 무슨 꿍꿍이인지 총리는 계속 고집스레 입을 다물었다. 그 뒤 석 달쯤인가 지났다. 그사이 총리가 우려하던 '그 비리 의혹'은 언제인지 모르게 소리 소문 없이 싹 사그라져 버렸다. 그즈음 어영부영하는 사이 또 하나가 슬그머니 자취를 감췄다. 바로 '그날 그 마술사와 그 여자의 실체를 명확히 밝히라는 의혹성 주장'이었다. 전날 그것을 주장하던 사람들은 모두 어디로 갔을까. 한순간 불같이 일어났다 돌연히 연기처럼 흩어져버린 사람들. 너무도 허망하고 갑작스러운 증발이었다. 이제 그들이 떠나버린 그 자리에는 다만 총리의 이름과 위상과 인기만이 오롯이 남아 있을 뿐이었다. 그렇듯 그들의 사라짐과 동시에 세상은 오롯이 총리 자신만의 완전한 독천하로 변했다.

54장
송곳니의 가치는 치솟고

그날 총리 공관에서 인터뷰 행사가 있은 뒤 나의 인기는 더한층 무섭게 치솟았다. 그 인기는 대략 6개월쯤 고공 행진을 이어가다가 어느 순간 그 최고의 정점을 찍고 나서 마침내 상승세가 주춤하면서 그대로 점차 하향세로 접어들었다. 바로 그 인기 절정의 6개월여 동안 나는 실로 놀라운 것들을 경험했다. 일테면 평생 아는 척한번 하지 않던 이웃들이 다가와 일부러 먼저 알은체를 했다. 또한 집 대문 앞에는 밤낮으로 온갖 취재진들이 붙어살았다. 무슨 베이스캠프라도 되는 듯 일부는 아예 텐트나 천막을 치고 그 자리에서 연일 숙식을 해결할 정도였다.

또한 길거리마다 즉각 사람들이 알아보고 서슴없이 다가와 사인과 사진 촬영을 요구했다. 그러면서 난생처음 본 사람들이 아주 오래된 친구라도 되는 양 선뜻 말을 건네면서 서로의 나이는 아랑곳없이 아랫사람 대하듯 스스럼없이 굴었다. 어떤 이들은 허물없다 못해 무례하게도 기념사진을 찍으면서 자꾸 입을 한번 벌려봐 달라고 주문했다. 그런 다음 내가 응하지 않자 '되게 비싸게 군다는 둥, 엄청 거만하다는 둥, 몹시 불친절하다는 둥' 공연한 생트집으로 고약스레 심술을 부렸다.

나는 시도 때도 없이 인터뷰를 하고 광고를 찍고 방송 출연을 했다. 그 과정에서 내 의지는 숫제 온데간데없었다. 즉 복장은 건네주는 대로 입었고, 주둥이는 써준 대로 놀렸고, 행동이나 표정은 그저 요구받은 대로 기계처럼 따랐다. 여러 정치인을 비롯한 수많은 인사들과 이런저런 목적으로 기념 촬영을 했다. 또한 전국 방방곡곡 온갖 이름으로 진행되는 각종 행사에 불려가 별의별 방식으로 일회성 들러리를 섰다. 바로 그 6개월여 사이 총리와 법무 P 그리고 나, 이렇게 세 사람은 대략 10번쯤 만났고 그중 7번은 공식적인 정치 행사에서 만났다.

나머지 3번은 그때 그 밀실에서 따로 비밀리에 만났다. 본래 돈에는 무신경하고 계산에는 젬병인지라 그간 돈을 얼마나 벌었고 또 그것을 어디에 어떻게 썼는지 나는 전혀 알지 못했다. 또한 전부터 내 수중에 돈이 없던 것도 아닌지라 그런 것에는 거의 무관심했다. 내 돈의 수입과 지출은 두 남자가 대신 관리했다. 둘은 총리가 보내준 사람들이었다. (항상 검은 정장에 선글라스 차림이어서 단적으로 확신할 순 없지만, 왠지 낯이 익은 게 지난번 총리 공관에서 마술 쇼를 벌일 때 들것을 들고 나타났던 그 푸른색 간호사 복장의 사내들일 거란 느낌이 들었다.)

둘은 거의 24시간 내내 내 곁에 찰싹 달라붙어 있었다. 잠도 아예 우리 집을 숙소 삼아 안방과 거실을 돌아가며 각각 따로따로 잤다. 아마도 그날 거실에서 자는 사람은 좀 더 바짝 신경을 기울여 밤새 자다 깨다를 반복하면서 수시로 나의 동정을 관찰하는 느낌이었다. 총리님의 각별한 호의로 단짝 친구분인 선생님을 보호하기 위해 불철주야 최선을 다하는 거라 말했지만 실상 보호가 아니라 철저히 지능적으로 감시를 당하는 느낌이었다. 그러다 내 인기가 막 정점을 지났을 무렵 둘은 온다 간다 말없이 홀연 자취를 감추고 말았다.

그러면서 그간 벌어들인 내 수입은 땡전 한 푼 안 남기고 게걸스레 죄 훑어가 버렸다. 이른바 재주는 내가 넘고 돈은 엉뚱한 놈이 챙긴 것이다. 바로 놈들의 주인인 총리 형준 말이다. 그리 가진 돈이 많으면서도 또 무슨 돈이 더 필요한지는 의문이었다. 이따금 더러 외국 방송사에서도 취재를 왔다. 즉 그들의 말인즉슨, 개로 변하는 남자를 만나보러 왔다는 것이다. 나는 그들과 직접 대면하기 전까지만 해도 내가 그 정도로 외국에까지 알려져 있다는 걸 전혀 실감하지 못했었다. 단지 외국 방송에서 몇 번인가 흥미 위주의 가십성 기사로 잠시 소개가 된 적 있다는 사실 정도만 알고 있을 뿐이었다.

그중에서도 가장 경이로웠던 장면은 바로 어머니와의 재회였다. 독일에서였다. 나는 독일에서도 여느 톱스타 못잖은 인기와 더불어

대대적인 환영을 받았다. 그런 아들로 인해 어머니는 덩달아 연구차 머물던 그 대학에서 일약 스타가 되었다. 그 순간 어머니는 정말로 행복한 표정이었다. 살아생전 아들의 도움을 받는 일이 있으리라곤 생각지 못했다며 끝내 그만 눈물을 비친 것이다. 처음이었다. 그렇듯 나는 난생처음 어머니의 눈물과 정면으로 맞닥뜨렸다. 그랬다. 그토록 강인하고 이성적이던 어머니 또한 어쩔 수 없는 또 하나의 연약한 심령, 가여운 영혼, 얼핏 담담하면서도 풍요로운 한 모성의 순정한 감성적 응결체였다. 그런 어머니의 눈물을 보노라니 이내 코끝이 시큰하면서 절로 눈물이 핑 돌며 나는 우릿한 감동에 사로잡혔다. 아닌 게 아니라, 어머니는 일평생 처음으로 아들의 덕을 본 것이다.

나는 독일에서 꼬박 3일 밤을 머물렀다.

일정은 눈코 뜰 새 없이 바빴다. 거기 독일서도 여지없이 송곳니의 인기를 실감했다. 방송에선 연일 '개로 변하는 인간 이야기'를 내보냈다. 내가 어머니한테 그게 다 만들어진 허상이라고 말하자 어머니는 곧 빙긋이 웃으면서 이렇게 말했다. "그게 바로 현대인과 미디어가 해결해야 할 근본적 아이러니란다……" 어머니의 그 남자(김 모 박사)는 첫날 잠깐 나랑 인사를 나눈 뒤 내가 한국으로 되돌아가는 그날까지 3일 내내 전혀 얼굴을 보이지 않았다. 아마도 어머니와 나, 우리 둘만의 오붓한 시간을 방해하지 않으려는 속 깊은 배려였을 터였다. 독일에서의 그 3일은 정말이지 3시간처럼 느껴질 만큼 눈 깜짝할 새 지나가고 말았다. 그 마지막 날, 공항에서 어머니는 말해봐야 소용없는 일인 줄 뻔히 알면서도 일부러 이렇게 물었다. "여기 머물면서 철학을 다시 공부해 보는 건 어떠니?"

돌아오는 비행기 안에서 나는 절로 P란 여자에 대해 생각했다. 사실 이 모든 일정이 다 P의 머리에서 나온 것이었기 때문이다. P로부터 처음 이 계획을 전해 들었을 때 나는 대뜸 욕부터 튀어나왔다. (이 망할 년! 미친 년! 더러운 암캐! 편집광! 욕망에 사로잡힌 눈먼 암퀭이! 왜 애먼 어머니까지 못살게 굴어!) 이번엔 또 무슨 이득을 얻으려는 걸까. 당장 거세게 의구심이 솟구쳤다.

당연히 절대로 안 된다며 단호히 반대했다. 그러다 결국 '어머니한테 도움이 된다'는 그녀의 말에 그만 생각을 되돌리고 말았다. 그녀 말마따나 이번 독일행이 어머니에게 도움이 된 것만은 틀림없어 보였다. 한데, 이 한 가지는 내내 의문이었다. 즉 그렇다면 이번 독일행이 그녀 P에게는 대체 어떤 도움이 되었을까. 그건 알지 못한다. 다만 나는 어머니로부터 P가 곧 이 대학에서 명예박사 학위를 수여받을 거란 이야기를 전해 들었다. 그런데 그게 과연 그녀에게 무슨 도움이 되는 걸까? 혹 나중에 이 대학의 교수 자리라도 보장받은 걸까? 하기야 그 속을 다 어찌 알 수 있으랴.

55장
밀실 안의 세 사람

그리 독일을 다녀와서 얼마 안 가 우린 밀실에서 새로 만났다. 형준과 나 그리고 P. 둘은 또 찰싹 달라붙어 시시거리고 있었다. 나는 묵묵히 술잔만 기울였다. 셋 다 불콰하게 취했다. 앞에 있는 나는 아랑곳없이 둘은 계속 히히거리며 농지거리를 주고받았다. 얼마쯤 지났다. 형준이 돌연 정색하며 입을 열었다. "넌 어찌 생각하나?" 밑도 끝도 없는 질문이었다. 내가 멍히 바라보자 녀석이 말을 이었다. "그날 그 마술사와 여자 말이야. 그 둘이 누구라고 생각하냐?" 나는 그 둘이 아마 '함께 마술을 공연하는 같은 팀 동료이거나 아니면 부부일 거'라고 대답했다. 녀석은 잠시 입을 다문 채 물끄러미 날 응시했다.

"넌 그게 마술로 보이냐?"
녀석이 다시 입을 열었다.

"음... 고도로 정교한 실력이지만 분명 마술적 트릭일 거야." 내가 대답했다. 곧 녀석이 게슴츠레한 눈으로 나를 쏘아보았다. "멍청한 놈!" 녀석이 혼잣소리로 내뱉었다. 녀석은 곧 말을 이었다. "자식아, 세상에 공짜는 없어. 얻는 게 있으면 반드시 잃는 것도 있는 법이지. 예컨대. 어떤 놈은 돈 때문에 사람을 물어뜯기도 해. 또 어떤 엄마는 자식 때문에 목숨을 팔기도 하지. 저는 죽어도 자식을 살릴 수만 있다면 말야. 그리고 어떤 놈은 또 돈과 권력으로 그것을 사고 말이야. 그렇다고 미안해하거나 죄책감을 가질 필요는 없어. 피차 공정한 거래니까. 어차피 값을 치른 것이니까. 다시 말해 억지로 강요한 게 아니니까 말이야.

단지 서로 필요한 걸 주고받은 것뿐이니까 말야. 좌우간 세상에 아무리 정교한 스킬도 아직 실제를 능가하진 못해. 실제 피와 가짜 피는 냄새부터 다르단 말야. 그건 그렇고. 그럼, 그들은 지금 어디 있을까? 답은 간단해. 왜 이런 말이 있지. 죽은 자는 말이 없다. 그렇다면 산 자는? 그 또한 간단하지. 말이 없게 만들면 되는 거니까. 헌데, 범죄학에서 쓰는 말로 이런 것도 있지. 죽은 자는 말이 없지만, 죽은 몸은 말을 건다. 즉 죽은 자는 입이 닫혀 말이 없지만, 죽은 몸은 스스로 많은 단서를 담고 있단 말이지. 그럼 어찌해야 할까? 답은 간단해. 결론은 아주 단순하단 말이지. 그래. 바다로 가는 거야. 먼 바다로. 아주 먼 바다로. 그리고 퐁당! 쥐도 새도 모르게 고기밥을 만드는 거지."

"이건 애들 소꿉장난이 아냐."

녀석이 말을 이었다.

"동네 구멍가게 놀음이 아니란 말이지. 즉 하려면 제대로 하든가. 아니면 당장 멈춰야 해. 쇼를 해도 확실하게. 한 번을 해도 강렬하게. 단번에 콱 휘어잡아야 해. 그래야 쇼를 해도 쇼를 한 보람이 있을 테니까 말야. 말하자면 진짜 개가 진짜 송곳니로 진짜 사람의 목을 콱 물어뜯어야 한단 말이지. 그래. 그래야 의미가 있어. 그날 그 놈은 마술사가 아냐. 아직 의학적으로 그 원인이 밝혀지지 않은 극도로 희귀한 돌연변이지. 일테면 사람으로 태어났지만, 천성적으로 개의 속성을 물려받았어.

즉 날카로운 송곳니와 함께 사람의 사지와 개의 꼬리를 가진 돌연변이 반인반수 괴물 개란 말이야. 그러니 어때? 미리 살짝 트릭을 써서 얼굴과 몸만 변장하고 나타나면 된단 말이지. 어차피 송곳니와 꼬리는 진짜니까 말이야. 그 변장은 간단해. 영화 분장사를 시켜 특수 분장을 하게 하면 되니까 말야. 그래서 마스크와 두건을 쓰고 검고 긴 외투로 몸을 가린 채 나타났던 거야. 그다음은 알다시피 식은 죽 먹기지. 마스크와 두건 그리고 외투. 그저 하나하나 순서대로 벗겨내기만 하면 되니까 말이야. 그러곤 짜잔! 인간 개로 변신하는 거지." 도저히 믿기 어려운 말이었지만, 나는 믿지 않으려야 믿지 않을 재간이 없었다. 단지 우스갯소리로 보기에는 녀석의 설명이 너무도 진지했기 때문이다.

"그럼 펑! 하고 사라진 건 어찌된 걸까?"

녀석이 또 입을 열었다. "그건 더 간단한 거야. 그 정돈 마술도 뭐도 아니란 말이지. 그저 애들도 할 수 있는 흔해빠진 속임수니까 말야. 우선 펑! 하는 소리는 효과음이야. 물론 준비된 음향 효과지. 그리고 연기는 물론 안개 효과야. 예식장에서 흔히 쓰는 드라이아이스 말야. 그럼 그 개는 과연 어떻게 사라진 걸까? 그 또한 간단해. 바로 그 개한테 목을 물어뜯긴 여자가 쓰러지고 한차례 혼란이 이는 순간 갑자기 펑! 소리가 나고 짙은 연기가 피어오르지. 그 바람에 주위는 더 혼란스러워지고 사람들은 도무지 그 개한테 신경 쓸 여유가 없었을 거야.

바로 그때!

그 개는 잽싸게 무대 위로 되돌아간 거야. 이어 거기 벗어 놓은 두건 달린 외투를 신속히 몸에 걸치지. 하지만 미리 계획한 대로 이번엔 뒤집어서 거꾸로 입는 거야. 그럼 처음과 달리 흰색으로 변해. 겉과 속의 색상이 흑백으로 다르니까 말야. 이제 그 개는 흰색 외투로 몸을 감춘 채 두건을 폭 덮어쓰고 고개를 푹 숙인 채 태연히 두 발로 걸어 유유히 그 자리를 빠져나가겠지. 혹여 누가 보더라도 그게 마술사라 생각하긴 어려웠을 거야. 첨에 등장할 때 온통 검은 색투성이였으니까. 그니까 처음엔 '검은 악마'처럼 등장했다가 마지막엔 '하얀 천사' 처럼 퇴장하는 방식이랄까.

  뭐, 그런 셈이지.

  그리고 그 개가 무대 모퉁이를 돌아 이제 막 사람들의 시야에서 사라졌을 때 거기 대기하던 친구들이 왈칵 그를 반기지. 바로 간호사 복장으로 등장했던 그 사내 둘 말이야. 그 건장한 어깨 둘. 물론 이번에는 그 둘 말고도 여럿이 더 합세하고 있었겠지. 만일의 사태를 대비해서 말이야.
  내가 키우는 똘마니들. 내가 거느린 조직원들. 내가 특별히 아끼는 비밀 전투원들 말이야. 알다시피 상대는 예사 놈이 아닌 무서운 송곳니에 그 자리서 당장 사람 두엇쯤은 간단히 때려죽일 만큼 괴력을 지닌 반인반수의 사나운 괴수니까 말이지. 물론 놈의 저항도 만만찮았지.
  과연 놈은 돌연변이 야수가 틀림없더군. 그 통에 부하 여럿이 결국 병원 신세를 지고 말았거든. 그중 두엇은 크게 다쳐 거의 죽다 살았지. 그 즉시 병원으로 달려가 응급수술을 받아야 했으니까 말야. 미리 소음기가 장착된 권총이나 동물 마취제라도 준비했어야 했는데, 설마 그 정도로 강하리라곤 미처 생각지 못한 데다 또 이쪽의 숫자만 믿고 전력을 과대평가한 나머지 일순 방심했던 거야. 자, 그리된 거야. 그리된 셈이지. 그래. 그런 식으로 척척. 순조롭게, 차근차근, 순리대로. 애초 우리가 계획한 대로. 처음부터 착착 우리 뜻대로 흘러간 거야……"

56장
음해성 루머

젊고 아름답고 이지적인 법무장관 P는 늘 루머에 시달렸다. 대개는 질투와 시기로 얼룩진 음해성 루머들이었다. 경찰서, 검찰, 방송사, 신문사, 인터넷, 페이스북, 인스타그램 등 온갖 곳에 투서(리스트)와 루머가 떠돌았다. 개중에는 법무 P와 VIP가 그렇고 그런 사이라든가, 모 재벌 그룹의 나이든 회장이 그녀의 스폰서라는 얘기도 있었다. 한데 아이러니한 것은, 정작 총리와 P, 즉 이 둘에 관한 루머는 단 한 건도 없었다는 것이다. 하지만 루머는 그저 루머일 뿐이다. 루머가 그냥 루머가 아닌, 근거 있는 루머가 되려면 관계 당국의 적극적인 관여와 조사가 필요하다.

그런데 그 루머의 직접 당사자인 P는 바로 그 관계 당국의 정점에 서 있었다. 이것이 곧 루머가 단지 루머일 수밖에 없는 이유였다. 나는 그런 루머나 리스트 따위에는 아예 관심을 두지 않았다. 그러다 돌연 관심이 솟구쳤는데, 그 리스트 속에 혹 내 이름도 올라 있을지 모른다는 의심 때문이었다. 물론 그녀와 나는 루머에 오를 만큼 내밀한 사이는 아니었으므로 그럴 가능성은 별로 높지 않았다. 그럼에도 한 번쯤은 짚고 넘어가야 할 이유가 있었다. 그간 공식 석상에서 '나와 서로 친근한 사이'라고 그녀가 여러 번 밝혔기 때문이다.

나는 정말 오랜만에 컴퓨터를 켜고 인터넷으로 즉각 P와 관련된 각종 정보들을 검색했다. 이왕 시작한 거 가능한 한 최대한 노력을 기울여 더 많은 정보를 꼼꼼히 찾아보았다. 그렇지만 결론부터 말하면 허탕이었다. 정보가 너무 단순해 외려 실망스러울 정도였다. 무슨 거창한 로맨스를 기대한 건 아니었지만, 혹 소개팅을 했던 이야기가 있을지도 모른다는 순진한 환상 때문이었다. 하기야 있다 해도 벌써 보이지 않는 손이 작용해 검색 가능한 자료에서 사라졌을 터이다. P와 나. 둘과 관련된 것이라곤 어머니를 중심으로 한 단순한 인맥관계 정도였다. 즉 나는 어머니의 아들이고 그녀는 어머니의 대학 후배이며 그 뒤 같은 K대학에서 똑같이 법학과 교수로 재직했다는 정도의 정보 말이다. 그 외 그녀와 관련된 루머들을 한데 모아 몇 차례 죽 훑어보았지만 결국 내 흥미를 끌만한 내용은 찾지 못했다.

나는 2층 방을 나와 거실로 내려갔다.

부엌에서 와인 한 병과 와인 잔을 가지고 소파로 가 앉았다. 와인 잔에 와인을 따라 마시다가 바로 앞 탁자에서 리모컨을 집어 티브이를 켰다. 마침 뉴스 프로가 방영되고 있었다. 그런데 화면에 눈에 익은 얼굴이 비쳤다. 자세히 보니 경관 A였다. 바로 아들이 드라큘라 흉내를 내는 그때 그 경관 말이다. 그의 아들은 전에 사인을 받아간 뒤로는 아직 만난 적이 없었다. 그 뉴스의 내용을 들어보니 경관 A가 전철 안에서 소매치기 하나를 현행범으로 검거했다는 소식이었다. 내가 그 생각을 떠올린 건 바로 그때였다. 다음 날 나는 그 경찰서로 전화를 넣었다. 이윽고 경관 A가 전화를 받았다. 내가 그에게 내 생각을 말하자 그는 대번 난처한 기색을 보였다. 전화기 너머로도 곤란해하는 그의 모습이 훤히 들여다보였다.

잠시 후 나는 전화를 끊었다.

대문 앞엔 여전히 취재진들이 남아 있었지만 그 숫자는 눈에 띄게 많이 줄었다. 이미 텐트나 천막은 말끔히 철수했고 아직 남아 있는 이들도 그저 습관적으로 한두 시간 정도씩 머물다가 한순간 지체 없이 발을 돌리곤 했다. 매일 같이 찾아오던 이웃들도 서서히 발길이 끊겼다. 아직 인기 자체는 시들지 않았지만 전에 비하면 뜨거운 정도는 아니었던 것이다. 길에선 여전히 사인이나 기념사진을 부탁하는 팬들이 더러 있었지만, 보고도 못 본 척(또는 안 본 척) 딴전을 피우면서 그냥 휙휙 지나치는 행인들이 훨씬 많았다. 그러니까 내 인기는 어느덧 쇠퇴기로 접어든 지도 한참이 지나 바야흐로 급격히 하향 곡선을 그리면서 전날의 그 초라한 밑바닥을 향해 하염없이 곤두박질치고 있었던 것이다.

57장
경관 A의 방문

　며칠 후 경관 A가 혼자 순찰차를 몰고 나의 집을 방문했다. 정복 차림이었다. 아침 10시쯤이었다. 마침 취재진은 모두 철수한 상태였다. 우린 식탁에 마주앉았다. 내가 술을 권하자 근무 중이니 안 된다며 주스를 부탁했다. 술 대신 오렌지 주스를 내밀었다. 그가 주스를 몇 모금 마시더니 정복 점퍼 안주머니에서 뭔가를 꺼냈다. 먼젓께 부탁한 바로 그 자료였다. 즉 법무 P와 관련된 '루머 리스트'였다. 그가 내게 리스트를 건넸다. 나는 그것을 받아 대충 쓱쓱 훑어보았다. 나중에 자세히 읽어볼 요량이었다. 인터넷에 나와 있는 자료와 중복된 부분도 있었지만, 전혀 다른 내용도 꽤 있었다. 그는 내게 정보를 건네는 대신 한 가지 개인적인 부탁이 있다고 말했다. 일간 '자기 아들 학교에 한 번 방문해 달라'는 것이었다. 그러니까 그것이 내게 정보를 건넨 이유였다. 나는 그러겠다고 약속했다. 잠시 후 경관 A는 자리에서 일어섰다. 나는 대문 밖까지 그를 배웅했다.

58장
특별 수업: 송곳니

　며칠 후 나는 경관 A의 아들이 다니는 그 남자 중학교에 특별손님으로 방문했고 또한 학생들로부터 각별한 환대를 받았다. 그날 학생들과의 만남은 경관 A의 아들이 속한 2학년 학급에서 특별 수업 형식으로 진행되었다. 나는 경관 A의 아들 이름이 '창준'이란 걸 그때 알았다. 복도는 대번 다른 학급 학생들로 발 디딜 틈이 없이 가득 찼다. 나는 그날 학생들에게 기꺼이 내 입속을 보여주었다. 어른들과 달리 학생들은 놀라는 기색이 거의 없었다. 다만 학생들은 왕성한 호기심으로 눈만 더 또랑또랑해졌을 뿐이다. 나 또한 아무런 망설임 없이 학생들의 요구에 응했다. 학생들 앞에서는 결코 송곳니가 자라지 않기 때문이었다. 학생들은 설마설마하면서도 한편으로 기대감도 없지 않았는지 막상 내 입속에 송곳니가 없자 실망하는 눈빛이 적지 않았다.

　바로 그때였다.

경관 A의 아들이 불쑥 이렇게 말했다.

"정말 송곳니가 자라 나쁜 사람을 혼내주면 좋을 텐데." 나는 잠시 할 말을 잃었다. 그러다 겨우 입을 떼었는데, 이런 내용이었다. "여러분. 송곳니는 누구에게나 있습니다. 다만 송곳니는 사람에 따라 보이는 방법이 다릅니다. 즉 나쁜 시람은 다른 사람의 송곳니는 보이지만, 자신의 송곳니는 보이지 않습니다. 반면 착한 사람은 자신의 송곳니는 보이지만, 다른 사람의 송곳니는 보이지 않습니다. 여러분은 아직 송곳니가 보일 나이는 아닙니다. 그렇지만 머잖아 송곳니가 보이는 때가 올 겁니다. 빠르면 한두 해 뒤. 늦으면 서너 해 뒤. 그때 여러분은 어느 쪽이 되길 원합니까? 나의 송곳니를 보는 쪽이 되길 원합니까? 남의 송곳니를 보는 쪽이 되길 원합니까? 그 답은 오직 여러분의 마음속에 있습니다.

그 마음은 여러분의 양심일 수도 있고 정의감일 수도 있고 타인을 향한 배려심일 수도 있고 가난한 이웃을 향한 안타까운 눈빛일 수도 있고 또 누구나 다 아는 건전한 상식일 수도 있습니다. 하지만 남의 송곳니가 보인다고, 나의 송곳니가 보이지 않는다고 실망하지 마세요. 낙담하지 마세요. 누구나 실수도 하고 길을 벗어나기도 하고 어떤 기대나 원칙에서 어긋나기도 하고 또 이렇게 저렇게 잘못도 저지를 수 있기 때문입니다. 다만 남의 송곳니가 보였을 때, 나의 송곳니가 보이지 않을 때, 오늘 제가 드린 이야기를 떠올리세요. 그러면 어느 순간. 남의 송곳니는 사라지고, 돌연 거짓말처럼 나의 송곳니가 보일지도 모르니까요......"

59장
루머 리스트

　내가 그 루머 리스트를 다시 본 것은 그 중학교에 다녀온 뒤였다. 그간 책상에 올려놓고 거의 관심을 두지 않았다. 이래저래 정신 없이 바빴기 때문이다. 그러다 갑작스레 그 리스트를 떠올렸던 것이다. 곧 책상에 앉아 은은한 스탠드 불빛에 의지해 조용히 그 리스트를 읽어 내렸다. 거기에는 이미 알고 있는 내용도 있고, 아직 몰랐던 내용도 있고, 일견 있음직한 내용도 있고, 또한 전혀 예상치 못한 내용도 있었다.

　그렇지만 그것들이 그 순간 내 관심을 끌거나 어떤 흥미를 유발하진 못했다. 결국 나 자신과는 거의 관련이 없는 내용들이었기 때문이다. 이윽고 그 리스트를 마지막 한 줄까지 꼼꼼히 읽었지만, 그것을 읽기 전후 나에게는 별반 차이가 없었다. 그러자 괜스레 쓸데없는 일로 경관 A만 번거롭게 한 것 같아 조금 미안한 생각이 들었다. 곧 그 리스트를 책상에 내려놓고 나는 자리에서 일어나 창가로 다가갔다. 이어 반쯤 창을 열고 거기 우두커니 서서 창밖 어둠 속을 바라보았다.

쓸쓸한 늦가을 밤이었다.

"너도 나이를 먹는구나."

문득 아버지의 목소리가 귀를 울렸다. 바로 그때! 한 가지 생각이 돌연 머리를 쳤다. 나는 얼른 책상으로 다가가서 다시 찬찬히 그 리스트를 살펴보았다. 그러다 이윽고 이런 내용을 발견했다. 〈독일 H대학 모 교수와 내연관계〉 그게 다였다. 다른 정보는 전혀 없었다. 이내 솔솔 불안감이 피어올랐다. 대번 의혹의 안개가 짙어지기 시작하더니 이내 온통 내 머릿속을 점령하고 말았다. 나는 설마하면서도 좀처럼 그 생각을 떨쳐내지 못했다. 바로 어머니의 그 남자(김 모 박사)와 법무 P가 내연관계일지 모른다는 위험천만한 가정 말이다.

일단 그쪽으로 생각이 흐르자 절로 어떤 조각 하나가 맞춰졌다. 그랬다. 매우 단순한 사실이었지만 그동안은 전혀 의식하지 못한 바였다. 즉 '김 모 박사와 법무 P 그리고 어머니, 이들 세 사람이 모두 같은 대학에 재직했었다'는 사실 말이다. 물론 법무 P가 그 대학 부교수로 임용됐을 당시 어머니는 막 정년퇴임을 앞둔 상태였고 김 모 박사는 이미 퇴임한 지 수년째였다. 비록 그렇더라도 법무 P와 김 모 박사가 서로 어머니란 중간자를 통하지 않고서도 이미 아는 사이였을 가능성을 전혀 배제할 수는 없는 노릇이었다.

그리하여 뭔가 심히 불유쾌한 상상으로 나는 대번 머릿골이 띵하고 이어 지끈지끈 관자놀이가 쑤셔오기 시작했다. 그것은 도저히 떼어낼 수 없는, 너무도 추악하고 역겹고 구역질나는 지독한 악몽이자 흉측하기 그지없는 고약한 환영이었다. 그것은 털어내려 할수록, 지워내려 할수록, 잊으려고 할수록 더욱더 집요하게 나의 의식 속으로 깊숙이 파고들었다.

60장
추적 또는 의뢰

그 후 열흘 남짓 지났다. 나는 내내 머릿속의 그 생각과 씨름하며 혼자 고뇌하고 있었다. 마치 제자리를 빠져나온 나사못처럼 그것은 시도 때도 없이 머릿속을 굴러다녔다. 나는 애써 그것들을 밀어내며 끊임없이 생각을 돌리려고 시도했다. 그러다 결국 막다른 골목에 다다르고 말았다. 이제 더는 외면할 수도 거부할 수도 회피할 수도 없는 곤혹스러운 지경에 봉착하고 말았다. 뭔가 빠져나온 나사못을 제자리에 고정시킬 만한 즉각적이고 현실적인 조치가 절실했다.

마침내 나는 그러한 조치를 당장 그리고 과감히 취하기로 결단했다. 처음엔 경관 A를 떠올렸다. 그에게 넌지시 부탁을 해보면 어떨까 고민했다. 그러다 저절로 고개를 흔들었다. 지난번 그 리스트 사건으로 아직 미안함이 남아 있었던 것이다. 게다가 그 리스트의 주인공은 다름 아닌 법무장관이 아니었던가! 그에게는 필시 적잖은 부담감이 뒤따르는 난처한 일이었을 터였다. 그래서 또다시 뭔가를 부탁하기에는 무리라는 결론을 내렸다. 또한 이번 일은 내 어머니와 관련된 일이어서 최대한 은밀히 알아볼 필요가 있었다. 그런즉 슨 답은 이미 나와 있는 셈이었다.

즉 흥신소에 뒷조사를 의뢰하는 것이다.

어느 날 오후. 나는 K흥신소 소장과 마주앉아 음밀히 법무 P와 김 모 박사에 대한 뒷조사를 의뢰했다. 한쪽 벽면에는 옷장인지 서류함인지 사물함인지 모를 양문형 중고 철제 캐비닛 두 개가 나란히 놓였고, 녹색 부직포가 밑에 깔린 테이블 유리 위에는 소엽풍란 석부작 하나가 놓여 있었다.

그는 마른 얼굴에 광대뼈가 불거지고 짙게 콧수염을 기른 중년의 남자였는데, 헐렁한 재킷에 티셔츠를 안에 받쳐 입고 목에는 태양 모양의 금속 장식이 달린 끈 넥타이(cord tie)를 차고 있었다. 내 말이 채 끝나기도 전에 그는 대번 고개부터 흔들었다. 단지 의례적인 제스처가 아니라 정말로 하기 싫다는(일견 살짝 겁먹은) 표정이었다. 이윤즉슨 의뢰받은 상대가 감당하기 힘들 만큼 너무 거물이었기 때문이다. 즉 그로서는 자칫 완전히 신세를 조질 수도 있는 위험천만한 모험이었던 것이다.

나는 즉시 다른 곳을 찾아볼까 하다 이내 생각을 되돌렸다. 바로 그 의뢰할 대상이 대상이니만큼 어차피 반응은 어디나 엇비슷할 것이었기 때문이다. 그러니 이런 때는 달리 별수가 없다. 그 방법은 딱 하나뿐이다. 즉 순차적으로 계속 액수를 올려주면서 잇달아 피치 못할 사정임을 호소하며 끈질기게 애원하는 방식 말이다. 그러다 보면 한순간 그 액수에 꽂혀 점차 사고가 느슨해지고 그러면서 뭔가 자신이 의뢰자에게 선의를 베푸는 듯한 묘한 착각이 일면서 종국에는 은근슬쩍 승낙하고 마는 것이다. 그리고 그 방법은 거의 언제나 어김없이 통했다.

61장
후회 그리고 어머니

그 후 대략 달포쯤인가 지났다. 마침내 나는 그쪽으로부터 연락을 받고 시내 모처 여관방에서 비밀리에 흥신소 소장 K와 다시 만났다. 밤 10시경이었다. 그사이 나는 흥신소 사장에게 여러 차례 추가 비용을 지불해야 했다. 즉 의뢰받은 대상 하나가 바다 저 멀리 독일에 가 있었기 때문이다. 어쨌든 그 액수 따위는 전혀 문제가 되지 않았다. 추가되는 비용은 최대한 신속히 그리고 추적을 피해 매번 현금으로만 지불했다. 그때마다 집 근처 공원에서 그의 부하 직원들을 만나 내가 직접 가방에 든 돈뭉치를 건넸다. 그들은 늘 두 명이 한 조가 돼 움직였는데, 둘 다 헌팅캡을 내려쓴 잠바 차림이었고 그 하나가 가방을 건네받는 동안 다른 하나가 주의 깊게 주변을 경계하고 있었다. 그날 나는 K로부터 유에스비(USB) 메모리 한 개를 건네받았다. 그게 다였다. 그리고 그로부터 곧 몇 마디 설명의 말을 전해 들었는데, 그중 한 마디가 돌연 날카로운 비수처럼 날아와 나의 뇌리에 콱 틀어박혔다.

"꽤 오래됐던데요."

이후 내가 집으로 되돌아온 시각은 대략 새벽 1시쯤이었다. 나는 곧장 2층의 내 방으로 올라갔다. 그간 충분히 마음을 다진 상태였으므로 즉각 컴퓨터를 켜고 그 유에스비를 꽂았다. 그 문제의 유에스비 메모리에 저장된 것은 크게 두 가지였다. 하나는 적당히 편집된 시시티브이 영상이었고, 또 하나는 휴대폰 카메라로 직접 촬영한 듯한 영상과 여러 장의 증거 사진이었다. 그것으로 충분했다. 나는 그것들을 다 보기도 전에 흥신소 소장 K에게 절로 존경심이 일었다.

그동안 그들에게 들인 추적 비용이 전혀 아깝지 않았다. 그건 그렇다 치고. 결론부터 말하면 이렇다. 우리는 때로 '모르는 게 더 나았을 것'을, '차라리 몰랐어야 더 좋았을 것'을 끝내 속속들이 알아버리는 경우가 있다. 그리고 우리가 비로소 아차, 하고 그 사실을 깨달았을 때는 이미 모든 것은 너무 늦었다는 탄식과 함께 결국 되돌릴 수 없는 불행한 상태가 되고 마는 것이다. 그리하여 그 후회는 곧 내적 고통으로 이어진다. 이제 다시는 그전으로 되돌릴 수 없다. 또한 그것은 그 어떤 기억보다 더 오래 살고 그 어떤 흔적보다 더 오래 남는다. 바로 이것이 인간의 기억이 지닌 냉혹한 생명력이자 가혹한 잔인성이며 끈질긴 일관성이다.

(법무 P와 김 모 박사) 그들 둘은 어머니가 정년퇴임을 하기 수

년 전부터 이미 내연관계였다. 어떤 과정을 통해 두 사람의 관계가 그리되었는지는 다소 불분명했다. 아무튼 이제야 절로 의문 하나가 풀린다. 법무 P가 왜 나를 독일에 있는 어머니와 만나도록 주선했는지 말이다. 그때 김 모 박사는 첫날 잠깐 얼굴을 비친 뒤로 3일 내내 그림자도 보이지 않았다. 그 3일 동안 그는 어디에서 무엇을 했을까. 그랬다. 그는 곧장 한국으로 날아와 법무 P를 만났다. 그리고 바로 그 장소(전날 형준이 보여줬던 김 모 박사 소유의 개인 별장)에서 달콤한 밀회를 즐겼다. 그 별장은 여전히 그의 소유였다. 그 편집된 시시티브이 영상에는 두 사람이 감쪽같이 변장하고 공항에서 만나 그곳으로 이동하는 장면부터 이틀 뒤 다시 공항으로 돌아와 헤어지는 장면까지 거의 적나라하게 드러나 있었다. 게다가 둘은 최근에도 또 한 번 밀회를 가졌다.

바로 독일에서였다.

얼마 전 법무 P는 독일 H대학에서 주는 명예박사 학위를 받기 위해 그곳으로 출국했던 것이다. 그리고 그곳에서 둘은 교묘히(태연하게) 어머니를 따돌리고 그들만의 은밀한 시간을 보냈던 것이다. 즉 그날 P는 박사학위 수여식이 끝나자마자 곧장 귀국해야 한다며 그 자리에 참석한 두 사람과 헤어져 혼자 급히 공항으로 향했는데, 실은 김 모 박사가 그녀의 이름으로 모처에 미리 잡아놓은 어느 호텔로 이동한 것이었다. 그 후 P는 그곳에 먼저 도착해 예약된

객실에 여장을 푼 뒤 느긋한 기분으로 김 모 박사를 기다리며 홀로 그 순간의 행복감을 음미하고 있었다. 또한 김 모 박사는 그사이 개인적인 약속을 핑계로 손쉽게 어머니를 따돌린 뒤 곧장 자신의 차를 몰아 그곳 밀회의 공간으로 내달았던 것이다.

나는 곧 한 가지 의문이 일었다.

그렇다면 어머니는 과연 이런 사실을 알고 있을까? 아니면 그 사실을 전혀 모른 채 그 남자를 무조건 의지하며 철석같이 신뢰하고 있을까? 그 순간 나는 이렇게 인지한 그 남자의 비밀을 어떻게 처리해야 할 지 몰라 좀체 갈피를 잡을 수 없었다. 어쨌거나 어머니에게 먼저 알리는 것이 순리일 터였다. 한데 좀 더 숙고해보니 그것이 그리 단순한 일만은 아니었던 것이다.

그러니까 이런 거였다. 만약 어머니가 이런 사실을 전혀 몰랐다고 가정했을 때, 나는 공연히 그 사실을 까발려 어머니만 괴롭히는 결과를 초래하는 것이다. 또 하나, 만약 어머니가 이런 사실을 기지하고 있었다고 가정했을 때, 나는 괜스레 이런 사실을 나까지 알게 되었다는 것을 고지함으로써 역시 어머니를 더 고통스럽게 하는 결과를 불러오는 것이다. 설혹 어머니가 이미 둘의 관계를 알고 있었더라도 당신의 아들마저 그런 사실을 알게 되기를 원하지는 않을 터이기 때문이다. 그리하여 이래저래 나는 난감한 상황에 부닥친 것이다.

그런 상태로 일주일쯤 지났다.

나는 결국 입을 다물기로 결정했다. 또한 그날 받은 그 유에스비 메모리를 뒷마당에 영원히 묻어버리기로 결심했다. 그리고 지체 없이 그 생각대로 실행했다. 이것이 만약 어머니와 관련된 것이 아니었더라면 나는 P에 대한 복수 차원에서 그 즉시 방송국에 익명으로 투서를 했을 가능성도 배제할 순 없었으리라. 어쨌거나 나는 침묵하기로 한 나의 결정이 옳은 판단이라 믿었다. 그리고 내가 이런 결정을 한 결정적인 요소는 바로 다른 누구도 아닌 어머니 자신의 안녕과 기쁨과 행복이었다.

즉 이제 와서 어머니가 그 사실을 아느냐, 알지 못 하느냐, 하는 것은 그리 중요치 않다. 지금 이 순간, 중요한 건 오직 이 한 가지 사실뿐이다. 바로 어머니의 현재 모습은 분명 낙락하고 행복해 보인다는 사실 말이다. 그러므로 나에게는 실상 어머니의 그런 순편한 삶과 행복을 깨뜨릴 수 있는 아무런 권리도 주어지지 않은 것이다. 반면 나에게는 외려 어머니의 그 흔흔한 미소와 평탄한 현재를 지키고 보호해야 할 당위적 의무가 주어져 있었던 것이다. 그랬다. 어머니는 이 순간 다른 누구도 침범할 수 없는 그녀만의 본원적 자유와 권리를 지녔다. 바로 지금, 어머니는 마땅히 그녀 자신의 평온과 행복을 누려야 할 절대적 권리를 지니고 있었다.

62장
되찾은 고독

그토록 무섭게 치솟던 나의 인기는 서서히 하향세로 돌아서다가 어느 순간 급격히 바닥으로 곤두박질치면서 그대로 산산이 부서져 일순간 먼지처럼 흩어져버렸다. 그리하여 다시금 고독이 찾아들었다. 지난날 그 누구도 찾지 않던 그 시절로 되돌아가 나는 또 철저히 외돌토리가 되었다. 이제 사람들은 괴물 개로 변하는 남자 따위엔 관심이 없었다. 즉 괴물 개와 송곳니가 아니어도 세상은 늘 사람들의 관심을 끌만한 사건들로 차고 넘쳤다.

그야말로 단 하루도, 단 한시도 평온한 순간이 없었다. 정말이지 하루가 멀다 하고 연일 쇼킹한 뉴스들이 터져 나왔다. 매순간 쫓고 쫓기고 먹고 먹히고 물고 물리고 뺏고 빼앗기고. 세상은 말 그대로 피도 눈물도 없는 욕망의 정글, 지옥의 격전장이었다. 전날 그 은밀한 약속과는 달리 형준은 더이상 나를 부르지 않았다. 즉 형준이 약속했던 VIP와의 독대는 이뤄지지 않았다. 이는 당연한 결과였다. 그것은 결국 나를 꾀기 위한 허울 좋은 미끼에 불과했던 것이다.

나는 그렇듯 가차 없이 버려졌다.

나는 그렇듯 여지없이 잊혔다.

한마디로 나의 이용 가치가 완전히 떨어졌기 때문이다. 그사이 내 인기는 이미 사그라졌고 그들의 목적은 십분 달성했으며 또 이래저래 필요한 만큼 원 없이 실컷 우려먹은 뒤였기 때문이다. 나 역시도 그들 둘을 잊었다. 처음엔 다소 괘씸한 마음과 함께 절로 배신감 같은 것을 느꼈지만 이내 미련 없이 고개를 털고 생각을 바꿨다. 그들이나 나나 결국 자신들이 있어야 할 저마다의 자리로 되돌아간 것일 뿐이었기 때문이다. 그들 둘은 그렇게 그들만의 그 자리로, 나는 이렇게 나 자신만의 그 자리로. 본시 그들 둘과 나는 걸어가는 방향도 바라보는 빛깔도 그리고 나아가는 그 목적지도 서로 달랐다. 이를테면 그들 둘은 여전히 욕망이란 이름으로 질주하는 승리의 화신이었고, 나는 이미 침묵이란 이름으로 움츠러든 패배의 전형이었다.

63장
심야의 방문객

　인간의 심장은 갈수록 황폐해지고 그들의 영혼은 나날이 사나워졌다. 어김없이 계절은 돌고 돌아 또다시 추운 겨울이 다가왔다. 변함없이 또 눈이 내렸다. 아이들은 또 눈사람을 만들고 눈싸움을 벌이고 한바탕 신나게 고함치며 눈송이 속을 달음질했다. 밤이 되자 세상은 문득 고요해졌고 앞마당엔 소복소복 함박눈이 내려쌓였다. 그날 초인종이 울린 것은 새벽 2시경이었다.

　방금 전 그는 읽던 책을 접고 이제 막 침대로 들어가 잠을 청하려던 참이었다. 잠시 후 그는 1층 거실로 내려와 인터폰으로 저쪽과 몇 마디 대화를 주고받은 뒤 곧 버튼을 눌러 대문을 열어주었다. 얼마 후 두 사내가 대문 안으로 들어섰다. 둘은 앞마당에 내려앉은 숫눈 위로 발자국을 찍으며 곧장 현관문으로 다가왔다. 짙은 어둠 사이로 잇달아 뽀득뽀득 눈을 밟는 소리가 울렸다. 둘은 검은 외투에 중절모를 쓰고 두 손에는 가죽장갑을 끼고 있었다.

내가 현관문을 열자 둘은 곧 안으로 들어섰다.

그들 둘과 함께 내가 대문을 나온 것은 그로부터 20분쯤 뒤였다. 나는 그들의 차를 타고 곧장 어딘가로 이동했다. 이후 차는 인적이 끊긴 도로를 따라 빠르게 내달렸다. 아마 형준의 이름이 아니었다면 나는 선뜻 그들을 따라나서지 않았을 것이다. 한데 형준은 왜 나를 찾는 것일까. 너무도 갑작스러웠다. 이미 녀석을 못 본 지 상당한 시간이 지났다. 녀석이 꼭 나를 봐야 할 이유가 있을까. 다시 곤란한 문제라도 불거진 걸까. 그래서 또다시 내가 필요해진 걸까. 하지만 그럴 리 없다. 나는 이제 그럴 만한 능력도 재주도 없다. 이미 아무짝에도 쓸모없는 폐물이 아닌가. 그럼 왜일까. 무엇 때문일까. 궁금증은 자꾸만 커진다. 결국 내가 그들의 차에 오른 것도 바로 그 궁금증 때문이었다. 그렇지만 단지 그것 때문일까. 고작 그 궁금증 때문에 나는 대뜸 그들의 차에 오른 것일까. 혹 이런 건 아니었을까. 어쩜 그 순간, 형준과 다시금 긴밀해지고 싶다는 무의식적 바람이 작용한 건 아니었을까.

64장
뜻밖의 재회

그 밤 형준을 다시 만난 곳은 전의 그 밀실이었다. 내가 들어섰을 때 형준은 뻑뻑 마리화나를 태우고 있었다. (형준은 고등학교 때부터 마약을 했다. 녀석은 무슨 무용담이라도 되는 듯 자랑을 하곤 했다. 필로폰, 헤로인, 케타민, 엘에스디, 아편, 코카인, 모르핀, 엑스터시 등 다양한 종류의 마약과 그것들 각각의 장단점을 지껄이며 꼴같잖게 건방을 떨었다. 처음엔 허풍인 줄 알았는데, 전부 사실이었다. 나는 아직 담배도 배우기 전에 녀석은 이미 그런 것들에 길들여져 있었다. 그러고도 녀석은 주일이면 꼬박꼬박 부모님과 함께 단골 교회에 나가 얌전히 예배에 참석하곤 했다. 반면 나는 독실한 기독교 신자이던 부모님의 이중성(아랫사람에 대한 차별적 태도 등)을 발견한 뒤 점차 종교에 대한 환멸과 회의감이 짙어지다가 결국 고교에 진학하던 즈음부터 완전히 교회에 발을 끊었다.

녀석의 권유에 못 이겨 나는 대학교 때 처음 그것을 시작했다. 할 만한 놈은 암암리 다 한다며 녀석이 끈질기게 유혹했던 것이다. 녀석은 주로 친구들과 함께 강남 등지의 단골 클럽 비밀 방에서 그것을 했다. 친구들은 소위 권력층, 부유층, 재벌층 따위의 기득권층 자제들이었다. 형준이 동석하는 자리를 제외하고 나는 따로 그들과 어울리진 않았다. 나도 모르는 나 자신의 삐딱한 성격 탓이었다. 다들 서로 비슷한 계층의 2세들이었지만 왠지 자꾸 거부감이 일었다. 어쩌다 형준과 함께 그들과 마주칠 적마다 뭔가 알 수 없는 미묘한 거리감을 느꼈던 것이다. 나중에 그들은 모두 제 부모들을 뒤따라 사회 각 분야(정치, 경제, 문화, 예술, 법조, 언론, 관계, 학계 따위)의 그럴듯한 지도층으로 변신했다.

형준에게 그것을 공급하는 사람은 '상선'이라 불렸는데 내가 본 얼굴만도 여럿이었다. 그중 하나는 의대 교수인 어느 대형병원 원장의 아들로 녀석과는 가까운 친척 사이였다. 그는 제 아버지가 재직 중인 대학의 의학도였다. 형준은 담배를 피우듯 상습적인데 반해 나는 어쩌다 기분이 내킬 때만 한 번씩 했다. 녀석은 종종 약에 취해 변태적 성관계를 갖거나 이유 없이 발끈하며 아무한테나 시비를 걸고 제멋대로 폭력을 휘두르기도 했다. 그때마다 뒤치다꺼리는 녀석의 수하들이 했다. 돈으로 입막음했는지 힘으로 찍어 눌렀는지 모르지만 녀석의 일은 늘 깔끔히 처리되었다.

녀석의 권유로 (또는 강권으로) 약을 하긴 했지만 실상 내게는 그것이 그다지 자극을 주진 못했다. 그것이 아니라도 나는 무시로 돌발하는 우울증으로 인해 고교 시절부터 온갖 망상에 시달렸기 때문이다. 환상 우울증은 외려 그보다 더 감각적이고 더 선동적이고 더 지독스러웠던 것이다.

바로 그런 경험들로 인해 대학 입학과 동시에 공식적으로 우울증이 완치된(또는 그렇다고 인정된) 이후에도 나는 그 향정신정약물들을 그리 썩 즐겨 하지 않았던 것이다. 대학원 졸업 후 녀석이 돌연 도미 유학길에 오르면서 나는 자연스레 그것에서 멀어졌다. 본래 습관성이 없는 데다 혼자서는 따로 해본 일이 없고 거기다 곁에서 늘 부추기던 녀석마저 제 발로 먼 나라로 사라졌기 때문이다. 또한 일부러 찾아서 할 만큼 그것에 의존적이거나 중독된 상태도 아니었다. 그 뒤 가벼운 감기 앓듯 약간의 금단현상이 찾아왔다가 그 증세는 곧 저절로 가라앉았다.)

이날 P는 보이지 않았다.

대신 다른 하나가 그 방에 같이 있었다. 그는 벌거벗은 상태로 피투성이가 된 채 바닥에서 신음하고 있었다. 두 손목은 등 뒤로 돌려진 채 케이블 타이로 묶였고 두 무릎과 발목은 캐리어 스트랩으로 단단히 묶인 채였다. 입에는 겹겹으로 청테이프가 감겨져 있었다. 그는 다름 아닌 전날 그 흥신소 소장 K였다. 형준은 한동안 말이 없었다. 마치 벌어진 상황을 충분히 인식하도록 내게 얼마간 시간을 주려는 의도 같았다. 굳이 말하지 않고도 스스로 이 상황을 짐작케 하여 지레 공포감을 갖도록 하려는 심리적 전략이었다. 딴은 심리학 박사다운 지략이었다. 나는 순간 공포감을 느끼면서도 한편으론 K에 대한 미안함도 피어올랐다.

이날 나는 왜 그런지 개로 변하지 않았다. 당장 개로 변해 눈앞의 악귀를 즉각 응징하고 싶었지만 무슨 영문인지 내 잇몸은 그날따라 전혀 반응을 하지 않았다. 아마도 이날 개로 변하지 않은 원인은 K에 대한 나의 편치 않은 마음 때문이었으리라. 그러니까 내가 개로 변하려면 먼저 분노가 솟구쳐야 하는데, 이상하게도 형준에 대한 분심보다 K를 향한 안쓰러움이 더 짙고 크고 무거웠던 것이다.

K의 상태는 참혹했다.

......칼자국, 쇠파이프 자국, 채찍 자국, 기타 알 수 없는 폭행 자국 등으로 그의 몸은 완전히 망가져 있었다. 그중에서도 얼굴이 제일 처참했다. 그것은 단순한 폭행이나 고문의 흔적은 아니었다. 그렇다고 주먹질을 당한 상처나 멍 자국도 아니었다. 게다가 무슨 칼이나 깨진 병 조각 같은 걸로 찍찍 긋거나 쿡쿡 찌른 것도 아니었다. 그것은 뭐랄까. 뭔가 추측하기 어려운 비밀 도구로 안면 전체를 무참히 짓이긴 듯한 섬뜩한 흔적이었다. 그는 도저히 가망이 없어 보였다. 그는 지금 죽어가고 있었다. 이미 초주검이 되어 반쯤 의식을 잃은 상태였다. 한데 기이하게도 그가 그리 죽어가고 있다는 그 사실이 외려 나의 공포감을 희석하면서 서서히 심리적 안전감을 되

찾게 해 주었다. 그것은 뭐랄까. 어쩜 눈앞에 널브러진 그 남자를 통해 형준의 분노심이 웬만큼 해소됐을지 모른다는 막연한 기대감이 작용했던 것이다.

"이 새끼, 니가 어떻게……"

마침내 형준이 입을 열었다. 녀석은 말을 하다 말고 돌연 싸늘한 눈초리로 나를 노려보았다. 순간 벌겋게 핏발이 선 그의 시선이 섬뜩하게 내 동공을 찔렀다. 바로 그 냉엄한 눈초리 너머로 거기 바닥에서 신음하는 그 남자에게 가해졌을 가공할 폭력의 잔학함과 무자비한 난폭성이 선명히 드러나 보였다. 조금 지났다. 녀석이 다시 입을 열었다. 목소리는 의외로 잔잔했다. 녀석은 말하는 내내 격양된 감정을 목구멍 속으로 꾹꾹 밀어 넣으며 짐짓 담담한 어조를 유지하려고 애쓰는 기색이었다. 그렇게 한참 동안 녀석은 충고인지 겁박인지 경고인지 단순한 관련 사실 고지인지 친절한 상황 설명인지 모를 이야기를 줄줄이 뱉어냈다. 그리하여 녀석이 막 일장 연설을 끝마쳤을 때 내 머리에 남아 있는 것은 그 전체 내용의 삼분지 일 정도였다. 나는 그사이 그 내용 전체가 아니라 필요하다 싶은 부분들만 내심 귀를 기울였기 때문이다.

바로 이런 것들이었다.

(...요즈막 흥신소장 K가 법무장관실로 익명의 투서를 보내 비밀 자료를 폭로하겠다며 은밀히 P를 협박했다는 것. 그러면서 그 비밀 자료를 넘기는 대가로 상당한 거액을 요구했다는 것. K가 그 비밀 자료를 습득할 수 있도록 P의 뒷조사를 의뢰한 사람이 바로 '나'라는 것. 그날 익명으로 보내 온 투서의 실제 발신자는 이미 구축된 정보망을 즉각 가동하여 추적한 결과 단 이틀 만에 정확히 특정됐다는 것. 아까 전에 순간적으로 감정이 격발해 하이힐 뒷굽으로 K의 얼굴을 저 지경으로 만든 게 P라는 것. 형준에게 나를 해치지 말고 단순 경고로만 끝내라고 부탁한 것도 P라는 것. K가 갖고 있던 자료 원본은 이미 다 폐기했다는 것. 내가 갖고 있는 복사본은 알아서 없애라는 것. K는 이 밤 안으로 먼 바다로 실려가 수장될 거라는 것. 지금 어선 한 척이 K를 처리하려고 대부도 앞바다에서 비밀리에 대기하고 있다는 것. K의 떨거지들은 이미 쥐도 새도 모르게 고기밥이 됐다는 것. 내게 경고차 보여주려고 K는 여직 살려뒀다는 것. 자신은 본디 꽁한 성격이 아니니 이번 일은 두 번 다시 문제삼지 않겠다는 것. 하지만 아무리 친구라도 다음번엔 안전을 보장받기 어려울 거라는 것. 자신은 결코 친구를 어선에 버리는 불상사가 생기는 걸 원치 않는다는 것......)

65장
형준과 가면의 나라

　그로부터 2년여가 지났다. 얼마 전 형준은 전폭적인 지지로 여당의 대권 후보로 선출되었다. 형준의 인기는 하늘을 찔렀다. 여론조사를 비롯한 모든 수치에서 야당의 후보들은 형준의 상대가 되지 못했다. 급기야 야당 후보 몇몇은 생각다 못해 자발적 후보 단일화를 통해 초당적으로 형준과 맞섰다. 그럼에도 형준의 독주를 따라잡기에는 심히 역부족이었다.

　형준은 이미 다음 대통령이나 진배없었다.

　그사이 나는 세상과 절연하고 철저히 집 안에만 숨어 살았다. 그날 밤. 마지막으로 내가 형준과 대면한 뒤 한동안 나는 끔찍한 악몽에 시달렸다. 그날 K의 그 참혹한 얼굴이 시도 때도 없이 꿈속에 출몰했다. 꿈속에서 그의 울음소리와 함께 자신을 제발 바다 밑에서 건져내달라고 애원하는 목소리가 들려왔다. 그러다 돌연 어선 한

척이 보였고 이어 황소 얼굴을 한 선장이 나타나 어떤 큼지막한 짐
짝 하나를 배에 실었다. 다음 순간 그 짐짝은 꽁꽁 묶인 사람의 시
체로 변했다.

바로 K의 시체였다.

이어 통통거리는 엔진 소리와 함께 배가 서서히 바다 쪽으로 멀
어지기 시작했다. 그렇게 얼마를 나아갔을까. 배는 마침내 망망대
해 한가운데에서 움직임을 멈췄다. 이윽고 황소 얼굴의 선장이 조
종실을 나와 갑판에 내버려진 K의 사체로 다가왔다. 순간 K의 사
체는 다시 처음 그 짐짝으로 변했다. 선장이 그 짐짝을 번쩍 들어
올리더니 그대로 힘껏 바닷물로 던져버렸다. 바로 그때 바닷물에
떨어진 짐짝이 꿈틀하더니 돌연 또다시 K의 몸뚱이로 변했다.

K가 애처롭게 허우적대며 살려 달라고 애타게 소리쳤다. 선장
의 배가 즉각 K에게 다가갔다. 선장의 손에는 이제 작살 하나가 들
려 있었다. 잠시 후 선장이 막 K를 향해 그 작살을 던지려는 찰나
나는 번쩍 잠에서 깨어났다. 방금 꿈속에서 K에게 작살을 던지려
던 그 선장은 바로 형준이었고, 거기 물속에서 살려 달라 소리치던
K는 바로 나 자신이었던 것이다.

그날 이후 형준과 P는 종종 꿈속에 나타나 온갖 형태로 나를 괴
롭혔다. 둘은 나를 발가벗겨 목줄을 채우고 이리저리 길거리를 끌

고 다녔다. 나는 그렇게 뭇 행인들의 눈요기가 되었고 장난감이 되었고 또한 놀림감이 되었다. 그럼에도 나는 개로 변하지 않았다. 이상하게도 나는 개로 변신할 수 없었다.

어쩐 일인지 형준과 P가 나타나는 장면에는 도무지 송곳니가 자라나지 않았다. 하지만 현실은 또 전혀 달랐다. 매번 잠을 깨고 난 뒤 나의 환상 우울증은 즉각 최악의 상태로 재발했다. 나는 하루에도 몇 번씩 개로 변신했는가 하면, 어떤 때는 기이하게도 개가 아닌 날개 달린 말이 되기도 했다. 그러다 급기야 황소 머리를 한 선장이 되는가 하면, 돌연 흉측하게 짓이겨진 K의 모습으로 변신하기도 했다.

그런 가운데 어느덧 2년여가 훌쩍 지나갔다. 바로 그즈음이었다. 내가 '죽기로 결심한 건 우연'이었다. 나는 그만 그 악몽에서 벗어나고 싶었다. 이젠 모두 잠재우고 싶었다. 꿈속에서의 그 악몽도 현실에서의 그 악몽도. 꿈인지 현실인지 모르는 혼돈과 불안의 그 공간도. P와 형준 그리고 그들이 창조해 낸 위선과 기만과 가면의 그 나라도. 그 모든 것들이 나 자신의 죽음과 함께 아스라한 망각의 심연으로, 다시는 돌아올 수 없는 머나먼 그 세계로 영영 사그라지길 바랐다.

66장
밤낚시를 가다.

일단 죽기로 결심하자 갑자기 눈앞이 환해지고 마음이 한결 가벼워졌다. 그토록 복잡하던 일들이 돌연 무척이나 단순해졌다. 대번 생각은 경쾌해지고 논리는 명료해졌다. 그랬다. 나는 결코 세상을 바꾸지 못한다. 그러나 내가 죽으면 세상은 이제 바꿀 필요가 없다. 나는 결코 세상을 사그라지게 만들 수 없다. 그러나 내가 죽으면 세상은 자연 내 앞에서 사그라진다. P와 형준 그리고 그들의 나라. 나는 결코 나의 꿈속에서 그들의 형체를 떨쳐내지 못한다. 그러나 내가 죽으면 이제 나는 꿈꾸는 것 자체가 불가능하다. 나는 결코 내 스스로 나의 환상 우울증에서 벗어나진 못한다. 그러나 내가 죽으면 이 모든 환상도 이 모든 우울증도 더는 실체가 없는 공허의 그림자로 변해버린다. 내가 죽기로 결심하는 순간... 그리하여 이것도 저것도 홀홀 털어버리는 순간... 그 모든 게 그토록 허망하고 무상하고 참을 수 없이 홀가분했다.

그날 밤.

나는 아버지가 쓰던 낚시 도구를 챙겨 홀로 밤낚시를 갔다. 얼마 후 그때 그 강가에 도착했을 때 나는 언뜻 아버지의 숨결을 느꼈다. 나는 그날처럼 낚싯바늘 없는 낚싯대를 드리운 채 멍하니 접이식 의자에 앉아 있었다. 그때는 둘이었고 이제는 하나였다. 그럼에도 그 순간, 나는 결코 나 하나가 아니었다. 그 순간 나는 나이면서 또한 아버지였고, 아버지이면서 또한 나였다. 그렇듯 나 하나의 육체 안에 우리 두 사람의 혼과 숨결이 함께 깃들어 있었다.

단 한 번뿐이었다.

지난날 아버지와 나는 딱 한 번 같은 공간, 같은 강가에 함께 앉아 있었다. 그제야 나는, 그날 아버지가 나를 이곳에 데려왔던 이유를 짐작할 수 있었다. 비록 한 번이었지만 내 인생은 결국 이곳으로 향하는 그 일련의 과정일 뿐이었다. 아버지는 이미 내가 온 이유를 알고 있었다. 그 순간 내 속에서 아버지의 짙은 한숨이 피어나고 있었다. 하지만 오늘이 아니라는 것 또한 아버지는 알고 있었다. 그래서였을까. 이윽고 아버지의 탄식은 사르르 가라앉았다. 이제 강가에는 깊은 적막만이 감돌았다. 하늘에는 이미 별도 달도 자취를 감췄다. 바로 그 영겁처럼 내려앉은 무한의 고독 속에서 흐린 랜턴의 불빛만이 꿈결인 듯 잠잠히 빛나고 있었다.

67장
훌륭한 아들을 뒀어!

전날 아버지가 말하던 그대로였다.

형준은 실로 훌륭한 아들이었다.

형준은 곧 이 나라의 대통령이 될 것이기 때문이었다. 다만 형준은 그리도 훌륭한 아들이되 안타깝게도 아버지 자신의 아들이 아니었을 뿐이다. 아버지는 타인(그러나 비교와 질투와 경쟁의 대상으로서의 남)의 아들인 형준을 바라보며 내심 그의 창창한 앞날과 눈부신 성장, 화려한 성공, 찬란하게 빛나는 명성의 그날을 그려보았으리라. 어쩜 아버지는 몇 번쯤 형준이 당신의 아들이 아니라는 사실에 새삼 상심하며 또다시 깊은 한탄과 심수에 잠겼으리라.

비록 피하고 싶었겠지만 그럼에도 아버지는 본능적으로 자신의 아들과 그 누구의 아들을 비교하며 남몰래 홀로 슬픔에 젖었으리라. 그렇듯 내가 조용히 죽음을 준비하는 동안 선거는 어느새 그 끝을 향해 다가가고 있었다. 형준의 인기는 내내 요지부동이었다. 글자 그대로 난공불락의 철옹성과 같았다. 갖은 총력을 기울인 필사의 노력에도 불구하고 야당 후보의 지지도는 아직 제자리걸음이었다. 하루 또 하루 시간은 계속 흐르고 그리하여 대세를 거스르는 것은 거의 불가능한 꿈이 되고 말았다.

마침내 선거일이 다가왔다.

그날 나는 투표장에 나가지 않았다. 이미 그 결과는 너무도 자명했다. 나의 표는 이도 저도 아닌 어중간한 선택일 것이었다. 나의 표는 사실상 무효표나 다름없었다. 즉 형준을 찍는 것은 나 자신을 속이는 가식일 뿐이었고, 여타 후보를 찍는 것은 아무런 보람도 없는 무가치한 행위였기 때문이다.

그날 밤.

나는 티브이가 아닌 컴퓨터로 선거 결과를 확인했다. 예상대로였다. 여당의 낙승! 야당의 참패였다! 그렇듯 극적인 반전도 뜻밖의 이변도 일어나지 않았다. 결국 압도적인 표차로 형준은 새 대통령에 당선되었다. "훌륭한 아들을 뒀어!" 순간 귓가에서 전날 아버지의 탄식이 되울려왔다. 얼마 뒤 여의도 국회의사당 앞 잔디 광장에서 이취임식이 치러지고 이어 형준은 신임 대통령으로서의 공식적인 첫 집무를 시작했다. 그날 형준은 곧바로 법무 P를 내각 수반인

국무총리 후보로 지명했다.

　얼마 후 P는 절대 다수당인 여당의 전폭적인 지지로 무난히 국회 인준을 거쳐 신임 대통령(형준)으로부터 임명장을 건네받고 곧 정식으로 새 정부 초대 총리에 취임했다. 그리하여 한 사람은 청와궁의 새 주인이 되고, 또 한 사람은 삼청궁의 새 주인이 되었다. 마침내 완벽한 거짓과 위선과 가면으로 위장된 악마적 신화의 나라가 시작된 것이다. 그럼에도 그것은 잔혹하리만치 행복의 빛깔을 띠고 있었다. 바로 그 가장된 환상 속에서 사람들은 또다시 허황된 꿈속으로 빠져들고 있었다.

68장
죽음의 연습

......기실 죽음이란 그 이름만이 존재할 뿐,
정작 그 실체는 어디에도 없다. 죽음은 없다.
인간은 누구도 죽음과 실제로 대면하지 못한다.
인간의 끝은 단지 죽음에 다가가는 모습일 뿐,
결코 죽음 그 자체와 대면하는 것은 아니다.
인간이 끝내 죽음이란 그 이름과 대면하는 순간,
바로 그 죽음 자체가 먼저 사그라지기 때문이다.

죽기로 결정한 그 순간부터 내 우울증은 씻은 듯이 사그라졌다. 신기하게도 그 뒤로는 송곳니가 자라나지 않았다. 형준과 P. 대통령과 총리. 나는 거의 티브이를 보지 않았지만 그럼에도 언제 어디서든 그들의 얼굴과 맞닥뜨려야 했다. 세상은 온통 그들 두 사람의 이야기로 뜨겁게 달아올랐다. 그즈음 나는 죽음 연습에 돌입했다. 물론 실전이 아니라 날마다 다양한 장소를 돌아가며 그 자리서 곧장 상상으로 시도하는 '마음의 준비, 실행의 다짐'이었다.

그리하여 대략 열흘 동안,
나는 다음과 같은 연습 과정을 거쳤다.

(......다가오는 지하철에 번쩍 뛰어드는 상상. 다리 위에서 훌쩍 뛰어내리는 상상. 질주하는 차들 속으로 냅다 달려드는 상상. 절벽에서 훨훨 뛰어내리는 상상. 운전대를 잡은 채로 강물 속으로 돌진하는 상상. 철로에 누워 있다 열차가 다가오는 순간 번쩍 몸을 일으키는 상상. 도로 한복판에서 분신을 시도하는 상상. 신문사 전광판 위에서 고공 농성을 하다 큰 소리로 마지막 절규를 외치고 돌연 바닥으로 떨어져 내리는 상상. 국회 근처 강변에서 벌거벗은 몸으로 밤섬으로 수영해 가다 도중에 풍덩 물속으로 가라앉는 상상. 어느 동물원에 가서 사자 우리로 왈칵 뛰어드는 상상. 골목 전신주 발판 볼트에 목을 매는 상상. 일부러 치명적인 고압선에 접촉해 감전사하는 상상. 눈을 질끈 감고 그대로 차도를 가로지르는 상상......)

69장
외로운 소녀

언제부터 뒤따라온 걸까. 몇 걸음 뒤쪽에서 한 소녀가 절름절름 다리를 절며 내 뒤를 따라오고 있었다. 밤 9시쯤이었다. 그날도 나는 시내 곳곳을 돌며 죽음 연습을 이어가고 있었다. 거리는 아직 행인들로 북적거렸다. 잠시 후 나는 발을 멈추고 흘금 뒤를 돌아보았다. 그 소녀가 움찔하며 두어 걸음 물러섰다. 나는 잠시 그대로 서 있다가 천천히 소녀에게 다가갔다.

소녀는 한껏 고개를 쳐들고 그 커다란 눈망울을 연신 깜박이면서 내 얼굴을 빤히 올려다보았다. 그리 겁먹은 눈은 아니었지만 어딘지 살짝 불안한 기색이 감돌았다. 나는 소녀를 안심시키려고 부러 빙긋이 미소를 지어 보였다. 그제야 소녀의 눈망울에서 불안한 기색이 사그라지고 깜박거림이 느슨해지면서 언뜻 미소가 떠올랐다. 소녀는 시폰 스카프를 머리에 쓰고 흡사 전신에 별빛 옷을 두른 듯 반짝반짝 빛나는 은빛 벨벳 원피스를 입고 있었다.

"아가야, 집이 어디니?"

하고 내가 물었다. 소녀는 말없이 고개를 가로저었다. "집이 없어?" 내가 다시 묻자 소녀는 냉큼 고개를 끄덕거렸다. "밥은 먹었니?" 하고 내가 또 묻자 소녀는 입을 쑥 내밀면서 이내 고개를 가로젓는다. 잠시 후 나는 그 소녀를 데리고 가까운 패스트푸드점으로 들어갔다. 곧 소녀를 자리에 앉히고 무인 주문대로 가서 몇 가지 음식을 주문했다. 얼마 후 주문한 음식이 나왔고 나는 자리에서 일어나 방금 나온 음식을 받아들고 소녀에게로 되돌아왔다.

소녀는 배가 고팠는지 얼른 음식을 먹기 시작했다. 한데 다른 건 아예 손을 안 대고 감자튀김만 잇달아 허겁지겁 집어먹었다. 내가 얼른 다른 것도 권했지만 소녀는 냉큼 머리를 흔들었다. 나는 피시버거와 콜라를 마셨다. 소녀는 계속 감자튀김만 먹을 뿐 왜 그런지 콜라는 전혀 입도 대지 않았다. 내가 감자튀김만 먹으면 팍팍하니까 콜라도 좀 마시라고 하자 소녀는 또 살살 고개를 가로저었다. 곧 내가 콜라를 집어 들어 소녀에게 건네면서 한 번 더 권했지만 역시 같은 반응이 되돌아왔다. 내가 다시 '그럼 콜라 말고 사이다나 주스를 시켜줄까' 하고 물었더니 그 역시도 싫은지 소녀는 대뜸 고개를 가로저었다.

얼마 뒤에 우린 식사를 마치고 그 가게를 나왔다. 조금 걷다가 나는 안 되겠다 싶어 그 소녀를 데리고 근처 편의점으로 들어갔다.

아무래도 방금 먹은 음식이 덜컥 얹히는 게 아닐지 내심 걱정이 되었다. 마치 누구한테 쫓기듯 그리 급히 감자튀김만 연신 몰아넣은 데다 음료는 아직 한 모금도 마시지 않았기 때문이다. 나는 소녀를 음료수 진열대로 데려가 마시고 싶은 걸 고르라고 말했다. 소녀는 입술을 쫑그리고 잠시 둘레둘레하더니 곧 손가락으로 자기가 원하는 것을 가리켰다.

바로 생수였다.

내가 생수 한 병을 꺼내 계산을 한 뒤 뚜껑을 따고 소녀에게 건네주었다. 소녀는 냉큼 생수병을 건네받아 잇달아 꼴깍꼴깍 물을 마셨다. 짐작대로 목이 많이 말랐었던 모양이었다. 그런 소녀의 모습을 보고 있자니까 나도 모르게 빙긋빙긋 웃음이 새어나왔다. 소녀는 입가에 줄줄 물을 흘리면서도 생수병에서 좀체 입을 떼지 않았다. 나는 얼른 탁자에 놓인 휴지를 뽑아 소녀의 입가를 닦아주었다. 그제야 소녀는 생수병에서 입을 떼었다. 그새 생수 한 병을 말끔히 비운 것이다. 물론 3분의 1쯤은 입가로 줄줄 흘려버렸지만 말이다.

70장
새로운 가족

소녀와 내가 집에 도착한 시각은 자정이 좀 넘어서였다. 소녀는 피곤했는지 반쯤 눈이 감긴 채로 꾸벅꾸벅 졸고 있었다. 나는 얼른 소녀를 안아 들고 곧장 안방으로 들어가 거기 어머니 침대에 조심스레 뉘었다. 잠시 후 소녀가 색색 잠이 들자 나는 그대로 방의 불을 켜둔 채 가만가만 방을 나와 곧 거실 소파로 가 앉았다. 방의 불을 켜둔 것은 소녀가 혹 자다 깨서 놀랄지 모른다는 노파심 때문이었다. 조금 있자 나른한 피로감과 함께 슬슬 졸음이 밀려왔다.

곧 기신기신 자리에서 일어나 곧장 2층으로 가는 계단으로 다가갔다가 왠지 안심이 안 돼 돌연 졸린 눈을 비비면서 안방 문으로 다가갔다. 이어 빠끔 문을 열고 거기 침대 위에 잠든 소녀를 바라보았다. 소녀는 귀엽게 실눈을 뜬 채 새근새근 단잠이 들어 있었다. 순간 나는 왠지 모를 측은함이 밀려들면서 절로 나직이 한숨이 새어 나왔다. 이윽고 나는 안방 문을 슬그머니 닫고 까닭 모를 쓸쓸함에 젖어 한층 더 무거워진 몸을 이끌고 시적시적 2층 방으로 걸어 올라갔다. 그날 내가 소녀를 집으로 데려온 것은 이런 연유에서였다.

(......소녀가 막 생수 한 병을 비우고 난 뒤 우린 곧바로 편의점을 나왔다. 나는 그 소녀를 곧장 근처 치안센터로 데려갈 생각이었다. 그리고 실제로 나는 가까운 치안센터로 소녀를 데리고 갔다. 분명 어디선가 소녀의 부모가 몹시 불안해하며 안절부절못하고 있을 터이기 때문이었다. 그런데 우리가 이윽고 치안센터 앞에 도착했을 때, 소녀가 돌연 바르르 몸을 떨면서 내 뒤로 바짝 달라붙어 몸을 숨겼다. 내가 얼른 소녀를 안심시켰지만 소녀는 계속 어쩔 줄을 모르고 불안에 떨었다.

그때 문득 한 가지 생각이 떠올랐다. 즉 일단 소녀를 집으로 데려갔다가 내일 아침 경관 A에게 전화를 하기로 한 것이다. 잠시 후 나는 소녀를 데리고 근처 지하철 입구로 들어갔다. 소녀는 눈에 보이는 하나하나가 무척이나 낯설고 신기한 모양이었다. 아마도 난생처음 지하철 역사에 들어와 본 모양이었다. 소녀는 그 크고 동그란 눈동자를 깜찍하게 또랑거리면서 쉴 새 없이 주위를 두리번거렸다.

이후 나는 소녀를 데리고 이리저리 발길 가는 대로 옮겨 다니면서 한동안 실컷 구경을 시켜주었다. 소녀는 눈에 보이는 밤풍경 하나하나가 놀랍고 재미있다는 듯 잇달아 호기심 어린 눈으로 싱긋싱긋 미소를 지었다. 그러는 사이 내가 계속 이것저것 물어보았지만 소녀는 빙긋빙긋 웃기만 할뿐 숫제 입도 벙긋하지 않았다. 본래 말을 못하는 건지, 일부러 말을 안 하는 건지, 아직은 알 수 없는 노릇이었......)

71장
경관 A의 방문

　나로부터 전화를 받고 경관 A가 집으로 찾아온 시각은 아침 10시쯤이었다. 나는 살며시 안방 문을 열고 그 소녀를 보여주었다. 소녀는 몹시 고단했는지 여전히 콜콜거리며 곤히 잠에 취해 있었다. 경관 A가 침대로 다가가 가만가만 그 소녀를 살펴보았다. 이어 곧장 수첩을 꺼내 그 대략적인 키(1미터 미만), 나이(7살 안팎), 인상착의(길동그란 계란형 얼굴. 그린 계열 시폰 실크 스카프. 은색 비즈 장식 벨벳 드레스......) 등을 거기에 적었다. 잠시 후 둘은 안방을 나와 거실 식탁으로 다가갔다.

　둘은 식탁에 마주앉아 조용조용 이야기를 주고받았다. 나는 그에게 전날 그 소녀를 만난 순간부터 이후 집으로 데려오기까지의 진행과정을 차근차근 자세히 일러주었다.　그러다 문득 그의 아들이 떠올라 '그 아들은 잘 지내는지' 물었다. 그랬더니 그는 대번 얼굴이 환해지면서 이렇게 아들 자랑을 늘어놓았다. 즉 '이제 고등학생이 된 창준은 자기보다 덩치가 크고 제 스스로 친구들 수십 명을 모아 시내 골목골목 다니며 각종 봉사도 하고 청소도 하고 여러 가지로 사회 정화작업에 일조하면서 매우 바람직한 학교생활을 이어가고 있다'는 것이었다.

게다가 또 '이른바 소외 없는 사회 만들기, 따돌림 없는 학교 만들기, 즐겁고 행복한 나라 만들기 등 자기가 직접 다양한 성격의 동아리를 결성하여 열심히 활동하면서 늘 솔선수범한다'고 덧붙였다. 그래서 전달에는 '관내 경찰서에서 청소년 명예경찰 임명장을 수여하고 미래 공명사회 선도 위원으로 위촉하는 등 창준과 친구들의 능동적인 열정에 큰 관심을 표시했다'는 것이다. 또한 '그간의 활동들을 적극 인정받아 최근엔 삼청동 총리 공관에서 전국 학생 대표로 국무총리 표창까지 받았다'며 내심 그런 아들이 썩 자랑스러웠는지 잇달아 어깨를 으쓱거렸다.

나는 곧 이렇게 맞장구를 쳤다. "훌륭한 아들을 두셨습니다. 아마도 창준은 영화감독이 되는 것보다 아버지를 따라 경찰이 되는 게 더 좋을 듯합니다. 아니면 정치인이나 관료가 되는 것도 좋겠지요. 앞으로는 창준처럼 순수하고 의식 있는 청소년들이 이 나라를 이끌어가야 합니다. 그래야 이 나라가 더 맑고 아름답고 살기 좋은 나라가 될 테니까요. 정말 부럽습니다. 참으로 훌륭한 아들을 두셨습니다......"

일부러 경관 A의 기분을 맞춰주려고 꺼낸 말이었지만 실은 내 마음속의 진실한 바람이기도 했다. 말은 그리했지만 그러면서도 왠지 모르게 자꾸 씁쓸한 뒷맛이 밀려드는 것은 어찌할 수 없었다. 바로 이토록 험난한 이율배반적 자기모순의 세계에서 창준 같은 순수한 영혼의 목소리들이 과연 끝까지 변치 않고 지금의 그 선량한 의지와 해맑은 양심을 오롯이 지켜낼 수 있을까 하는 근본적 회의감 때문이었다. 이윽고 둘은 대화를 마치고 자리에서 일어섰다. 잠시 후 현관문을 나서기 전 경관 A가 말했다. "아이가 일어나면, 휴대폰으로 전신사진과 상반신 사진 그리고 얼굴만 클로즈업된 사진을 찍어서 저에게 보내주세요. 그래야 전단도 만들고 실종 신고된 아이들 사진과도 대조해볼 수 있습니다. 아무튼 최선을 다해 알아보고 최대한 빠른 시간 안에 결과를 알려드리도록 하겠습니다."

나는 그러겠다고 대답했다. 이어 오늘 이리 와주셔서 고맙다고 말하면서 아이가 일어나는 대로 즉시 필요한 사진을 찍어 보내드리겠다고 덧붙였다. 그는 살짝 고개를 끄덕이더니 곧 몸을 돌려 현관문을 나서려다 말고 돌연 흘금 뒤돌아보며 말했다. "참! 인사가 늦었습니다. 늦었지만 축하드립니다. 친구분께서 대통령이 되신 것 말입니다. 또한 국무총리님 일도 아울러 함께 축하드립니다. 얼마나 좋으시겠습니까. 그 두 분이 모두 선생님과 친분이 깊은 분들이니 개인적으로 얼마나 기쁘고 영광스러운 일이시겠습니까." 그러고는 무슨 부끄러운 일이라도 저지른 사람인 양 대번 낯빛이 벌게져서는 내가 미처 대꾸도 하기 전에 부리나케 현관문을 나섰다.

72장
소녀는 누구인가?

경관 A가 나를 다시 찾은 것은 열흘쯤 뒤였다. 우린 다시 식탁에 마주앉았다. 소녀는 아까부터 앞마당에서 놀고 있었다. 앞마당 한쪽에는 작은 연못이 있었다. 연못 속에는 물고기 몇 마리가 헤엄치고 있었다. 소녀는 틈만 나면 그 연못가에 쪼그리고 앉아 그 물고기들과 놀았다. 좀 전에 경관 A가 대문간에 들어섰을 때 소녀는 흘금 돌아보고는 이내 찔끔 놀랐다가 그가 곧 시선을 거두고 묵묵히 현관문으로 향하자 그제야 안심한 듯 긴장을 풀고 다시금 연못의 물고기들을 바라보았다.

경관 A와 나는 한참 동안 대화를 주고받았다. 그렇지만 대화의 요점은 간단명료했다. 〈신원미상〉 즉 가능한 모든 방법을 동원해 조사했지만 그 소녀에 대한 단서는 아무것도 찾을 수 없었다는 것이었다. 이어 일단 시내 곳곳에 전단지를 붙이고 신문에 광고를 싣고 실종 아동 리스트에 올리는 등 자신이 할 수 있는 조치는 모두 취했다고 그는 덧붙였다. 그러면서 당분간은 이곳에 머물게 하는 게 더 좋을 것 같다고 말했다. 당장 원한다면 다른 보호시설로 옮길 수도 있겠지만, 아이가 갑자기 낯선 곳으로 보내지면 정서적으로 충격을 받을 수도 있고, 게다가 나랑은 이미 친숙해졌기 때문에 현실적으로 아이를 위해서도 그 방법이 가장 적절한 선택이라는 것이었다.

　나는 알았다고 대답했다.

　잠시 후 경관 A와 내가 앞마당으로 나오자 소녀는 꼼짝 않고 연못가에 달라붙어 물고기들과 놀고 있었다. 경관 A가 소녀 쪽으로 다가갔다. 소녀는 살짝 돌아보더니 이내 흠칫 놀라면서 얼른 내 뒤로 달려와 몸을 숨겼다. 그러고는 등 뒤에서 빼죽 얼굴을 내밀고 조심스레 경관 A를 살펴보았다.

　경관 A가 빙긋 웃으면서 무서워할 거 없다고 말했다. 그러면서 자기는 나와 친한 사이이니 안심해도 된다고 덧붙였다. 나는 대문까지 그를 배웅했다. 소녀는 내 뒤에 꼭 달라붙어 대문까지 졸졸 뒤따라왔다. 그는 대문을 나서기 전 나를 돌아보며 이렇게 말했다. "일간 아들 녀석 데리고 한번 놀러오겠습니다."

73장
드라큘라와 소녀

　대략 일주일 뒤 경관 A가 아들과 함께 나를 찾아왔다. 오후 1시 경이었다. 학교가 쉬는 공휴일이었고 경관 A는 근무 중에 짬을 내서 아들을 데리고 온 거였다. 우린 앞마당에 놓인 야외 테이블에 앉아 이야기를 나눴다. 테이블 위에는 파출부 아주머니가 챙겨준 간단한 다과와 마실 것이 놓여 있었다. 소녀는 내 곁에 바짝 달라붙어 있었고, 경관 A와 그의 아들은 테이블을 사이에 두고 우리 둘과 마주앉아 있었다. 경관 A의 아들은 그사이 몰라보게 자라 있었다. 아직 고등학생이라지만 실상 건장한 청년처럼 보였다. 눈망울은 여전히 중학교 때처럼 크고 초롱초롱했다. 두 번째 보아서인지 이번에는 소녀가 경관 A를 경계하지 않았다. 소녀는 쑥스러운 듯 생긋생긋 웃으면서 경관 A의 아들을 슬금슬금 곁눈질했다.

　경관 A의 아들은 여전히 나의 팬이라고 말했다. 또한 얼마 전에 총리 공관에서 표창을 받은 일을 이야기하면서 국무총리님이 나하고 친한 사이라는 걸 아버지한테 들어 알고 있다고 덧붙였다. 그리고 그날 표창을 받는 자리에서 국무총리님께 내 얘기를 했는데, 국무총리님이 환히 웃으시면서 선뜻 고개를 끄덕였다고 말했다. 얼마가 지났다. 이제 테이블엔 경관 A와 나만 마주앉아 있었다. 그사이 소녀와 창준은 연못가에 나란히 쪼그리고 앉아 물고기들을 바라보고 있었다. 둘은 금세 가까워져 일견 다정한 오누이처럼 보였다. 소녀는 여전히 말을 하지 않았다. 곁에서 창준이 소곤소곤 말을 걸었지만 소녀는 방긋방긋 웃기만 할뿐 아무 대꾸도 하지 않았다.

이윽고 둘은 연못가에서 몸을 일으켰다.
둘은 나란히 손잡고 뒷마당 쪽으로 걸어갔다.

"남매처럼 보이네요."
경관 A가 말했다.

나는 무심코 고개를 끄덕였다. 곧 경관 A가 말을 이었다. "창준은 외아들이라 외로움을 탑니다. 유독 형제들이 있는 친구들을 부러워합니다. 특히 여동생이 있는 친구들을 부러워해요. 어쩌다 친구 집에 놀러 가면, 친구 여동생을 마치 제 누이동생인 양 끔찍이 위한다니까요. 그래서 그 애들이 제 오빠보다 더 창준을 따른답니다. 그러다 보니 후회랄까, 안타까움이랄까. 어떨 땐 녀석에게 귀여운 여동생을 하나 나아줬으면 더 좋지 않았을까 하는 아쉬움과 함께 왠지 안쓰러운 마음이 일기도 합니다. 그리고 또......" 나는 약간 의아한 생각이 들었다. 다소 지나칠 만큼 경관 A가 같은 화제를 길게 이어갔기 때문이다.

그 뒤 몇 분쯤 지났다.

"저... 그래서 말인데......"

그랬다. 그제야 나는 경관 A가 왜 그리 같은 화제를 길게 이어갔는지 그 이유를 깨달았다. 경관 A는 내게 '자신이 소녀를 데려다가 자기 딸처럼 키우고 싶다'고 말했던 것이다. 그러면서 이미 아내와 아들 녀석하고도 상의를 마친 상태라고 덧붙였다. 나는 잠시 입을 다물었다. 왜 그랬을까. 갑자기 가슴이 서늘해지면서 머릿속이 휑한 느낌이 들었다. 그사이 정이 든 걸까. 나는 마치 경관 A가 지금 나의 딸을 데려가겠다고 한 것 같은 착각이 들었다. 경관 A는 내게 생각할 시간을 주려는지 부러 고개를 비낀 채로 잠잠히 테이블을 응시하고 있었다.

"그럼, 오늘?"

이윽고 내가 다시 입을 열었다. "그러면 더 좋겠습니다만......" 경관 A가 말끝을 흐렸다. 아무래도 그는 내 입장을 고려하지 않을 수 없었던 것이다. 나는 잠시 생각에 잠겼다가 '알았다'고 대답했다. 경관 A가 진지한 태도로 감사하다고 거듭 말했다. 조금 지나자 창준과 소녀가 손을 맞잡은 채 앞마당으로 되돌아왔다. 내가 웃으면서 "재미있게 놀았니?" 하고 묻자 소녀가 쌩글 웃으면서 얼른 고개를 끄덕거렸다. 나는 자리에서 일어나 소녀에게 다가갔다. 그때 경관 A가 창준에게 눈짓을 보냈다. 창준이 슬쩍 소녀의 손을 놓고 아버지 쪽으로 걸어갔다. 소녀가 무슨 일인지 몰라 연신 눈망울을 깜박거리며 창준을 바라보았다.

경관 A와 창준은 연못가에 가서 나직나직 이야기를 나눴다. 그러는 사이 나는 소녀의 손을 잡고 뒷마당으로 걸어갔다(내가 손을 내밀자 소녀는 흘끔 창준을 바라보더니 곧 방싯 웃으면서 내 손을 맞잡았다). 잠시 후 소녀와 나는 뒷마당에 놓인 나무벤치에 나란히 앉았다. 그대로 한동안 말없이 앉아 있었다. 그러다 막 내가 말을 꺼냈다. "오빠랑 노니까 좋지?" 소녀가 냉큼 고개를 끄덕였다. "그럼, 오빠 집에 가서 오빠랑 같이 살면......" 내가 채 말을 끝내기도 전에 소녀가 대번 무슨 뜻인지 알아채곤 지레 연거푸 고개를 가로저었다.

순간 울컥 감정이 북받치면서 가슴이 뭉클해졌다. 나는 애써 감정을 밀어내고 다시 물었다. "그럼. 오빠랑 같이 사는 게 싫으니?" 소녀는 잠시 생각하더니 이번에도 잇달아 고개를 가로저었다. 그제야 알았다. 소녀는 갈등하고 있었다. 그 순간 소녀의 내면에서 창준과 같이 있고 싶은 마음과 나를 두고 떠나기 싫은 마음이 서로 대립하고 있었다. "괜찮아. 오빠를 따라가렴. 아저씨는 걱정 마. 아저씨는 괜찮아. 네가 보고 싶으면 아저씨가 널 보러 오빠 집으로 놀러 가면 되니까." 내가 말했다. 소녀는 아무 반응이 없었다. 이번에는 부정도 긍정도 하지 않았다. 그렇듯 소녀는 고개를 끄덕이지도 가로젓지도 않았다. 이윽고 우린 벤치에서 일어나 다시 손을 잡고 앞마당으로 되돌아왔다. 연못가에서 두 사람이 우리를 돌아보았다.

나는 경관 A에게 눈짓을 보냈다.

경관 A가 뭐라고 말하자 아들이 곧 이쪽으로 걸어와서 소녀의 손을 잡았다. 소녀는 일순 밝게 웃더니 이내 또 시무룩해졌다. 그때 경관 A가 먼저 대문 쪽으로 향했다. 창준이 소녀를 데리고 아버지를 뒤따랐다. 나는 그대로 서 있었다. 나는 묵묵히 그들의 뒷모습을 바라보았다. 대문에 다가섰을 때 소녀가 흘끔 나를 돌아보았다. 소녀의 눈가에는 그렁그렁 눈물이 맺혀 있었다. 나는 소녀를 바라보며 잔잔히 미소를 지어 보였다. 이어 내가 고개를 끄덕이자 소녀도 따라 고개를 끄덕거렸다. 순간 찰랑 소리를 내며 연못 속에서 물고기들이 뛰어올랐다. 곧 물소리가 사그라지자 그사이 소녀도 함께 대문 밖으로 사라져갔다.

74장
되돌아온 죽음

소녀가 떠난 지 며칠이 지났다.

나는 매순간 소녀 생각을 하지 않으려 애썼다. 그러다 마침내 소녀 생각에서 벗어났다. 나는 다시 그 생각을 떠올린 것이다. 그사이 나는 까맣게 잊고 있었다. 그것은 바로 '죽음의 결심'이었다. 소녀와 함께하는 동안 나는 정말로 그 생각을 하지 않았다. 그랬다. 죽기로 결심하고 죽을 방법을 찾고 죽음의 장소를 고민하던 기억. 나는 불현듯 그 기억이 되살아온 것이다. 나는 다시 죽기로 결심했다. 나는 다시 죽음을 준비하기 시작했다. 우선 유서를 써서 공증을 받았다. 유서의 골자는 '나의 전 재산을 소녀와 창준에게 공동으로 물려준다'는 내용이었다.

나는 그 유서가 보름 뒤에 경관 A에게 전달되도록 공증인에게 미리 요청했다. 이틀 뒤. 나는 파출부 아주머니에게 그달의 급료를 미리 건네면서 '갑작스럽게 개인적 사정이 생겨 당분간은 안 오셔도 된다'고 말했다. (그러면서 따로 준비한 상여금과 퇴직금 그리고 그간의 노고에 대한 감사금 명목의 봉투를 건넸다.) 거의 어머니 연배인 아주머니는 적이 서운한 눈빛이었다. 그간 아주머니는 어머니처럼 나를 챙겨주었다. 아주머니는 걱정이 되었는지 무슨 일이 있느냐며 이것저것 꼬치꼬치 물었다. 나는 곧 별일 아니라고 말한 뒤 한동안 그럴 일이 생겼다며 적당히 얼버무렸다.

이윽고 아주머니는 '무슨 사정인지 모르겠지만 내가 필요할 때는 언제든지 부르라'고 말했다. 나는 고개를 끄덕이며 그러겠다고 대답했다. 잠시 후 나는 아주머니와 함께 현관문을 나와 대문 밖까지 배웅했다. 다시 며칠이 지났다. 마침내 나는 죽음의 방법을 선택하고 그 죽음의 장소를 결정했다. 그리고 그 실행 시간은 다음 날 새벽으로 잡았다. (모든 준비를 마치고 나자 비로소 어머니의 얼굴이 떠올랐다.)

75장
사라진 소녀

그날 오후 3시경. 경관 A가 다급히 대문의 초인종을 눌렀다. 문이 열리자 그가 곧장 앞마당을 지나 현관문으로 다가왔다. 잠시 후 우린 식탁에 마주앉았다. 그가 대뜸 '소녀가 사라졌다'고 말했다. 한시간 전 아내에게 연락을 받았다는 것이다. 점심을 먹고 난 뒤 아내가 잠시 외출했다 돌아와 보니 아이가 보이지 않더라는 것이었다. 혹시 동네 놀이터에라도 갔을지 몰라 아내가 얼른 나가 찾아보았지만 아이는 어디에도 없었다는 것이다. 그의 아들은 아직 학교에서 돌아오지 않았다. 이윽고 걱정이 된 나머지 아내는 경관 A에게 전화를 했고, 그는 아이가 혹시 이곳으로 간 게 아닐까 하고 서둘러 달려왔다는 설명이었다. 그는 먼저 전화를 걸어 물어볼 수도 있었겠지만 아마도 눈으로 직접 확인하고 싶은 마음이 더 앞섰으리라. 아이가 이곳에도 없는 것을 확인하자 그는 몹시 불안해하는 표정이었다. 이제 그는 그 아이의 보호자였기 때문이다. 얼마 뒤에 그는 자리에서 일어났다.

나는 그를 대문까지 배웅하고 다시 거실로 되돌아왔다. 나는 소파에 앉았지만 안절부절못했다. 도무지 무엇을 어찌해야 할지 아무 생각도 나지 않았다. 그러다 이윽고 밤이 되었다. 나는 계속 전화기만 바라보았다. 혹여 소녀를 찾았다는 전화가 울리지 않을까 하는 기대감 때문이었다. 하지만 휴대전화도 집전화도 끝내 묵묵부답이었다. 나는 소파에서 일어나 불안스레 거실 안을 빙빙 돌았다. 그러다 현관문을 열고 앞마당으로 나왔다.

하늘에는 보름달이 떠 있었다.

나는 대문으로 다가갔다가 되돌아와 거기 테이블에 앉았다가 돌연 우쩍 일어나 뒷마당으로 걸어갔다. 나는 이리저리 뒷마당을 서성거리다가 털썩 나무벤치에 주저앉았다. 얼마 후 나는 앞마당으로 되돌아와 거기 연못가로 다가갔다. 물고기들은 잠을 자는 듯 연못 속은 숨소리 하나 없이 고요했다. 푸른 달빛이 서늘히 연못 속을 비추고 있었다. 나는 그 자리에 서서 힘없이 연못 수면을 내려다보았다. 그때였다. 무서운 꿈이라도 꾼 걸까. 은어 한 마리가 희뜩 몸을 뒤척였다. 가늘게 물소리가 났다. 물고기는 곧 평온을 되찾고 연못은 다시 태고의 침묵 속으로 가라앉았다.

잠시 후 나는 거실로 되돌아왔다.

나는 다시 소파로 가 앉았다. 아무리 기다려도 전화기는 끝내 울리지 않는다. 나는 벌떡 소파에서 일어나 한동안 불안스레 거실을 서성이다가 돌연 2층으로 이어지는 계단을 올라갔다. 2층 방으로 들어선 나는 애써 마음을 다잡고 책상 앞에 앉았다. 책상 위에 놓인 스탠드를 켰다. 책상 위에 어김없이 그 책이 놓여 있었다. 곧 나는 읽다 만 페이지를 펼쳤다. 2부 76장. 그 책의 마지막 장 '절름발이 소녀'였다. 나는 접힌 모서리를 펴고 책을 읽기 시작했다.

(대략 1시간을 달려 나는 호젓한 그 강가......)

이윽고 나는 읽기를 마치고 그 책의 마지막 장을 덮었다. 나는 책을 집어 들고 자리에서 일어나 책장으로 갔다. '사랑과 환상의 백과사전' 나는 잠시 책의 표지를 어루만졌다. 마침내 이별의 시간이 다가온 것이다. 그 오랜 시간 변함없이 내 곁을 지켜준 그 한 권의 책. 나는 막 그것을 책장 맨 위 칸 첫 번째 자리에 끼워 넣었다. 그러고는 잠시 책등을 응시한 채 생각에 잠겼다. 이어 나는 창가로 걸어가서 반쯤 창을 열고 창밖을 내다보았다. 이내 가슴속으로 형언할 수 없는 고적감이 밀려들었다. 저만치 연못가에 놓인 조명등 하나가 홀로 사색에 잠겨 그 어둠을 비추고 있었다.

그렇게 또 시간이 흘렀다.
어느덧 자정이 넘었다.

나는 계속 2층 방 창가에 서서 그 어둠을 응시하고 있었다. 나는 그대로 붙박인 듯 꼼짝도 하지 않았다. 나는 다시금 소녀 생각에 사로잡혀 있었다. 나의 머리는 온통 소녀의 눈망울로 가득 찼다. 그때였다. 한순간 멀리 어둠 사이로 붉은 십자가의 불빛이 홀연 눈에 들어왔다. '저곳엔 아직 세상을 향한 희망이 남아 있을까?' 나는 절로 맘속으로 중얼거렸다. '사람들은 오늘도 습관처럼 십자가를 향해 눈을 감고 머리를 조아리며 뭔가를 웅얼거린다. 그러면서도 제 스스로는 결코 그 십자가를 어깨에 메려 하지도 등에 지려 하지도 않는다. 이제 십자가는 다만 저마다의 필요에 따라 손쉽게 손에 쥐고 목에 거는 또 하나의 허다한 장신구로 변해버렸다......'

언제였던가. 고교 시절 어느 날 밤. 내가 책상에 앉아 교과서와 참고서를 꺼내 놓고 잠시 생각에 잠겨 있는데, 어머니가 불쑥 문을 열고 방으로 들어왔다. 이어 대뜸 등 뒤로 다가와 내 어깨에 손을 얹으면서 이렇게 말하는 것이었다. "진규야, 이게 다 믿음을 저버려서 생긴 일이란다. 넌 지금 마귀가 썬 거야. 네 우울증은 믿음을 저버린 것에 대한 주님의 꾸지람이란다. 하니 이제부터 다시 교회에 나가자꾸나......" 나는 입을 꾹 다물고 지그시 눈을 감은 채 어머니가 도로 방을 나갈 때까지 그대로 아무 말도 하지 않았다.

얼마 후 새벽 1시가 되자 마침내 나는 2층 방을 나와 1층 거실로 내려갔다. 나는 부엌으로 가서 혼자 식탁에 앉아 잇달아 홀짝홀짝 와인 잔을 비웠다. 이윽고 나는 자리에서 일어나 빈 와인 병을 싱크대 상판에 올려놓고 곧 와인 잔을 깨끗이 씻은 다음 키친타월로 물기를 닦고 나서 도로 찬장에 넣었다. 이어 거실 소파로 가 털썩 주저앉았다. 그렇게 덩그러니 앉아 한동안 우두커니 티브이 화면을 응시했다. 거기 꺼진 티브이 화면 속에서 어떤 그림자 하나가 연신 눈앞에 어른거렸다. 잠시 그쪽을 응시하다가 나는 막 무릎 위로 시선을 떨군 채 멍하니 생각에 잠겼다.

(그때 퍼뜩 한 가지 생각이 떠올랐다.)

나는 벌떡 자리에서 일어나 급히 2층 방으로 걸어 올라갔다. 잠시 후 방으로 들어선 나는 곧장 책장에서 아까 꽂아 놓은 그 책을 도로 꺼냈다. 이어 서둘러 방을 나와 1층 거실로 내려갔다. 그리고 지체 없이 지하 계단을 내려가 아버지의 서재로 들어섰다. 곧 서재의 불을 켜고 서가 한 켠에 놓인 둥근 탁자로 다가갔다. 탁자 위엔 변함없이 전날 그 작고 오래된 갓스탠드 하나가 놓여 있었다.

나는 그 스테인드글라스 스탠드 아래 손에 든 그 책을 살며시 내려놓았다. "언제 한번 읽어봐야겠다. 다 읽으면 내 서재에 좀 갖다 놓으려무나......" 순간 불현듯 아버지의 목소리가 귀를 울렸다. 그대로 우두커니 서서 나는 착잡한 심정으로 그 책을 내려다보았다. 이윽고 그 책에서 눈을 거두고 나는 곧 출입문 쪽으로 다가갔다. 잠시 후 출입문 손잡이를 잡으려던 찰나 어떤 생각 하나가 번쩍 머리를 쳤다.

나는 재깍 몸을 돌려 서재 안쪽에 놓인 아버지의 책상으로 다가 갔다. 곧 첫 번째 서랍을 열고 그 안에서 붉은색 매직펜 하나를 꺼 냈다. 이어 나는 그 매직펜을 손에 들고 방금 그 마호가니 원목 탁 자로 다가갔다. 그런 다음 거기 놓아둔 그 책 겉표지에 박힌 '사랑 과 환상의 백과사전'이란 제목에서 '환상'이란 단어 위에 손에 든 매 직펜으로 엑스 자를 좍 그었다. 그러고서 잠시 멈췄다가 바로 그 엑 스 자 밑에 또박또박 힘주어 '욕망'이란 두 글자를 새로 적었다. 그 러자 그 책의 제목은 순식간에 '사랑과 욕망의 백과사전'으로 탈바 꿈했다.

순간 또다시 아버지의 목소리가 되울려왔다. "그래. 그게 더 나 을 듯하구나." 그 상태로 몇 분인가 지났다. 방금 나는 서재의 불을 끄고 그 공간을 나왔다. 이제 그 공간은 은은한 스탠드 불빛만이 홀로 그 어둠의 한 조각을 들추고 있었다. 바로 그 오래된 불빛 아 래 그렇듯 새로운 제목으로 탈바꿈한 그 책 하나만이 덩그러니 남 아 옛 추억을 회상하고 있었다. 거기 그 책 겉표지에 쓰인 '욕망'이 란 두 글자가 유독 불그름히 존재감을 드러내며 은근하게 빛을 발 했다.

이윽고 새벽 2시가 지났다. 나는 막 소파에서 일어나 곧장 현관 문을 열고 마당으로 나왔다. 곧 대문 쪽으로 너덧 걸음 걷다 말고 문득 멈춰 서서 나는 연못 쪽을 바라보았다. 일순 연못가에 쪼그리 고 앉아 물고기를 바라보던 전날 소녀의 잔상이 설핏 시야를 스쳤다. 그렇게 잠시 생각에 잠겼다가 이어 터벅터벅 마당을 지나 그대로 대문을 열고 집 밖으로 나왔다.

　(소녀는 잊기로 했다. 아니, 잊어야 했다. 아니, 잊어야 한다. 소녀는 누구일까. 누구였을까. 어디서 왔을까. 어디로 간 걸까. 나는 아직 그리고 여전히 아무것도 모른다. 소녀의 집도. 소녀의 고향도. 소녀의 이름도. 소녀의 목소리도. 그렇듯 소녀는 한순간 불쑥 다가왔다가 한순간 또 훌쩍 사라져 가 버렸다. 소녀는 어쩜 본디의 집으로 되돌아간 것일지도 모른다. 소녀는 어쩜 내 우울증이 만들어낸 일개 환상일지도 모른다. 소녀는 어쩜 내 환상이 만들어낸 한갓 꿈이었는지도 모른다. 소녀는 어쩜 슬픈 내 영혼의 마지막 위안이자 생명의 숨결이었는지 모른다. 소녀는 어쩜 가혹한 내 인생의 유일한 치유이자 부활의 맥박이었는지 모른다. 소녀는 어쩜 오래된 과거일지도 모른다. 소녀는 어쩜 아득한 미래일지도 모른다. 소녀는 어쩜 우리 모두가 잃어버린 영원한 그 현재일지도 모른다......)

76장
절름발이 소녀

대략 1시간을 달려 나는 호젓한 그 강가에 다다랐다. 얼마 후 나는 아버지의 낚싯대를 드리우고 홀로 접이식 의자에 앉아 있었다. 바로 그 자리였다. 지난날 아버지의 그 자리. 이제 그 자리에 그의 아들이 앉아 있었다. 밝은 달빛이 수면을 비추었다. 나는 물끄러미 수면을 바라보았다.

대기는 고요했고 주위는 짙은 어둠에 잠겼다. 사방 어디에도 인간의 자취는 보이지 않았다. 거기 검푸른 어둠과 희푸른 달빛 그리고 완전한 허무. 그곳은 어느덧 인간의 숨결마저 사라져버린 원시의 공간, 무욕의 심연, 침묵의 은하였다. 그렇듯 인간도 사회도 문명도 도시도 그토록 맹혹한 경쟁과 투쟁과 갈등의 그 세계도 더는 그 아무것도 존재하지 않았다.

이따금 아득한 적막 위로 차가운 강바람이 훑고 지나갔다. 그러다 한순간! 물고기 한 마리가 불쑥 수면으로 튀어 올라와 해뜩 몸을 뒤집었다. 한 차례 찰랑 고요를 흔들며 청량한 물소리가 다뿍 그 어둠을 적셨다. 이어 사르르 물소리가 가라앉자 고독은 더 그윽하게 강물 위로 내려앉았다.

"훌륭한 아들을 뒀어!"

문득 어디선가 환청이 들려왔다. 그랬다. 그것은 다름 아닌 그가 한때 아버지라 부르던 어느 불행한 남자의 음성이었다. 바로 그 시름겨운 한 남자의 탄식과 함께 나는 절로 두 사람이 떠올랐다. 형준과 P. 바로 대통령과 국무총리였다. 그때 수면 위로 홀연 그들의 형상이 솟아올랐다. 마치 커다란 티브이 화면처럼 (흡사 영화관의 스크린처럼) 전날의 영상들이 잇달아 되살아나 빠르게 화면 위로 갈마들었다. 조금 있자 나는 돌연 잇몸이 근질거리기 시작했다. 이어 입속에서 힘차게 송곳니가 솟아오르면서 이내 엉치뼈에서 불쑥 꼬리가 뻗어 나왔다. 그리하여 순식간에 사지와 몸통, 얼굴마저 연달아 개의 형상으로 완전히 탈바꿈했다.

나는 번쩍 머리를 들어 달을 쳐다보았다.
(곧 달을 향해 사납게 으르렁거렸다.)

이윽고 나는 눈을 돌려 수면 위를 노려보았다. 이어 수면 위에 비친 그들의 형상이 날카로운 빛살로 나의 눈동자를 쿡 찔렀다. 거기 화면 속에서 둘은 벌거벗은 채로 열렬히 서로를 탐닉하고 있었다. 잠시 후 그들은 서로 등짝이 떡 달라붙은 전날의 그 남녀추니로 변했다. 조금 지나자 둘은 다시 각각으로 분리되어 말쑥한 정장 차림으로 변했다. 나는 한껏 주둥이를 벌리고 잇달아 그들을 향해 무섭게 으르렁거렸다. 나는 발광하듯 목젖이 끓어올랐다.

바로 그때 그들 앞에 별안간 기름한 탁자 하나가 나타났다. 그 탁자 위에 큼직한 어항 하나가 놓여 있고 그 바로 곁에 번득이는 식도 하나와 도마가 놓여 있었다. 그 둥근 어항 속에서 물고기 한 마리가 헤엄치고 있었다. 얼추 손바닥만 한 크기의 은빛 물고기였다.

순간 형준이 뭐라고 말하자 곧 P가 어항 속에 두 손을 집어넣어 그 은빛 물고기를 꽉 움켜쥐고 물 밖으로 꺼냈다. P의 손아귀에서 그 은빛 물고기가 가늘게 파닥거렸다. P가 막 그 은빛 물고기를 도마에 올려놓았다. 그 은빛 물고기는 연신 아가미를 들썩이며 가녀린 몸짓으로 애처롭게 꼬리를 파들거렸다.

형준이 그 물고기를 보며 미소를 지었다.
형준이 도마 곁에 놓인 식도를 집어 들었다.
일순 번득이며 푸른 달빛이 칼날을 비꼈다.

형준이 지그시 미소를 흘리며 그 칼날을 살펴보았다. 그 칼날이 시퍼렇게 빛을 발하며 섬뜩하게 번뜩거렸다. 그 은빛 물고기는 순간 딱 얼어붙었다. 흡사 겁먹은 아이인 양 물고기는 그대로 꼼짝도 하지 않았다. P가 냉큼 혓바닥을 날름대며 입맛을 짝 다셨다. 곧 형준이 혀끝으로 자기 입술을 쓱 핥았다. 이어 형준이 혀끝으로 식도의 칼끝을 쓱쓱 핥았다. 잠시 후! 형준이 손에 든 식도로 도마 위의 물고기를 막 내리치려는 찰나! 날카로운 외마디 비명이 찡 귀를 울렸다.

"아저씨!"

그랬다. 그 아이였다. 거기 도마 위의 물고기는 바로 사라진 그 '절름발이 소녀'였다. 다음 순간! 나는 그쪽으로 번쩍 몸을 날렸다. 거기 끝도 없이 질주하는 욕망의 심장을 향해, 거기 불타는 야망의 줄기처럼 뻗어 오른 탐욕의 정점을 향해, 바로 그 피도 눈물도 없는 거대한 위선과 허위의 멱통을 향해 나는 발작하듯 아가리를 벌린 채 맹렬히 달려들고 있었다. 이윽고 형준의 그 살진 목덜미로 나의 아가리가 내리꽂히는 찰나 달빛이 번뜩 송곳니를 비쳤다.

☀ 물고기 혹은 소녀 ☀

　　사람은 누구나 자기 안에 상처 입은 순수를 숨긴 채로 일생을 살아간다. 즉 누군가는 이상과 현실의 괴리를 극복하지 못해 타인과 사회로부터 자꾸만 자기 안의 순수를 상처 입으면서 점점 더 수동적인 자세로 일생을 살아간다. (이는 작중에서 '말 못하는 물고기 혹은 절름발이 소녀'로 상징화된다.) 반면 누군가는 또 모순된 현실과 이율배반적 사회를 적극 수용하면서 제 스스로 자기 안의 순수를 짓누르고 상처 입히면서 더욱더 능동적인 태도로 일생을 살아간다. (이는 작중에서 '피와 욕망과 쾌락 혹은 극단적 폭력과 비정한 권력 추구의 형태'로 상징화된다.) 그리하여 사람은 저마다의 방식으로 남몰래 상처 입은 순수를 감춘 채로 그들만의 깊은 슬픔을 그러안고 일생을 살아간다. 결국 사람은 누구나 '상처 입은 순수, 손상된 감성, 불안한 영혼, 외로운 자아, 그리고 그토록 모진 운명으로 고뇌하는 가여운 이름, 필멸의 존재, 서글픈 지상의 생명체'인 것이다.

사랑과 욕망의 백과사전

인쇄일	2022년 7월 21일
발행일	2022년 8월 8일
문 의	도서출판 미래성
주 소	서울시 동작구 상도로 62, 505호 (대방동, 칸타빌레)
전 화	02-3280-2096
팩 스	02-3280-2096
이메일	miraesung7@hanmail.net
	duutaa@naver.com
담 당	010-8927-8783
ISBN	979-11-958899-6-9 03810
가 격	17,000원

이 도서의 국립중앙도서관 출판예정도서목록(CIP)은
서지정보유통지원시스템 홈페이지(http://seoji.nl.go.kr)와 국가자료공동목록시스템
(http://www.nl.go.kr/kolisnet)에서 이용하실 수 있습니다. (CIP제어번호: CIP2018011458)